BERND LEIX

Schwarzwald Hölle

Herzlichst
Bernd Leix

BERND LEIX

Schwarzwald Hölle

Oskar Lindts zehnter Fall

GMEINER SPANNUNG

Bisherige Veröffentlichungen im Gmeiner-Verlag:
Blutspecht (2014), Mordschwarzwald (2013), Fächerkalt (2012),
Fächergrün (2011), Fächertraum (2009), Waldstadt (2007),
Hackschnitzel (2006), Zuckerblut (2005), Bucheckern (2005)

Besuchen Sie uns im Internet:
www.gmeiner-verlag.de

Im Ehnried 5, 88605 Meßkirch
Telefon 07575/2095-0
info@gmeiner-verlag.de

1. Auflage 2016

Lektorat: Claudia Senghaas, Kirchardt
Herstellung: Mirjam Hecht
Umschlaggestaltung: U.O.R.G. Lutz Eberle, Stuttgart
unter Verwendung eines Fotos von: © Felix Schollmeyer – Fotolia.com
Druck: GGP Media GmbH, Pößneck
Printed in Germany
ISBN 978-3-8392-1854-9

Personen und Handlung sind frei erfunden.
Ähnlichkeiten mit lebenden oder toten Personen
sind rein zufällig und nicht beabsichtigt.

Januar 2015 – der Nordschwarzwald *liegt unter einer weichen weißen Decke. In den Tälern herrscht gelegentlich Tauwetter, doch in den Hochlagen hält sich der Schnee schon seit einigen Wochen. Dort, wo die urwüchsigen Wälder, Grinden und Karseen des vor einem guten Jahr gegründeten* Nationalparks Schwarzwald *liegen, herrscht winterliche Ruhe. Auerhahn und Rothirsch bewegen sich kaum – Energiesparen ist überlebensnotwendig.*

Jede Störung, jedes Aufscheuchen verbraucht Reserven.

Die Parkbesucher respektieren das. Wer hierher kommt, nimmt Rücksicht auf die Bedürfnisse der Natur. Niemals quer durch die Wälder. Ehrensache, auf den gespurten Skiloipen oder gekennzeichneten Wanderwegen zu bleiben.

Die Parkverwaltung tut das Ihre dazu. Die Touristen werden auf wenige Strecken gelenkt, und für diejenigen Naturliebhaber, die ein besonderes Outdoor – Erlebnis suchen, werden von Rangern geführte Schneeschuhwanderungen angeboten.

Das Einhalten der Regeln ist eine Selbstverständlichkeit geworden. Eine Spur wilder *heißt der Slogan des Nationalparks, und wer als Gast die einzigartige Wildnis genießen und bestaunen will, der weiß sich zu beherrschen und sorgsam mit der Natur umzugehen.*

Auch in der örtlichen Bevölkerung im oberen Murgtal hat ein weitgehendes Umdenken stattgefunden. Bei der Bürgerbefragung im Frühjahr 2013 waren noch 78% der Baiersbronner Contra-Nationalpark eingestellt. Mittlerweile finden sich nun mehr und mehr Einheimische, die ihre Haltung verändert haben. Nicht nur, dass viele dem großen Schutzgebiet gegenüber jetzt innerlich positiv gesonnen sind, nein, auch die direkten Aktivitäten nehmen zu. Als ehrenamtliche Ranger führen sie Besuchergruppen oder arbeiten als festangestellte Mitarbeiter in den vielfältigen Bereichen für die Fortentwicklung der Naturschutzziele.

Einen großen Beitrag zur Akzeptanz des Parks hat die örtliche Gastronomie geleistet. Immer mehr Hoteliers und Gastwirte erkennen die Chancen, die der Nationalpark für ihr eigenes Gewerbe bietet. Gezielt machen sie damit Werbung, erschließen neue Kundenkreise, bieten zunehmend regionale Produkte auf ihren Speisekarten an und lenken die Urlauber direkt zu den Naturerlebnisangeboten des Parks.

Der Nationalpark selbst ist der Natur vorbehalten.

Menschen sind im Park zu Gast, um die Natur zu erleben.

Menschen arbeiten im Park, um die Natur zu schützen.

Menschen machen die Natur im Park für andere Menschen erlebbar.

Die Schwarzwälder, die Einheimischen, sie leben in den Orten der Umgebung.

Sie wohnen oben auf den Höhen, auf dem Kniebis oder in Herrenwies.

Sie wohnen in den Tälern, die sich Richtung Rhein hinausziehen.

Sie wohnen im Langenbach und in der Schönmünz.

Sie wohnen im Murgtal zwischen Forbach und Baiersbronn.

Dort, in Sichtweite der hohen Berge, steht ein alter Bauernhof.

Dort, umgeben von den dunklen Wäldern, wohnen Vater und Sohn.

Dort, am Rand des Nationalparks, machen sie sich das Leben zur Hölle.

Zur Hölle mitten im Schwarzwald.

1

Die Blicke.

Es waren seine Blicke.

Es war die Art, wie er mich ansah.

Jahrelang schon.

Niemals sprach er es aus, doch für mich bestand kein Zweifel.

In seinen Augen war es zu lesen.

Abscheu, Verachtung, Mitleid.

Nur ein klein wenig Mitleid.

Diese Blicke.

Niemand sonst bemerkte sie.

Niemand sonst fing sie auf.

Niemand sonst verstand, was sie sagten.

Und sie trafen mich. Jeden Tag, jeden Tag mehr, tief in meinem Innersten.

Eigentlich war ich ja in der stärkeren Position. Ich hatte das Sagen. Ich konnte Forderungen stellen. Ich konnte bestimmen. Er war auf mich angewiesen. Seit Mutters Tod ganz und gar.

»Überschreib mir den Hof«, hatte ich gesagt. »Dann bleib ich. Einer muss ja für dich sorgen.«

Wochenlang, monatelang. Immer wieder fing ich damit an.

Er gab mir keine Antwort.

Höchstens: »Muss ich mir noch überlegen.«

Er ließ sich von mir die Wäsche waschen.

Er aß, was ich ihm kochte.

Er hielt mir den Stumpf seines Beines hin, wenn er eingerieben werden wollte.

Vieles hätte er selbst gekonnt, aber er tat es nicht.

»Vater, ich bin für dich da. Ich bleibe hier wohnen. Ich kümmere mich um dich, aber dafür brauch ich Sicherheit. Ich möchte den Hof.«

Zu dieser Zeit begann er, mich so anzusehen.

Ich verstand ihn nicht. Wieso hatte er Angst, seinen Besitz weiterzugeben? Irgendwann würde ich sowieso alles erben.

Er sprach nicht darüber. Er schaute nur.

Ich versuchte es mit mehr Druck. »Ich hab mir eine Wohnung angesehen. Zwei Zimmer, drunten in Baiersbronn, die reicht für mich.«

Die Sprache seiner Augen war eindeutig: ›Du gehst nicht. Nein, das tust du nicht.‹ Doch aus seinem Mund kam nichts.

Er sprach mit mir nur das Allernötigste. Manchmal tagelang gar nichts. Er schüttelte nicht einmal mit dem Kopf, wenn ich ihn wieder bedrängte.

Wer war hier der Stärkere?

Ich, der junge kräftige Waldarbeiter?

Ich, der täglich im Staatswald an zig Bäumen die Motorsäge ansetzte?

Ich, der das Haus in Ordnung hielt, die Tiere fütterte und die Wiesen pflegte?

Oder er?

Der Frührentner, der sich höchstens ein Mal in der Woche in sein kleines Auto setzte und zur Sparkasse fuhr oder eine Kleinigkeit einkaufte?

Der Invalide, der vor vielen Jahren mit seinem Motorrad auf der Passstraße hoch zum Ruhestein aus der Kurve geflogen war und dessen linker Unterschenkel nicht gerettet werden konnte?

Der ewige Nörgler, der aus dem Achertal hierher eingeheiratet hatte, obwohl er auch schon damals die Arbeit in der kleinen Landwirtschaft nur sehr widerwillig machte?

Die Leute im Dorf hatten es oft zu meiner Mutter gesagt. Bevor sie den langen Kerl aus dem Badischen heiratete und auch später immer wieder.

Mit dem würd' sie nicht glücklich werden. Der hätt' so einen komischen Blick.

Der tät ja mit niemandem schwätzen. Der hielte sich wohl für was Besseres.

Immerhin war er Buchhalter. Früher, bis vor zehn Jahren. Fast ein Vierteljahrhundert bei der gleichen Firma oben in Freudenstadt. Maschinenbau, internationale Kunden.

Ja, dort war er ›auf dem Büro‹ gewesen. In der Kreisstadt. Immer korrekt, immer aufrecht, immer im Anzug. Ohne Krawatte, aber mit geschlossenem oberstem Kragenknopf. Er konnte sich zwar nur günstige Anzüge leisten, aber die Art, wie er sie trug, und der Gesichtsausdruck, den er dazu aufsetzte, drückte seine ganze Verachtung für die anderen aus.

Verachtung für die, die in Latzhose und Arbeitskittel einem Handwerk nachgingen. Verachtung für die,

die sich an der Drehbank die Hände schmutzig machten, und Verachtung für die, die in der Landwirtschaft schufteten und nach Kuhstall stanken.

Warum hat der eigentlich auf einen Hof geheiratet? Er will ja doch nix schaffen!

Einige der Nachbarn sprachen es aus, wenn meine Mutter wieder einmal alleine auf einer der steilen Bergwiesen stand, um mit dem Rechen das Heu zu wenden.

Ach, hatte sie dann meistens geantwortet, wir dürfen dankbar sein, dass er so eine gute Stellung hat. Mit der Landwirtschaft kann man ja nichts mehr verdienen. In ein paar Jahren ist Schluss, dann verkaufen wir die Kühe und den Bulldog. Mir wird das alles auch zu viel.

Dass sie es nicht tat, lag hauptsächlich an mir. Schon als Kind fühlte ich mich wohl bei Liesel und Emma im Stall. Diese beiden und noch weitere drei Kühe zu melken, beherrschte ich bereits, als ich zehn war. Ausmisten, morgens vor der Schule, das machte mir nie was aus, auch wenn trotz Duschen noch ein leichter Geruch an mir haften blieb. Und wenn ich mit unserem roten Porsche-Traktor auf dem Hof rumkurven konnte, war ich sowieso der King.

Lag auch damals schon Verachtung für mich im Blick meines Vaters?

Sein Sohn, der die Schule nur mit Mühe schaffte. Sein Sohn, der niemals ein Buch zur Hand nahm, ja, dem es eine echte Qual bereitete, wenn er lesen oder etwas schreiben musste. Sein Sohn, der viel lieber draußen war, als die Hausaufgaben zu machen. Sein einziges Kind, sein Sohn, den er gerne auch in einem Büroberuf gesehen hätte.

Stattdessen begann ich meine Lehre als Forstwirt, früher hätte man Holzhauer gesagt, droben in Obertal, im Staatswald. Morgens half ich im Stall, danach setzte ich mich auf mein Moped und fuhr in den Wald, um zu arbeiten. Abends wieder Landwirtschaft, Futtergras holen, misten, melken – ich tat es immer gern.

Bis zu dem Tag, als die Liesel sich im Stall erschreckte. Vielleicht hatte ihr eine dicke Rinderbremse in die Nase gestochen? Sie machte einen Satz zur Seite und drückte meine Mutter an die Wand. Ganz alleine war sie im Stall, niemand konnte ihr Rufen hören. Abends, als ich von der Arbeit kam, fand ich sie, längst tot, innerlich verblutet. Ein Riss in der Bauchschlagader, sagte die Polizei später.

Von diesem Tag an ging es los.

2

»Der Lindt!«, keuchte die rotgesichtige Frau am Eingang des Karlsruher Polizeipräsidiums. »Ich muss zum Lindt.«

Der Uniformierte musterte Lisbeth Wein. »Sie sind nicht von hier.«

»Nein, wieso?«

»Es schwäbelt ein bissel.«

»Ja und? Was dann? Darf ich deswegen nicht rein?« Das Rot in Lisbeths Gesichts wurde noch eine Spur kräftiger. »Sie, ich kenn den Lindt. Der hat sich schon bei uns erholt. Mit seiner Frau.« Sie griff in ihre Handtasche, zog ein schmales grünglänzendes Faltblatt heraus und streckte es dem Beamten hin. »Da! Gästehaus Tannengrund in Baiersbronn. Falls Sie auch mal Urlaub in guter Luft machen wollen. Da draußen …« – sie zeigte zur dicken Eingangstür – »… da draußen ist ja ein Mordsgestank.«

»Nur jetzt im Winter und bei Hochnebel, dann drückt's ziemlich.«

»Also was ist jetzt? Lassen Sie mich endlich durch!«

»Net so schnell, gute Frau«, entgegnete ihr der Polizist in breitem Karlsruher Badisch. »Was wolle' Sie denn von ihm?«

Entrüstet stemmte Lisbeth die Hände in die Hüften. »Geht Sie doch nix an. Das sag ich nur ihm selbst.« Wieder suchte sie in ihrer Tasche und brachte diesmal eine Visitenkarte mit dem baden-württembergischen Landeswappen zum Vorschein. »Da! Da steht's drauf. Oskar Lindt, Erster Kriminalhauptkommissar. Die Kart' hat er mir gegeben, damals. Wenn mal was ist, hat er g'sagt.«

»Und jetzt ist was?«, spöttelte der Beamte.

Die Frau zögerte. »Vielleicht … Ich weiß net genau … Vielleicht auch nicht … Hoffentlich.«

Ihr Gegenüber runzelte die Stirn: »Ja was jetzt?«

Lisbeth zuckte die Schultern. »Auf jeden Fall muss ich mit ihm sprechen.«

»So, müssen Sie? Na dann, Sie geben ja doch kei' Ruh'.«

Er griff zum Telefon: »Herr Lindt, eine Frau, die will Sie unbedingt sprechen, eine aus dem Schwäbischen, vom Schwarzwald droben, Baiersbronn … Moment bitte, wie heißen Sie noch mal?«

»Das hab ich Ihnen ja noch gar net g'sagt«, kam die Antwort. »Wein, Lisbeth Wein, sagen Sie ihm, vom Gästehaus Tannengrund, dann weiß er schon.«

Der Uniformierte hatte den Hörer in Richtung der Besucherin gehalten, dann nahm er ihn wieder ans Ohr.

»Ja … ja gut, ich lass sie durch«, sagte er ins Telefon und legte auf. »Er hat's g'hört.« Er reichte ihr die Visitenkarte wieder. »Die Zimmernummer stimmt noch. Zweiter Stock. Dort drüben ist der Aufzug.«

Lisbeth Wein riss ihm die Karte aus der Hand und stürmte weiter, nicht ohne halblaut »Ha so ein Seggl« zu murmeln.

Als sich die Lifttür öffnete, wurde sie bereits erwartet. Der stämmige Leiter der Karlsruher Mordkommission kam ihr auf dem Gang entgegen.

»Frau Wein, so eine Überraschung!« Oskar Lindt drückte ihre Hand.

»Was ist denn das für einer da unten am Empfang? Meint der doch, er müsst mich verdummen, bloß, weil ich ein bissle schwäbisch schwätz«, schüttelte Lisbeth den Kopf. »Also wenn wir unsere Gäste so empfangen würden …«

Lindt grinste. »Ich hoffe, Sie haben es sich nicht gefallen lassen.«

Sie zwinkerte: »Worauf Sie sich verlassen können.«

»Jetzt bin ich aber gespannt«, meinte der Kommissar, als er seiner Besucherin im Büro einen Stuhl angeboten und sich selbst hinter den ausladenden Schreibtisch gesetzt hatte. »Ohne Grund werden Sie sich ja nicht auf den weiten Weg nach Karlsruhe gemacht haben, in die badische Metropole. Oder ist heute Shopping angesagt?«

»Also ich sag lieber Einkaufen dazu«, antwortete Lisbeth Wein. »Ja vielleicht, wenn noch Zeit bleibt, bis die Bahn wieder fährt.« Dann atmete sie tief durch, kam aber nicht weiter, weil sich die Tür zum Nebenraum öffnete und Paul Wellmann mit einem Tablett hereinkam.

»Milch, Zucker oder schwarz?«, fragte er, stellte drei Tassen und eine Kaffeekanne auf den Tisch.

»Ach der Herr Wellmann, Sie kenn ich doch auch noch«, lächelte Lisbeth und drückte Lindts Partner die Hand.

»Natürlich«, zwinkerte Paul zurück. »Wer uns beiden einmal begegnet ist, der vergisst uns nie mehr.«

»Schließlich haben Sie damals den entscheidenden Tipp gegeben«, meinte Lindt. »Sie und Ihre Kusine.«

Lisbeth nickte, sagte: »Viel Milch und ohne Zucker«, und holte Luft.

»Also ich weiß ja nicht, ob da was dran ist, aber es lässt mir einfach keine Ruh'. Ich glaub', bei den zwei Männern im Obertal, da stimmt was nicht.«

Lindt schaute fragend.

»Ja der Hansjörg, mein Neffe, der ist seit einiger Zeit so komisch. Sie können mir glauben, ich merk das. Der Hellste war er ja noch nie, aber schuften tut der wie ein Ochs. Im Wald sind sie sehr zufrieden mit ihm, und die Landwirtschaft macht er ganz alleine. Nur mit seinem Vater, da kommt er einfach nicht aus.«

»Darüber hat er mit Ihnen gesprochen?«, fragte Lindt und goss halb Kaffee, halb Milch in seine große Tasse.

»Nicht direkt«, druckste Lisbeth herum. »Aber ich merk so was. Die Stimmung bei denen … zwei Männer alleine in dem abgelegenen Bauernhaus … die schwätzen ja fast nichts, aber ich bin mir sicher, da ist Feuer unterm Dach!«

»Schon lange?«

»Jahrelang. Und seit die Mutter tot ist, wissen Sie, die Marianne, meine ältere Schwester, also seit die nicht mehr lebt …«

»Krank gewesen?«

Lisbeth schüttelte den Kopf. »Nein, ein Unfall im Stall. Von der Kuh an die Wand gedrückt. Der Hansjörg hat sie am Abend gefunden, aber da war es schon lange zu spät.«

Lindt schaute sie nachdenklich an: »Und jetzt machen Sie sich Sorgen? Sorgen um Vater und Sohn?«

Die Besucherin machte eine wegwerfende Handbewegung. »Ach, der Vater, also bitte, nehmen Sie es mir nicht übel, aber der ist ein echter Kotzbrocken.«

»Oha, so schlimm?«

Die Frau nickte. »Noch schlimmer. Der macht dem Hansjörg das Leben schwer, wo er nur kann. Auch früher schon, als er noch gesund war, hat er nichts getan auf dem Hof. Alles hat meine Schwester machen müssen und dann der Hansjörg. Der Valentin war sich dafür immer zu fein. Im Anzügle ins Büro, das war sein Ding, aber sich bloß nicht die Händ' dreckig machen. Und nach dem Unfall, da war's dann ganz aus.«

»Der Unfall Ihrer Schwester mit der Kuh?«

Lisbeth bekam wieder rote Backen: »Nein, nein, den Valentin mein ich, diesen … diesen …« Den Kraftausdruck, der ihr auf der Zunge lag, schluckte sie runter. »Mit dem Motorrad ist er immer rumgefahren, anstatt in der Landwirtschaft zu helfen. Meistens ins Badische hinüber, da, wo er herkam, das lange Elend. Entschuldigung, so sagen alle zu ihm. Lang und dünn und bloß nicht anpacken.«

Paul Wellmann legte die Stirn in Falten: »Moment mal. Nur zum Verständnis. Dieser Valentin, also Ihr Schwager, wenn ich das recht verstanden habe, der hat in einen Bauernhof eingeheiratet, aber dort nie was gearbeitet.«

»Genau«, ereiferte sich Lisbeth aufs Neue. »Hab ich nie verstanden, was meine Schwester an dem gefunden hat. Geht mich ja nichts an … eigentlich … aber der Hof ist halt auch *meine* Heimat. Wenn man da jahrelang zuschauen muss, macht man sich halt so seine Gedanken.«

Lindt nickte: »Kann ich gut verstehen, dass Sie das nicht kalt lässt. Aber wie war das mit dem Unfall? Motorrad?«

»Ja, hoch zum Ruhestein. Sie kennen doch die Kurven. Eine nach der anderen. Da erwischt es jedes Jahr ein paar Verrückte mit ihren schweren Maschinen. So auch den Valentin. An seinem 50. Anstatt mit der Familie zu feiern, ist er los. Rauf auf den Bock und Gas gegeben. Im Beruf immer mehr als korrekt, ja richtig steif und trocken. Aber auf der Maschine, da hat er die Sau rausgelassen. Meine Schwester und der Hansjörg haben das Heu heimgebracht, und er war unterwegs. Spritztour. Nie hat er gesagt, wohin, aber oft den Ruhestein hoch, da haben ihn einige erkannt. Immer geheizt wie verrückt. Wir wissen nicht, wohin er gefahren ist, aber …«

»Aber?«, fragte Lindt.

»Na ja, man macht sich halt so seine Gedanken.«

»Ob da eine andere im Spiel ist?«, sagte Paul Wellmann.

Lisbeth nickte. »Was würden Sie denn denken, wenn einer ein paar Mal in der Woche nach Feierabend abdüst und erst mitten in der Nacht zurückkommt?«

»Und dann der Unfall«, knüpfte Lindt wieder an.

»Aus der Kurve geflogen, unter die Leitplanke, voll gegen einen Pfosten. Nur knapp mit dem Leben davongekommen. Aber sein Bein, das konnten sie nicht mehr retten.«

»Schluss mit Motorradfahren«, konstatierte Paul.

»Ein ganzes Jahr war er krank. Die Wunde wollte erst nicht recht heilen, wahrscheinlich auch, weil er Zucker hat. Schon jahrelang, aber nie hat er sich drum gekümmert. Erst nach dem Unfall kam's raus.«

»Hat er wieder gearbeitet?«

»Nach und nach ging's so mit der Prothese, und er konnte auch wieder autofahren, Automatik natürlich, aber er war so oft krank und in Kur, dass schließlich sein Rentenantrag durchging. Frührentner mit 52.«

»Keine gute Perspektive«, nickte Lindt. »Wann starb die Frau?«

»Das ist passiert, solange der Valentin in Reha war. Und jetzt wird das Elend immer schlimmer. An Weihnachten war ich dort, auf dem Hof, aber der Kerl wollte mich gar nicht sehen. Nur mit dem Hansjörg hab ich eine Zeitlang in der Küche gesessen. Irgendwie war der ganz verstört. Völlig durch den Wind, wie man so sagt, aber ich hab nicht rausgefunden, wieso.«

Lindt schaute die Besucherin nachdenklich an: »Und seither machen Sie sich Sorgen.«

»Auch schon vorher, doch jetzt weiß ich mir nicht mehr zu helfen.«

Der Kommissar schwieg, nahm einen Schluck aus seiner Kaffeetasse und kratzte sich nachdenklich am Hinterkopf.

Paul Wellmann dachte laut nach. »Ziemlich tragisch, das Ganze, aber ob das ein Fall für uns ist?«

»Mein Kollege hat recht«, sagte Oskar Lindt. »Bei dem, was Sie uns geschildert haben, müsste man Ihrem Neffen eigentlich eher eine psychologische Beratung empfehlen … es sei denn …«

»Ich will nicht lange drum herumreden«, unterbrach ihn Lisbeth. »Ich habe einfach Angst. Angst, dass da noch mal was passiert.«

Lindt nickte. »Woran denken Sie denn konkret?«

Lisbeths Augen wurden feucht. »Wissen Sie, mein Elternhaus, das liegt ziemlich abseits. Die nächsten

Nachbarn sind ein paar Hundert Meter weit entfernt, die bekommen kaum was mit. Aber immer wieder sprechen mich Leute an, die dort spazieren gegangen sind, und erzählen mir von lautstarkem Streit, Mordsgeschrei zwischen Vater und Sohn, und den Hansjörg hat man mehr als einmal mit blauen Flecken gesehen. Sogar genäht werden musste er schon.«

»Was? Der kräftige Holzhauer lässt sich von seinem invaliden Vater grün und blau prügeln? Der wird sich doch wehren?«

»Bitte glauben Sie mir, Herr Lindt, bitte. Der Hansjörg ist absolut friedfertig und auch ein wenig unbeholfen. Der hat Kraft, aber keinen Mumm.«

»Sonst wäre er schon längst von zu Hause ausgezogen«, mutmaßte Lindt.

»Genauso ist es, und er hängt auch so sehr an dem ganzen Anwesen.«

»Wem gehört es denn?«

Lisbeth tupfte sich mit dem Taschentuch die Augen trocken. »Alles gehört dem Valentin. Ich verstehe die Marianne nicht, dass sie so einem Testament zugestimmt hat.«

Oskar Lindt griff nach einer seiner vielen Pfeifen, die hinter ihm auf dem niedrigen Schrank beim Fenster aufgereiht standen, und begann zu stopfen. »Hilft mir halt beim Nachdenken«, lächelte er Lisbeth an. »Sie mögen doch Pfeifenrauch, wenn ich mich recht erinnere.«

»Lieber als Zigaretten auf jeden Fall.«

3

In der letzten Zeit wird es immer schlimmer mit meinem Alten. Er tut absolut nichts. Staubsaugen wäre doch nicht zu viel verlangt, oder mal kochen. Eigentlich kann er ja ganz gut gehen, trotz Holzbein. Aber nein, nicht den geringsten Handschlag. Den ganzen Tag sitzt er nur rum – voll mürrisch sein Gesichtsausdruck. Er schaut fern oder liest Zeitung, ab und zu auch ein Buch. Kann er machen, interessiert mich gar nicht. Aber ein klein wenig mithelfen, das könnte er doch. Ich erwart' ja auch nicht von ihm, dass er im Stall ausmisten soll oder Brennholz spalten. Obwohl, wenn er wollte … Doch daran brauche ich keinen Gedanken verschwenden – schon seine schmalen Hände und die langen dünnen Finger, nein zum Arbeiten, zum richtig Schaffen sind die nicht gemacht.

Aber es geht mir immer mehr auf die Nerven, dass er sich voll von mir aushalten lässt. Keine Ahnung, wie viel Rente er bekommt. Die Kontoauszüge schließt er immer weg. Vor Jahren schon hat er sich einen schweren Stahlschrank liefern und im Wohnzimmer aufstellen lassen. Hab mal versucht, das Schloss zu knacken, als er weggefahren war, aber keine Chance.

Und wenn ich zu ihm sage, du könntest auch mal was zu essen einkaufen, wenn du schon unterwegs bist, dann schaut er nur böse und brummt, das sei meine

Sache, und sein bisschen Rente brauche er für sich und für das Auto.

Es wurmt ihn furchtbar, dass er nicht mehr Motorrad fahren kann. Er sagt nichts drüber, aber wenn mal eine Maschine bei uns am Haus vorbeifährt, dann hastet er ans Fenster, um sie bloß nicht zu verpassen.

Das Auto verachtet er genauso wie mich. In seinen Augen kann ich das ganz deutlich lesen. Ein Japaner, gebraucht gekauft, der kleinste, den es mit Automatik gibt. Er darf nur Automatik fahren, wegen dem Holzbein natürlich. Dass *er* so was fahren muss. So einen popeligen Kleinwagen, doch für mehr langt seine Rente halt nicht, und von meinem Verdienst kann ich dem Alten nicht auch noch einen größeren Wagen finanzieren. Es reicht doch wohl, dass ich alles bezahle, was wir zum Leben brauchen.

Und dann das Haus! Da kommt was zusammen. Ärgert mich furchtbar, dass ich das alles blechen kann. Grundsteuer, Feuerversicherung, Wasser, Strom, Müllabfuhr – alles geht von mir ab. Auch die ganzen Handwerkerrechnungen. Was ich kann, reparier' ich ja sowieso selbst, aber trotzdem bleibt noch eine ganze Menge.

Im Sommer, als fünf zugerostete Wasserleitungen ausgetauscht werden mussten, da hab ich 's noch mal versucht, zum hundertsten Mal. Er soll mir jetzt endlich das Haus überschreiben, wenn ich schon immer alles zahlen muss. Vielleicht war ich ja ein wenig laut und auch etwas grob zu ihm, als ich ihn an den Schultern gepackt und geschüttelt hab. Zuerst drei Bier, sonst hätt' ich mich gar nicht getraut.

Da hat der mir doch mit seinem Gehstock eine übergebraten, dass mir Hören und Sehen vergangen ist. Geblutet wie Sau. Der Doktor musste fünf Stiche machen. Hab dem natürlich nicht gesagt, wie 's passiert ist. Im Stall ausgerutscht und gegen einen Eisenträger geknallt. Ich hoff', er hat 's geglaubt.

Zurückschlagen? Nein, also bitte, einen Krüppel doch nicht! Nein, das tät' ich nie. Doch nicht meinen eigenen Vater. Ehren soll man sie, Mutter und Vater, steht zumindest in der Bibel.

Und seinen Blick vergess' ich nie, als er mich angeschrien hat. Beim nächsten Streit ein paar Tage später. Schlag doch zu, los, schlag zu! Getrau dich doch, du blöder grober Nichtsnutz. Ja, grober Nichtsnutz hat er mich gescholten. Und dass sein nächster Weg zur Polizei ginge, wenn ich ihn noch mal anfassen würde. Anzeigen würde er mich, sofort, auf der Stelle. Und aus dem Haus werfen. Und dann alles verkaufen. Dann könnte ich sehen, wo ich bleibe.

Weggerannt bin ich, voll geschockt. Hinten im Stall hab ich mich verkrochen und … ja, ich sag's nicht gern, aber es war so … geheult hab ich, geheult wie ein Schlosshund. Wenn das meine Mutter wüsste …

4

Duftender Pfeifenrauch füllte das Büro der Karlsruher Mordkommission, in dem sich Oskar Lindt und Paul Wellmann mit den Sorgen ihrer Besucherin aus dem Schwarzwald befassten.

»Ich weiß einfach nicht weiter«, sagte Lisbeth Wein leise und tupfte sich erneut mit dem Taschentuch die Augen trocken. »Und ich weiß auch, dass Sie bei uns da oben gar nicht zuständig sind.«

Paul nickte und wollte schon etwas Bestätigendes antworten, doch der Blick seines Kollegen ließ ihn innehalten.

»Frau Wein«, begann Oskar Lindt und nickte bedächtig. »Das könnten wir Ihnen jetzt natürlich einfach so sagen. Hier ist Karlsruhe, und droben im Murgtal liegt Baiersbronn, weit entfernt von unserem Bezirk. Dort haben wir nichts zu suchen. Wir könnten Ihnen noch ein paar gute Ratschläge geben und Ihnen dann die Hand zum Abschied drücken.« Der Kommissar machte eine kurze Pause und schaute Lisbeth Wein geradewegs in die Augen. »Aber damit wäre Ihnen nicht geholfen.«

Die Landfrau mit dem sonst so forschen Auftreten konnte nicht mehr an sich halten, und dicke Tränen rollten über ihre roten Wangen. »Wo soll ich denn hin? Zu unserem Baiersbronner Polizeiposten? Da blamier ich mich doch bloß. Ich kenn dort bei Ihren Kollegen wirklich niemanden, dem ich mich anvertrauen könnte. Oder zum Pfarrer vielleicht? Den lässt der Valentin ja gar nicht erst ins Haus. In der Kirche waren die beiden Männer schon seit Jahren nicht mehr.«

»Nein«, schüttelte Lindt den Kopf. »Im Prinzip sind Sie hier ganz richtig. Solche Probleme gehören bei uns zum täglichen Brot. ›Konflikt Komma zwischenmenschlich‹, steht dann im Protokoll. Meistens betrifft das natürlich die Kollegen vom Streifendienst. Die werden oft gerufen, wenn es irgendwo knallt und einer gegen den anderen gewalttätig wird.«

»Gewalttätig, genau«, nickte Lisbeth Wein erregt. »Das richtige Wort. Eben das ist meine Angst. Dass der Alte schon zugelangt hat, steht für mich fest. Aber wenn der Hansjörg sich das irgendwann nicht mehr gefallen lässt und zurückschlägt? Dann gute Nacht! Der hat Kräfte wie ein Bär. Da muss es doch einen Weg geben, vorher was zu tun. Vorher, ich mein', bevor etwas passiert.«

»Das hier ist halt die Mordkomm…«, begann Paul Wellmann wieder, doch Lindt fiel ihm ins Wort: »Auch wenn wir von einer Abteilung sind, die erst gerufen wird, wenn es zu spät ist, kennen wir uns aus. Ich verspreche Ihnen, irgendeinen Weg werden wir finden. Ein wenig Zeit bitte, es ist uns noch immer etwas eingefallen.«

Ein leichter Hoffnungsschimmer ging durch Lisbeths Augen. Sie erhob sich und streckte Lindt die Hand hin. »Ich wusste, dass ich mich auf Sie verlassen kann.«

»Grüßen Sie mir den winterlichen Schwarzwald«, antwortete der Kommissar und begleitete die Frau zur Tür.

»Das hast du jetzt nicht verstanden«, kommentierte Oskar Lindt den Blick seines Partners, als er zum Schreibtisch zurückkehrte.

»Nein, nicht wirklich«, schüttelte Paul ganz energisch und mit hochroter Gesichtsfarbe den Kopf. »Nein, ganz und gar nicht. Ich kann es nicht fassen. Du hast ihr versprochen, dass wir tätig werden. Wir! Du und ich! Unglaublich, Oskar. Auch wenn wir diese Frau Wein seit unseren Ermittlungen in Sachen Nationalpark gut kennen, gehört Vorbeugung ganz klar nicht zu den Aufgaben einer Mordkommission.«

»Beamtenregel Nummer 1: Zuständigkeit prüfen«, ergänzte Lindt und riss ein Streichholz an, um die zwischenzeitlich ausgegangene Pfeife wieder in Gang zu setzen. Dann lehnte er sich weit zurück, blies ein paar Rauchkringel zur Decke und schaute nachdenklich zu, wie sie sich im Raum verteilten. »Weißt du eigentlich, wie lange wir beide noch haben?«

»Was? Zu leben?«, stieß Wellmann hervor, immer noch ganz erregt.

Lindt dagegen blieb völlig entspannt, zog leicht an seiner Pfeife und strahlte eine unerschütterliche Ruhe aus. »Das auch. Vielleicht trifft einen von uns ja schon morgen eine Kugel. Wollen wir natürlich nicht hoffen. Nein, ich überlege mir, wie lange es noch dauert bis zu unserer gemeinsamen Pensionierung? Fünf Jahre, wenn ich richtig nachrechne.«

»Stimmt, knappe fünf.«

»Und was haben wir bisher so getrieben in unserer Dienstzeit?«

»Die Bösen gefangen und hinter Schloss und Riegel gebracht.«

»Genau. Aber wenn wir mal schneller wären? Wenn wir ein Mal, nur ein einziges Mal verhindern könnten, dass etwas passiert?«

»Oskar«, entrüstete sich Paul aufs Neue. »Jetzt aber bitte! Du glaubst doch nicht im Ernst, dass da etwas echt Schlimmes bevorsteht, wenn sich Vater und Sohn gelegentlich streiten?«

Lindt wiegte bedächtig den Kopf. »Und wenn doch? Manchmal sind uns die Frauen mit ihrem Gespür überlegen.«

Paul massierte mit den Fingerspitzen seine Schläfen: »Bitte Oskar, Familienstreitigkeiten kommen jeden Tag vor. Hundertfach hier im Land. Dabei beißt doch nicht gleich jemand ins Gras.«

»Na, na, na«, hob Lindt die Hand. »Manchmal schon, das weißt du so gut wie ich. Dann wird aus der Streiterei ganz schnell ein Familiendrama.«

»Jetzt malst du aber den Teufel an die Wand. So schlimm hat es sich nun wirklich nicht angehört.«

Lindts Augen verengten sich: »Jaja, der Teufel an der Wand. Und wo ist dann die Hölle? Dort bei den beiden Männern in ihrem alten Bauernhaus?«

»Oskar, es reicht«, begehrt Wellmann auf. »Du verrennst dich da in etwas. Das ist echt ein Hirngespinst.«

»Die gute Lisbeth, eine Landfrau wie aus dem Bilderbuch, gesunde Gesichtsfarbe, nicht korpulent, aber kräftig. Hier hat sie gesessen.« Lindt zeigte auf den Besucherstuhl und schloss die Augen. »Ich seh' sie noch ganz deutlich vor mir. Die gehört doch nicht zur Gattung hysterisches Weibsbild. Die steht doch mit beiden Beinen im Leben, praktisch denkend, zupackend. Und die hat Angst, echte wirkliche Angst.«

Wellmann schüttelte den Kopf. »Du hängst das zu hoch. Eindeutig. Ich versteh überhaupt nicht, warum du dich ausgerechnet hier so reinsteigerst. Sonst steht die Vernunft für dich doch auch ganz oben.«

»Paul, da ist was, glaub's mir. Ich spür 's.«

Wellmann blickte seinen Kollegen völlig konsterniert an: »Entdeckst du jetzt deine weibliche Seite? Gefühle statt Rationalität? Nur noch ein paar Jahre bis zum Ruhestand und der bekannteste Karlsruher Mordermittler setzt nicht mehr auf sein bewährtes Erfolgsrezept namens kleine graue Zellen, sondern auf sein Bauchgefühl?«

»Egal, wie du das nennst. Ich sag Intuition dazu und kann mich an einige unserer Fälle erinnern, in denen die uns ganz entscheidend weitergebracht hat.«

»Oskar, es gibt keinen *Fall.* Und wenn es einen gäbe, dann wäre es nicht unser Fall, sondern einer für die Kollegen vom Freudenstädter Kommissariat.«

»Lisbeth Wein war aber *hier,* und wir beide kennen jetzt eine Menge von dem, was sie bewegt. Ich bin überzeugt, ganz viel hat sie uns noch gar nicht erzählt. Vor allem das, was sie ahnt und fühlt.«

Er fing einen mehr als zweifelnden Blick seines Gegenübers auf. »Ja Paul, brauchst gar nicht so zu schauen, da ist sie wieder, die Intuition. Nur diesmal nicht bei uns, sondern bei Lisbeth Wein, Pensionswirtin aus dem Schwarzwald. Hat täglich mit den unterschiedlichsten Menschentypen zu tun. Gäste aus der halben Welt kommen in den Black Forest. In Sachen Menschenkenntnis kann sie uns beiden garantiert das Wasser reichen.«

»Mag ja sein, aber als so richtig drastisch habe ich das wirklich nicht empfunden, was sie uns erzählt hat.«

»Vielleicht kann sie es ja nicht so gut in Worte fassen, aber es beschäftigt sie derartig stark, dass sie sich heute Morgen in die gelbe Bahn gesetzt hat und eineinhalb Stunden zu uns nach Karlsruhe gefahren ist.«

»Manche Frauen übertreiben auch.«

»Jetzt widersprichst du dir aber. Grad war der Auftritt von Lisbeth Wein nicht drastisch genug, und jetzt übertreibt sie? Diesen Eindruck hatte ich überhaupt nicht. Eher, dass es nur die Spitze des Eisbergs ist, was wir nun kennen.«

»Oskar, sag mir, bin ich hier im falschen Film? Nochmal: Es gibt keinen Fall, und wenn es einen gäbe, dann wäre er nicht unsere Baustelle.«

Lindt blieb hartnäckig: »Angenommen, es passiert tatsächlich was, und die Lisbeth Wein sagt aus, dass sie heute bei den Hauptkommissaren Wellmann und Lindt im Karlsruher Polizeipräsidium vorgesprochen hat. Was dann?«

Paul war der Verzweiflung nahe. Er musste seinen Partner jetzt unbedingt auf andere Gedanken bringen, besann sich auf eine bewährte Strategie und stand entschlossen auf: »Ich glaube, du brauchst dringend was zu essen. Kommst du mit? Weißwürste beim Metzger an der Ecke?« Er sah auf die Uhr. »Es ist jetzt elf. Vormittags schmecken sie nicht nur in Bayern am besten.«

Lindt wuchtete sich hoch. »Überredet. Guter Vorschlag. Einverstanden. Mein Bauchgefühl lechzt dringend nach neuer Energie.«

5

Heute hat er es mir wieder angedroht. Wirklich und ganz im Ernst. Hat es mir knallhart an den Kopf geworfen. Ihm gehört alles und er kann damit machen, was ihm gefällt. Zur Sparkasse will er fahren und mit jemandem sprechen, der sich damit auskennt, was das Haus wert ist. Und die ganzen Wiesen. Von Bauplätzen träumt es ihm. Er habe sich bereits erkundigt, behauptet er. Die Preise steigen. ›Wohnen am Rande des Nationalparks‹. Im Immobilienteil der Zeitung machen sie damit schon Werbung. Vor die Füße hat er mir das Blatt geworfen. »Da lies! Lies, wenn du kannst! Du mit deinen paar alten Kühen drunten im Stall. Du hast doch keine Ahnung. Zu blöd, um zu begreifen, wie der Hase läuft.«

Mit seinem Stock hat er auf die Zeitung am Boden gepocht und geschrien: »Du sollst lesen, hab ich gesagt. Selbst! Ha, das hast du wohl wieder verlernt! Oder hast du es noch gar nie gekonnt? Brauchst du ja nicht für deine groben Arbeiten im Wald! Was gehört schon dazu? Ein paar Muskeln vielleicht, aber kein Hirn!«

Ich bin dagestanden wie bedeppert, konnte mich überhaupt nicht rühren. Das macht er nicht. Das getraut er sich nicht. Die Heimat verkaufen, meine Heimat, mein Haus, meine Wiesen, nein. Auf gar keinen Fall!

Ich hab kaum aufgeschaut, da traf mich der Stock. Voll am Ohr, dass es nur so knallte. Vor Schmerz hab ich laut aufgeschrieen, aber irgendwie den Stock zu fassen gekriegt, hochgerissen und zugeschlagen.

Das Glas der Deckenlampe ist in tausend Scherben zerborsten. Vor Schreck hab ich den Stock fahren lassen und mir das Ohr gehalten. Warm, ja warm und feucht in meiner Hand. Blut! Es ist mir bereits in den Kragen gelaufen. Entsetzt hab ich das Weite gesucht. »Hau bloß ab, du blöder, einfältiger Nichtsnutz!«, hat er hinter mir hergeschrien.

6

Alle Versuche, Oskar Lindt umzustimmen, schlugen fehl. Nicht einmal das Paar kesselfrische Weißwürste brachte ihn von seiner Idee ab. Gedankenverloren tauchte er das Meisterwerk Karlsruher Metzgerkunst in den süßen bayerischen Senf, zuzelte das Innenleben der Wurst aus ihrer Haut und leckte sich genüsslich die Lippen.

»Erinnerst du dich noch?«, sagte er zu Paul Wellmann. »Da oben im Schwarzwald gibt es auch ein paar ganz hervorragende Metzgereien. Einen Schinken haben die … hmm … und immer was Leckeres in der Heißtheke.«

»Ich mag zwar gutes Essen, aber damit kannst du mich wirklich nicht locken, bei einer illegalen Aktion mitzumachen.«

»Offiziell dort auftauchen, geht natürlich nicht. Aber deswegen die Sache auf sich beruhen lassen? Nein, auf gar keinen Fall.«

»Was dann? Nachermittlungen zu unserem Fall von vor drei Jahren? Ist doch längst abgeschlossen. Dafür bekommst du nie und nimmer einen Auftrag. Oder willst du vielleicht Urlaub nehmen und als Tourist im Murgtal rumschnüffeln?«

»Wenn mir gar nichts anderes mehr einfällt, dann

auch das.« Er gab seinem Partner einen Stoß mit dem Ellenbogen. »Was ist, bist du dabei?«

Paul nahm erst einen tiefen Schluck aus seiner Colaflasche, dann sah er Oskar Lindt an. »Du weißt, dass ich nichts lieber tue, als mit dir zusammen zu ermitteln, aber …«

»Was *aber*? Aber ja oder aber nein?«

Wellmann schüttelte den Kopf. »Nein. Zu dieser Aktion sage ich Nein. Ohne mich. Außerdem ist da jetzt alles tief verschneit. Nee du, ich hab noch genug von unserer damaligen Winteraktion.«

»Jetzt stell dich nicht so an. Weißt du noch, wie ich gelitten habe? Sogar Skifahren musste ich. Und das bei meinen nicht vorhandenen sportlichen Ambitionen.«

Wellmanns Daumen zeigte nach unten. »Abgelehnt, Oskar. Nimm Carla mit, die freut sich über einen unerwarteten Winterurlaub.«

»Das schon, aber wenn sie Urlaub hört, hat sie kein Verständnis für Ermittlungen. Dann will sie immer was unternehmen. Beim letzten Mal hätte sie mich ums Haar noch zum Schlittschuhlaufen auf die Baiersbronner Eisbahn geschleppt.«

Paul schmunzelte, sagte aber nichts.

»Brauchst gar nicht so blöd zu grinsen. Ich weiß schon, was du denkst. Der dicke Oskar auf schmalen Kufen. Und alle zwei Minuten haut 's ihn hin. Nein, da hab ich mich geweigert. Langlauf am Schliffkopf war genug, das hat mir gereicht.«

»Also von mir aus«, stöhnte Paul Wellmann und verdrehte die Augen. »Du gibst ja doch keine Ruhe. Und bevor du dir beim Skilaufen noch was brichst, komme ich halt mit und pass auf dich auf. Überstunden haben wir beide ja genug.«

»Jetzt versteh ich die Welt nicht mehr«, wunderte sich Lindt. »Gerade eben noch nein, nein, nein, und jetzt das?« Er streckte ihm die Hand hin: »Schlag ein, los, schnell, bevor du es dir noch anders überlegst.«

7

Im Wald geht's mir gut. Überhaupt immer, wenn ich draußen sein kann. Auch bei meinen Rindern und Schafen auf der Weide. Aber im Wald ganz besonders.

Etwas verändert hat er sich schon. Erst die ganzen Stürme, vor allem der Lothar, der Weihnachtsorkan von 1999. Mann, der hat die dicksten Stämme umgeworfen. Oder abgeknickt. Grad als wären es Streichhölzer gewesen. Unvorstellbar, diese Kraft. Hat viele neue Ausblicke geschaffen, wo früher nur geschlossener dichter Hochwald war. Jetzt sieht man weit. Von der Hochstraße bis ganz runter ins Tal. Damals war ich schockiert. Die vielen dicken Bäume, alle platt. Tat mir wirklich leid. Über ein Jahr haben wir dran gearbeitet, bis das aufgeräumt war. Wir und viele andere Holzhauergruppen aus allen möglichen Ländern. Aber heute gefällt's mir auch da, wo der Wald erst wieder nachwachsen muss. Ausblicke haben echt was für sich. Nicht nur dunkler Wald.

Seit meine Kollegen und ich zum Nationalpark versetzt wurden, hab ich sowieso gelernt, die Natur mit ganz anderen Augen zu sehen.

Früher, ja seit der Lehrzeit, in meinen ersten 20 Berufsjahren, da hat sich alles ums Holz gedreht. Fällen, entasten, Akkordarbeit, möglichst schnell. Je schneller du warst, umso höher dein Verdienst. Dann wurde das Land geldgierig. Jedes Jahr mussten wir im Staatswald mehr einschlagen. Überall langten sie kräftig zu. Der Wald wurde ganz licht, und vielen der alten dicken Tannen und Fichten ging es an den Kragen.

Ich bin ganz froh, dass sie einen großen Teil hier unter Schutz gestellt haben. Klar, anfangs war ich auch dagegen. Absolut. Aufkleber auf meinem Jeep. Banner an meiner Scheune. Nationalpark auf Grün, dick rot durchgestrichen. Alle waren dagegen. Meine Kollegen besonders. Wehe dem, der eine andere Meinung hatte. Wehe dem, der sie auch noch öffentlich sagte. Der hatte echt nicht viel zu lachen – damals. Wurde voll niedergemacht.

Hab mich wohl irgendwie mitziehen lassen. Hab gemacht, was alle machten. Dagegen! Dagegen! Von oben hieß es dann: Jeder, der im Wald arbeitet, darf seine eigene Meinung sagen, aber bitte sachlich und anständig.

Also auf gar keinen Fall derart ausflippen, wie es in der Schwarzwaldhalle war, als der Ministerpräsident kam, der von den Grünen. Mensch, haben sie den ausgebuht. Gellende Pfiffe und richtig üble Beschimpfungen. Ich hab mich geschämt für die anderen, dass die so wüst waren. Bin dagesessen mit eingezogenem Kopf. Nein, da wollte ich nicht mitmachen. Ich glaub', damals hab ich begonnen, selbst zu denken. War ich eigentlich nicht gewohnt. Machen, das war mein Ding. Mit meinen Händen, weniger mit dem Kopf. In der Nacht, ja das weiß ich noch ganz genau, da war ich lange wach und hab mir Gedanken gemacht. Echte Gedanken. Nicht nur wie bisher über die Arbeit, wie mach ich das, wie mach ich jenes? Nein, über diese ganze Sache mit dem Nationalpark.

Ich hab auch öfter in die Zeitung geschaut, natürlich nur abends in meinem Zimmer, wenn es der Alte nicht gesehen hat. Der war damals noch strikt gegen den Park. Vor allem die Leserbriefe haben mich interessiert. Nicht nur die, die Contra-Nationalpark waren, sondern auch die von der anderen Seite. Die Befürworter, Freundeskreis haben sie sich genannt. Mit manchem hatten sie gar nicht so unrecht und vor allem blieben sie immer ganz anständig. Hat mich echt beeindruckt.

Dann kam der Tag, an dem sie uns gefragt haben. Ging vom Landrat aus. Wer will zukünftig im Nationalpark arbeiten? Freiwillige vor. Das gab natürlich heiße Diskussionen mit den Arbeitskollegen. Hab mich erst ziemlich zurückgehalten und abgewartet. Aber aufs Mal, nach ein paar Tagen, da waren sich die anderen in unserer Gruppe plötzlich einig. Wir machen mit, haben sie mir gesagt. Fast das ganze Revier kommt zum Nationalpark. Wenn wir weiterhin hier arbeiten wollen, in unserem Wald, dann müssen wir uns melden. Sonst werden wir anderswo eingesetzt.

Und du?, haben sie mich gefragt? Ich hab nur genickt. Bin dabei, schreibt mich auch auf die Liste. Echt froh war ich, dass es so gekommen ist.

Am gleichen Tag noch hab ich den Aufkleber vom Jeep gekratzt, und auch das große Banner an der Wand meiner Scheune hab ich verschwinden lassen, natürlich so, dass es der Alte nicht sofort gesehen hat. Ganz erleichtert war ich, kann mich noch genau dran erinnern.

Ein paar Tage später ist es ihm aufgefallen, da hat er mich zur Rede gestellt. Sonst spricht er ja kaum was mit mir, aber da war er voll wütend. Ich bin ganz cool geblieben. Wir werden alle zum Park versetzt, hab ich ihm geantwortet. Und wenn du es genau wissen willst, ich geh gerne da hin! Natürlich hat er getobt, aber das war mir egal. Hab ihn einfach stehen lassen. Alleine konnte er das Banner sowieso nicht wieder annageln.

Doch das war damals, 2013 im Herbst. Jetzt arbeiten wir schon ein ganzes Jahr bei der neuen Verwaltung, und ich fühle mich wirklich sauwohl. Nicht immer nur Bäume umsägen. Es gibt auch noch was anderes zu tun. Klar, manche Stämme müssen raus, unbedingt, wenn der Borkenkäfer zugeschlagen hat, aber wir werden jetzt andauernd fortgebildet. Ganz neue Themen. Naturschutz und alles, was damit zusammenhängt. Echt interessant. Um so was hab ich mich früher fast gar nicht gekümmert. War nicht meine Welt. War was für die grünen Spinner. Pilze im Totholz, seltene Käferchen, Dreizehenspecht und Raufußkauz. Erstaunlich, was in unserem Wald so alles lebt.

Macht mir echt viel Spaß, meine neue Arbeit, wenn nur der Alte nicht wäre. Zu Hause, da gibt es wirklich Probleme.

Gestern hab ich einen Christbaum aus dem Wald mitgebracht. Einen schön kräftigen Tannengipfel mit dickem dunkelgrünem Reisig. Mach ich jedes Jahr, wenn der erste Advent kommt. Mutter hat sich früher immer so darüber gefreut, wenn ich ihn auf unserem Balkon aufgestellt und die elektrischen Kerzen drangemacht hab. Abends, in der Dunkelheit, da geh ich extra noch mal raus auf die Wiese neben dem Haus, schau ihn an, wie die Lichter schön strahlen. Das gefällt mir. Wegen Mutter tu ich es immer noch, und dabei denk ich an sie. Ziemlich traurig werd' ich dann, aber das zeig ich nicht.

Der Alte hat nie was drüber gesagt. Nicht, ob ich einen schönen Baum geholt hab dieses Jahr, und nichts über Mutter. Ob es ihm leidtut, dass sie nicht mehr bei uns ist. Ob er auch manchmal an sie denkt. Keine Ahnung, ob er jemals auf den Friedhof geht. Ich mach das jedenfalls und halt ihr Grab in Ordnung. Bin ja kein Gärtner, aber ich mach's, so gut ich kann. Jetzt blühen sie immer noch, die Stiefmütterchen, die ich eingepflanzt hab, und wenn sie der erste rechte Frost verwelken lässt, dann deck ich alles mit Reisig zu. Weißtanne natürlich, schön buschig, frisch aus dem Wald und die helle Unterseite nach oben. Hab ich vom Gärtner abgeschaut. Sieht richtig festlich aus. Die Nachbarin hat mich schon mal dafür gelobt. Hätt' sie gar nicht gedacht, dass ich das so schön kann. Ja, die trauen mir alle nichts zu, vor allem nicht mein Alter. Nicht mehr auszuhalten, wie der in letzter Zeit rumspinnt. Schreit mich an, traktiert mich mit seinem Stock, und jetzt fängt er auch noch an und will das Haus verkaufen. Wenn er das tut, dann … dann …

8

Oskar Lindt brauchte drei Pfeifen, um zu überlegen, wie er es Carla erklären sollte, dass er in der nächsten Zeit wieder tagelang weg sein würde. Eine richtig gute Idee kam ihm trotzdem nicht. Ob er es ihr beim abendlichen gemeinsamen Kochen schonend beibringen könnte?

»Na, neue Leichen?«, begrüßte ihn Carla im Flur und nahm ihm seinen schweren Wintermantel ab.

Lindt wurde stutzig. Das war nicht die übliche Begrüßung, und dass sie ihm aus dem Mantel half, passierte normalerweise so gut wie nie.

»Ist was?«, fragte er. »Ich meine, gibt's was Besonderes?«

»Abwarten«, flüsterte Carla ihm geheimnisvoll ins Ohr. »Komm. Essen ist fertig.«

»Was? Wieso ist das Essen schon fertig? Ich wollte doch Zwiebeln schneiden und das Hackfleisch anbraten.«

Carla nahm ihn an der Hand. »Bolognese ist auf einen anderen Tag verschoben. Heute gibt es Schwein. Wildschwein, wenn du es genau wissen willst.«

Lindts Verwirrung wurde immer größer. Sein Leibgericht, einfach so, an einem Mittwoch?

»Jetzt spann mich doch nicht länger auf die Folter«, sagte er und setzte sich zu Tisch. »Du hast doch was.«

Seine Frau antwortete nicht, lächelte nur und goss ihrem Oskar von dem kräftigen französischen Roten ein.

»Mitten in der Woche gibt es Wildschweingulasch und meinen Lieblingswein? Raus mit der Sprache, was willst du mir beichten?«

Carla ließ sich nicht beirren, füllte die Teller mit handgeschabten Spätzle und schöpfte reichlich Gulasch darüber. »Jetzt stärk dich erst mal.«

»Danke, ich weiß nicht, ob ich so richtig Appetit habe. Da ist doch was im Busch.«

»Das wäre wirklich das erste Mal, Oskar ohne Appetit«, meinte Carla und begann ungerührt zu essen.

Lindt stocherte anfangs etwas unschlüssig in seinem Teller herum, doch als er das erste butterzarte Fleischstück im Mund hatte, so weich, dass er es problemlos mit der Zunge zerdrücken konnte, kam sein Appetit schlagartig zurück. »Hmm … lecker. Extrem lecker sogar. So wie immer halt. Grad das Richtige für einen kalten Wintertag.«

»Warst du draußen?«

»Nein, das nicht …« Er hielt kurz inne. Ob das der richtige Moment war? »Eigentlich müsste ich sagen, wir waren noch nicht draußen. Das wird sich in den nächsten Tagen aber ganz sicher ändern.«

»Was Größeres?«, wollte Carla wissen.

»Ist noch nicht klar. Auf jeden Fall müssen wir weg, Paul und ich. In den Winter. Schwarzwaldwinter, um genau zu sein.«

So, jetzt ist es raus, dachte Lindt und schaute seiner Frau prüfend ins Gesicht. Zu seiner großen Überraschung stand da aber keine Spur von Missfallen oder Verärgerung. Ganz im Gegenteil.

Carla strahlte: »Das trifft sich wirklich gut. Ich muss nämlich auch für ein paar Tage weg.«

Oskar hätte sich fast verschluckt, als er das hörte. Dass seine Frau alleine wegfuhr, kam nur alle paar Jahre mal vor. Völlig ungewöhnlich war das.

»Was, wieso, wohin? Eine Fortbildung? Geschäftlich?«

Carlas Gesichtsausdruck kam dem von Mona Lisa immer näher. »Nein«, sagte sie. »Ganz privat. Ich fahre morgen zu Anja.«

Lindt ließ die Gabel sinken und schaute seine Frau mit offenem Mund an. »Zu unserer Tochter? An den Bodensee? Jetzt versteh' ich gar nichts mehr.«

»Ist doch nicht schwer zu kapieren, Opa Oskar.«

»Was? Moment, was hast du gesagt?« Sein Herz begann zu rasen. »Die Anja? Wir werden …?«

»Genau!« Carla nahm seine Hand. »Wir beide werden Großeltern.«

»Äh … ja … das ist ja … das ist ja unglaublich … unfassbar«, stotterte er. »Damit hätte ich jetzt wirklich nicht gerechnet.«

»Bei drei Töchtern, mein lieber Oskar, solltest du aber damit rechnen.«

»Du meinst, Schwangerschaft ist ansteckend? Die anderen beiden sind auch schon infiziert?« Er griff nach dem Taschentuch und wischte sich den Schweiß von der Stirn.

»Bleib ganz ruhig. Es gibt keine Anzeichen für eine Epidemie, aber Anja geht es nicht so gut. Sie muss viel liegen, und deshalb fahre ich hin.«

»Kenn ich noch, das war bei dir doch auch so«, nickte Lindt. »Gibt sich wieder.«

»Bestimmt, aber jetzt braucht sie mich eben. Du kommst sicherlich auch eine Weile alleine zurecht.«

»Baiersbronn, Gästehaus Tannengrund, Familie Wein, du erinnerst Dich sicher. Da wird es mir an nichts mangeln. Garantiert nicht.«

Wenn Lindt gewusst hätte, was ihn in den kommenden Wintertagen dieses Februars 2015 erwarten sollte, hätte ihm das Wildschweingulasch nicht mehr geschmeckt. Überhaupt nicht mehr.

9

Er hat's getan! Er hat seine Drohung tatsächlich wahrgemacht. Jetzt ist der Alte komplett übergeschnappt. Heut' nach der Arbeit hat er mir das Kuvert vor die Füße geworfen. »Da! Lies! Lies, wenn du kannst.«

Ich hab es hochgehoben und aufgemacht. Das rote ›S‹ war drauf. ›S‹ wie Sparkasse. Heiß und kalt ist es mir geworden. Gezittert hab ich, einen Schauer nach dem anderen hat's mir über den Rücken gejagt.

»420.000«, hat er mir ins Gesicht geschleudert. »Vier…hundert…zwanzig… tausend!« Ganz langsam und hämisch grinsend hat er das wiederholt. »Fast eine halbe Million. Euro, verstehst du? Euro! Für diese alte Bude hier. Für den Preis schreiben sie es aus.« Mit seinem langen dünnen Zeigefinger hat er auf das Papier geklopft. »Da steht 's. Die Vermarktungschancen seien echt gut, sagen die, vor allem wegen den ganzen Wiesen. Ich hab's doch gewusst. Bauplätze!« Er rollte mit den Augen. Geldgier, pure Geldgier. »Fort mit dem ganzen Krempel. Endlich komm ich weg von hier.«

»Was? Du willst …?«, hab ich gestottert. »Und was wird aus mir und den Viechern im Stall?«

»Ab zum Metzger! Aus Rindvieh wird Rostbraten, und deine dummen Schafe, kaufen die Türken. Sind doch ganz wild drauf.«

Da hab ich rot gesehen. Schlagartig sind alle Sicherungen bei mir durchgebrannt, und ich hab ihn gepackt. Wieder an den Schultern. Geschüttelt hab ich ihn, dass er nur so geschlottert hat, dieses lange dünne Elend. Ich hab mich selber nicht mehr gekannt. Sein ganzer schlaksiger Körper hat gewackelt, dass ich Angst bekommen hab, der Kopf fällt ab.

»Das tust du nicht!«, hab ich ihn angeschrien. »Du verkaufst meine Heimat nicht! Du bist ja gar nicht von hier. Das ganze Sach' ist von der Mutter. Und es soll mal mir gehören. Mir! Hörst du? Mein Hof! Erhalten soll ich den und nicht verschleudern.«

Irgendwie hat er sich aus meinem Griff gewunden und hinter den Tisch geflüchtet. »Bleib mir vom Leib!«, hat er zurückgeschrien und mir den Gehstock drohend entgegengestreckt. »Du weißt genau, was im Testament steht. Alles ist meins, und ich kann damit machen, was ich will. Ich alleine. Niemand muss ich fragen. Du kriegst nur deinen Pflichtteil.«

»Das hat Mutter niemals freiwillig unterschrieben. Du hast sie gezwungen. Irgendwie hast du sie unter Druck gesetzt.« Widerlich und schmierig hat er mich angegrinst und mir seinen Stock auf die Brust gedrückt.

Da hab ich nicht lang gefackelt und den schweren Esstisch gegen ihn geschoben. So richtig mit Schwung. Fast wär' er zu Boden gegangen. Ganz panisch ist er rückwärts gestolpert, dieser blöde Arsch mit seinem Holzbein. An die Wand hab ich ihn gedrückt, eingeklemmt, den Tisch voll gegen seinen Bauch gerammt.

»Von mir aus kannst du abhauen von hier«, hab ich ihm entgegengebrüllt. »Von mir aus noch vor Weihnachten, dann hab ich wenigstens meine Ruhe.« Meine Faust hab ich geballt: »Getrau dich bloß nicht, alles zu verkaufen. Das lass ich mir nicht bieten.«

Voller Zorn hab ich den Brief genommen und bin die Treppe hochgerannt auf mein Zimmer. Den Alten hab ich einfach stehen lassen.

Aufs Bett hab ich mich geworfen und meine Finger tief in die Decke gekrallt. Ein paar Minuten lang konnt' ich gar nichts lesen, so geschnauft hab ich und gezittert.

Nach einer Weile hab ich mich an den Tisch gesetzt und angefangen, das Sparkassenschreiben durchzusehen. Ist mir nicht leichtgefallen, dieses Geschäftsdeutsch zu verstehen, aber irgendwann hab ich es dann begriffen. Es war nur ein Angebot. Noch keine Auftragsbestätigung. Dazu müsste der Vertrag zurückgeschickt werden.

Ganz komisch ist es mir geworden. Der kann doch nicht einfach … das ist doch nicht recht … das hätte Mutter niemals gewollt. Den Hof einfach so verkaufen. 1723 steht im Sandsteinbogen über der Stalltür. Seither gehört er unserer Familie. Das wäre ja Verrat. Verrat an allen, die sich vor mir auf diesen steilen Bergwiesen krumm und buckelig geschuftet haben. An allen Männern, die das Gras mit der Sense gemäht haben. An allen Frauen, die das Heu im großen Tuch auf dem Kopf hinuntergetragen haben. Das wäre Verrat! Und da unten in der Stube sitzt der Verräter. Einer aus dem Badischen. Wie Mutter nur auf den gekommen ist. Hat er sie als flotter Motorradfahrer beeindruckt? Oder war er schon immer nur auf ihren Besitz aus?

»Dein Großvater«, das hat mir meine Tante Lisbeth mal gesagt, »dein Großvater tät sich im Grab umdrehen, wenn er den noch gekannt hätt'.« Leider ist er schon jung gestorben, verunglückt mit dem Ochsengespann. Durchgegangen seien sie, die Ochsen, bergab, als der Bremsbengel am Wagen gebrochen ist und die Langholzladung von hinten geschoben hat. Umgeworfen, das Gespann, und die Stämme voll über meinen Großvater drüber. War nichts mehr zu machen.

Stell ich mir schrecklich vor, so jung zu sterben. 36 war er und zwei kleine Mädchen hat er daheim gehabt. Nein, nur Mädchen, keine Buben. Sonst hätte ja ein Sohn den Hof übernommen und nicht meine Mutter. So war's schon seit Generationen. Immer war ein Bub da, mindestens einer, meistens mehr.

Die Großmutter hat nicht mehr geheiratet. Tante Lisbeth sagt, die sei schwermütig geworden und irgendwann hätt' sie nicht mehr wollen. Ich kann mir denken, was das heißt, aber gefragt hab ich nie.

Und dann ist meine Mutter dagestanden mit dem Hof. Ganz alleine, 22 war sie grad, als die Großmutter … Aber sie hat sich durchgebissen. G'schafft und g'schafft und g'schafft. Und dann hat sie sich in den Valentin verguckt. Dass der zum Schaffen net geboren ist, hätt' sie gleich gesehen, sagt Tante Lisbeth. Aber ihre Schwester Marianne war ja hin und weg. So ein feiner Mann, groß und schlank und immer im Anzug. Tante Lisbeth hat ihn gleich durchschaut und immer nur langes Elend gesagt. Das hat er natürlich nicht gern gehört, und deswegen ist sie auch nur ganz selten zu Besuch gekommen.

Und seit Mutter tot ist, kommt sie nur noch an Weihnachten und an meinem Geburtstag. Aber bald ist ja wieder Weihnachten.

10

»Lindt, Sie erstaunen mich«, runzelte der Kriminaldirektor die Stirn, als er den Antrag auf Überstundenabbau durchsah. »Mein bestes Pferd im Stall möchte sich von der Koppel machen? Ist doch sonst nicht Ihre Art, das Feld hier den anderen Teams zu überlassen.«

»Falls heute Nacht der Oberbürgermeister tot im Straßengraben gefunden wird oder der Polizeipräsident bäuchlings im Erlachsee treibt, sind Paul Wellmann und ich natürlich sofort zur Stelle«, kniff der Kommissar ein Auge zu. »Aber für alles andere sind jetzt mal die Kollegen zuständig. Jeder ist ersetzbar, und in ein paar Jahren sagen wir sowieso ›Adieu, Mord & Totschlag‹.«

»Etwas neugierig bin ich ja schon. Lindt und Wellmann bauen gemeinsam Überstunden ab. Genau zur gleichen Zeit. Wollen Sie etwa zusammen in Urlaub fahren?«

»Öh … ja … also es wird nur ein kleiner Schwarzwaldausflug.«

Der Direktor hob die Augenbrauen: »Gibt's wieder Stunk im Nationalpark? Sie werden doch nicht auf eigene Faust …«

Lindt hob beschwichtigend die Hände: »Aber bitte, wo denken Sie hin. Nichts läge uns ferner, als ohne Auftrag in fremden Revieren zu wildern.«

Kopfschüttelnd unterschrieb der Vorgesetzte den Antrag, reichte ihn über den Schreibtisch und drohte mit erhobenem Zeigefinger: »Lassen Sie sich bloß nicht erwischen.«

Unter der Tür drehte sich Lindt noch einmal um und sagte: »Falls wir …«

»Falls Sie Unterstützung brauchen, schicke ich Ihnen Sternberg und Willms. Ist ja wohl klar. Und jetzt raus!«

»Gib's zu, du wolltest nur deinen neuen Protzkarren im Schnee ausprobieren«, stichelte Paul Wellmann, als er neben Lindt auf den vorgeheizten Lederpolstern des Mercedes ML Platz genommen hatte.

»Na was dachtest du denn? So ein SUV hat mich schon immer gereizt, und den hier hat mein Hausarzt fünf Jahre lang gefahren. Top gepflegt, das siehst du ja. Allrad, Untersetzung und Standheizung. Wunderbar. Man sitzt schön hoch und hat viel Blech um sich herum. Die bösen anderen Autos können einem nichts anhaben. Sehr beruhigend zu fahren, der Dicke. Du wirst schon sehen.«

»Ha, der Dicke, passt genau.«

Lindt drohte mit erhobenem Zeigefinger: »Sag jetzt bloß nichts Falsches.«

»Nein, nein, das sollte keine Anspielung auf den Fahrer sein. Nur das Auto, das wäre mir zu fett.«

»Du kannst auch gerne die gelbe Schüttelbahn nehmen. Ich warte dann in Baiersbronn am Bahnhof auf dich.«

»Ach«, meinte Wellmann und räkelte sich wohlig auf dem braunen Naturleder, »jetzt, wo es schon so schön warm von unten kommt, bleibe ich doch lieber sitzen.«

»Na also. Und außerdem hatte unser alter Wagen 19 Jahre auf dem Buckel, da war mal was anderes fällig.«

»Aber in Weiß? Die Farbe passt vielleicht zu deinem Hausarzt, aber doch nicht zu dir.«

»Okay, das war ein Zugeständnis an Carla. Aber wir werden zukünftig auch häufiger weitere Strecken zu fahren haben.«

»Aha, du machst mich neugierig?«

»Ja, an den Bodensee zum Beispiel.«

»Zu eurer Tochter? Ich dachte, die ist froh, wenn sie die Alten nicht so oft sieht.«

Lindt schmunzelte: »Bisher schon, aber manchmal gibt es halt veränderte Lebensumstände.«

»Hoppla, veränderte … Du meinst doch damit nicht etwa *andere Umstände*?«

»Tja, Paul, dir steht das auch noch bevor. Bei uns hat Anja den Anfang gemacht.«

»Ich fasse es nicht«, lachte Wellmann schallend hinaus. »Oskar wird Opa! Glückwunsch! Ich weiß schon, wer mich heute Abend zum Weizenbier einlädt.«

Eine gute Stunde später trafen die zwei Karlsruher Kommissare in Baiersbronn ein. Den Weg zum versteckt liegenden Tannengrund wusste Lindt immer noch genau. Vor drei Jahren hatte er hier gemeinsam mit Carla schöne Winterferientage verbracht und dabei – inkognito – einen aufsehenerregenden Fall geklärt.

»Dass Sie so schnell kommen können, hätt' ich nicht gedacht. Ich freu mich sehr«, begrüßte Lisbeth Wein ihre Gäste mit einer herzlichen Umarmung.

»Siehst du, Paul, auch im Schwäbischen gibt's nette Leute«, kommentierte Lindt die etwas zu intensive Umklammerung.

Wellmann grinste. »Wenn ich das damals schon gewusst hätte, wäre ich mit meiner Frau nicht im Ochsen-Obertal abgestiegen.«

»Die Küche dort war aber nicht zu verachten«, erinnerte sich sein Kollege. »Das geschmorte Rehschäufele, hmmm … da läuft mir jetzt noch das Wasser im Mund zusammen.«

Paul beugte sich zu Lisbeth Weins Ohr: »Immer nur Essen im Kopf, der Oskar. Aber was soll's, daran hab ich mich schon gewöhnt.«

»Unser Gästehaus ist zwar nur eine Frühstückspension«, antwortete die Wirtin, »aber Sie brauchen sich deswegen keine Sorgen zu machen. Die kulinarische Auswahl in Baiersbronn ist unübertrefflich. Vom Drei-Sterne-Gourmettempel bis zur Dönerbude finden Sie einfach alles.«

»Ich kenn mich aus im Sternedorf«, meinte Oskar Lindt. »Paul, lass dich überraschen. Ich verspreche dir, hier werden wir nicht verhungern.«

Dann wandte er sich an Lisbeth Wein. »Haben Sie Zeit, uns den Hof zu zeigen?«

»Alles werde ich Ihnen zeigen. Erst Ihre Zimmer, dann das Schwarzwälder Bauernvesper und danach meine Heimat.«

Lindt schnappte seine Reisetasche, folgte der Wirtin und leckte sich voller Vorfreude genießerisch die Lippen.

Eine halbe Stunde später saßen die Kommissare im Gastraum der Pension.

»So sieht also ›nur Frühstück‹ aus«, wunderte sich Paul Wellmann, als Lisbeth aus der Küche kam.

»Für auserwählte Gäste machen wir schon mal eine Ausnahme«, lächelte sie und stellte ein voll beladenes Holzbrett auf den blitzblank gescheuerten Ahorntisch. »Schwarzwälder Schinken, geräuchter Bauch, Hausmacher Schwarz- und Leberwurst, Hirschsalami und noch ein paar verschiedene Käsesorten, dazu natürlich Holzofenbrot. Alles regional aus der nächsten Umgebung.«

»Was?«, wunderte sich Lindt. »Jetzt gibt's im Schwarzwald auch Käsereien?«

Lisbeth nickte: »Von der Conny, draußen in 24-Höfe. Die hat auf ihrem Hof vor ein paar Jahren damit angefangen. War eine echte Marktlücke. Alles extrem lecker und zudem komplett Bio. Zertifiziert und kontrolliert. Auch die Butter holen wir von dort.« Sie zeigte auf die verschiedenen Käseecken. »In dem hier sind frische Kräuter, daneben ein Camenbärli, und das da hinten ist der Waldhexenkäse.«

»Hexenkäse«, schüttelte Wellmann den Kopf. »Das fängt ja gut an.«

»Keine Sorge, die echten Hexen sind schon ausgestorben«, lachte Lisbeth und machte eine einladende Handbewegung. »Sie sind sicherlich hungrig nach der langen Fahrt.«

»Na ja, so weit ist Karlsruhe jetzt auch nicht entfernt«, meinte Lindt. »Eine gute Stunde haben wir gebraucht, aber mein Magen kann trotzdem schon wieder was vertragen.«

Essiggürkchen, frisch gekochte Eier und knallrote Radieschen garnierten die Platte. Verschiedene Sorten Senf und Meerrettich standen in kleinen Töpfchen bereit. Die Kommissare ließen sich nicht lange bitten und langten kräftig zu.

»Schlaraffenland, mit einem Wort gesagt«, kommentierte Oskar Lindt nach einer Weile die Pracht und hielt sich den Bauch. Dann wandte er sich an die Wirtin: »Wir beide sind natürlich nicht offiziell hier. Das müssen wir gleich klarstellen. Zwei alte Freunde machen zusammen Winterurlaub im Schwarzwald. Als Kriminalkommissare können wir also nicht auftreten, aber das wird uns nicht davon abhalten, Ihren heimatlichen Hof näher unter die Lupe zu nehmen. Wenn ich mich recht erinnere, waren Sie an Weihnachten das letzte Mal dort.«

Lisbeth Wein nickte: »Seit die Marianne, also seit meine Schwester damals verunglückt ist, fahr ich nicht mehr so häufig hin.«

»War das früher anders?«

»Ganz anders. Beim Heuen haben wir ihr geholfen, und wenn sie mal krank war, auch im Stall. Wir hatten einen echt guten Zusammenhalt. Der Valentin war ja zum Glück meistens in Freudenstadt bei der Arbeit.«

»Ihren Schwager, den mögen Sie nicht besonders. Daran kann ich mich erinnern. Wie haben Sie ihn noch genannt, gestern bei uns im Büro?«

Lisbeths Gesicht nahm etwas an Farbe zu: »Langes Elend, aber der Ausdruck stammt nicht von mir. Allerdings habe ich es ihm mal voll ins Gesicht gesagt. Arbeitsscheues langes Elend.«

»Au, das wird ihm nicht gefallen haben.«

»Mach, dass du fortkommst«, hat er mich angegiftet. »Dich sehe ich am liebsten von hinten.«

»Das haben Sie sich bestimmt nicht gefallen lassen.«

Die Augen der Wirtin funkelten: »Würden Sie sich aus Ihrem Elternhaus weisen lassen? Ich jedenfalls nicht. Aber wenn ich in den letzten Jahren zu Besuch gekommen bin, hat er sich meistens verzogen. Nur wegen meinem Neffen, dem Hansjörg, bin ich ab und zu mal hochgefahren.«

»Wie ist das Verhältnis zu ihm?«

»Ich bin natürlich seine Dote, seine Taufpatin. Als einzige Tante war klar, dass ich das mache. In seiner Kindheit waren wir schon recht eng miteinander. Aber er hat noch nie viel gesprochen.«

»Auch Ihnen gegenüber nicht?«

»Ziemlich verschlossen. Noch mehr, seit er sich gesägt hat.«

»Was, gesägt? Unfall im Wald?«

Lisbeth nickte: »Die Kettensäge ist zurückgeschlagen. Mitten ins Gesicht, einmal schräg durch. Riesiges Glück hat er gehabt, dass kein Auge dran glauben musste. Nase und Unterkiefer sahen furchtbar wüst aus. Er wollte mir die Bilder mal zeigen, aber das hab ich mir erspart. Es friert mich heute noch jedes Mal, wenn ich die Narbe sehe.«

»Entstellt?«, wollte Lindt wissen und angelte sich noch ein Stück der geräucherten Leberwurst.

»Ein herzensguter Bub, nein, was sag ich auch, jetzt mit Mitte 30 ist er natürlich ein Mann. Im Kopf ein klein wenig langsam, aber fleißig und voller Kraft. Bloß eine Frau wird er sicherlich nicht mehr finden. Die Narbe in seinem Gesicht ist einfach zu heftig. Da schaut jede weg, ganz automatisch.«

»Tragisch«, murmelte Oskar Lindt nachdenklich.

»Man meint fast, es läg' kein Segen mehr auf dem Haus. Seit unser Vater damals verunglückt ist beim Langholzfahren mit den Ochsen. Marianne und ich waren noch ziemlich jung, zehn, zwölf Jahre alt und plötzlich ganz alleine mit unserer Mutter. Die hat es noch ausgehalten, bis wir aus dem Gröbsten raus waren, aber dann …«

»Depressionen?«, vermutete Wellmann.

»Sie ist ins Wasser. Hat nicht mehr können. Aufs Mal waren wir dann ganz alleine, die Marianne und ich. Sie wollte unbedingt weitermachen, deshalb hab ich ihr den Hof gelassen. Wenn du dich hier rumplagen und alles erhalten willst, dann soll's auch deines sein, hab ich gesagt.«

Lindt zögerte etwas, zu fragen, was ihm auf der Zunge lag: »Ich möchte nicht neugierig wirken, aber wir sollten es wissen. Wem gehört der Hof jetzt?«

Die Wut in Lisbeths Blick war unverkennbar: »Ich weiß nicht, wie er das geschafft hat. War meine Schwester zu gutmütig oder hat sie gar nicht kapiert, was es bedeutet, wenn sie ein Berliner Testament unterschreibt. Jedenfalls gehört seit ihrem Tod der ganze Hof dem Valentin. Jahrhundertelang im Familienbesitz und jetzt … jetzt …«

»Tja«, rieb sich Lindt den Hinterkopf. »Wenn nichts Dummes passiert, regelt sich das ja beim nächsten Erbfall. Dann käme der Sohn, also Ihr Neffe, dran und alles hätte wieder seine Richtigkeit.«

»Und wer sagt mir, dass nichts Dummes passiert?«

»Haben Sie denn Anzeichen?«

Lisbeth zuckte die Schultern. »Anzeichen nicht, aber ein komisches Gefühl.«

Da nickte der ergraute Karlsruher Kommissar und meinte: »Sehen Sie, deswegen sind wir gekommen. Das Gefühl. Ihr Gefühl und mein Gefühl. Schon gestern, als Sie bei uns waren, kam mir irgendwas an der ganzen Sache merkwürdig vor. Und deshalb schauen wir uns jetzt den Hof an.«

11

Versteckt hab ich es, das Schreiben von der Sparkasse. Ganz oben auf dem Heuboden hinter einem dicken Balken. Da ist es sicher. Da kommt der Alte nie hin. Leitern kann er zum Glück nicht steigen mit seinem Holzbein. Nein, Prothese muss man ja sagen. Aber ich sag trotzdem Holzbein dazu oder noch besser Holzfuß, weil bei uns im Schwäbischen, da geht der Fuß eigentlich vom großen Zeh bis zum Oberschenkel.

»Der Hof wird nicht verkauft!«, hab ich in die Stube reingerufen, als ich wieder im Haus war. »Der soll irgendwann mal mir gehören. Das hätte die Mutter so gewollt. Schließlich schaff ich ja alles, und du tust nichts!«

Im Halbdunkel ist er am Fenster gesessen, in seinem Ohrensessel und hat auf die Straße rausgeschaut. Ganz leise nur hat er mir geantwortet, und sein Gesicht hab ich dabei nicht sehen können: »Wenn du dich dabei bloß nicht täuschst.«

»Den Vertrag hab ich grad in den Ofen geworfen. Pech gehabt.« Dann hab ich die Stubentür zugeknallt. Der soll sich ja nicht einbilden, er könnt mich von hier vertreiben.

Was will er denn mit dem ganzen Geld? Sich ein schönes Leben machen? Mit 62 noch mal von vorn anfangen? Mit wem denn? Mit einer neuen Frau? Wo soll er die denn hernehmen? Und überhaupt, wer will schon einen alten kranken Mann? Hier hat er doch alles. Ich sorg für ihn, auch wenn er mir überhaupt nichts hilft. Jeden Tag bekommt er was zu essen, und zwar was Ordentliches. Ich putz und mach ihm die Wäsche, ja sogar bügeln hab ich gelernt. Also kann er doch wirklich zufrieden sein. Nein, ich glaub, der will mir nur Angst machen.

12

»Können wir Ihr Auto nehmen?«, fragte Lisbeth Wein. »Meines kennt der Valentin gleich, und der sitzt meistens am Fenster, damit ihm bloß nichts entgeht, was sich draußen abspielt.«

»Selbstverständlich«, antwortete Lindt und hielt der Frau die Beifahrertür auf.

Sie schüttelte den Kopf. »Nein, ich steig lieber hinten ein, dann sieht mich niemand. Auch der Hansjörg nicht, falls er irgendwo ums Haus rum etwas arbeitet.«

»Ist der jetzt nicht im Wald? Feierabend hat er doch sicherlich erst später.«

»Ha«, lachte Lisbeth. »Bei dem vielen Schnee? Nein, da arbeiten die Holzhauer nicht. Viel zu gefährlich. In den Wald kommt man ja gar nicht rein, außer mit den Skiern.«

»Die zweite Ausfahrt im Kreisverkehr«, kam von der Rückbank, als das Trio sich in Baiersbronn mit dem weißen Geländewagen auf den Weg machte.

Lindt schaute in den Rückspiegel. »Danke, Frau Wein. Die Ruhesteinstraße, richtig?«

»Genau. Erst Mitteltal, dann Obertal. Ich sag Ihnen rechtzeitig, wo wir abzweigen müssen.«

»Ganz nette Schneeberge«, meinte Paul Wellmann, als sie nach einigen Kilometern Fahrt von der Landesstraße in ein schmales Seitentälchen abbogen. »Hier geht's ziemlich eng daher.«

Lisbeth Wein nickte: »Wenn sich im Winter zwei Autos begegnen, muss einer zurück bis zur nächsten Ausweichmöglichkeit.«

Nach ein paar Hundert Metern meldete sie sich wieder: »Nach der nächsten Kurve sehen Sie den Hof schon. Die Straße führt direkt dran vorbei. Bitte nicht anhalten. Der Valentin sieht alles. Deswegen mach ich mich hier hinten möglichst klein.«

Lindt warf einen vielsagenden Blick zu Paul Wellmann, als er im Spiegel sah, dass sich ihre Mitfahrerin auf die Bank duckte und die Jacke über den Kopf zog.

»Schauen Sie zum zweiten Fenster im ersten Stock, da sitzt er meistens«, kam gedämpft von hinten.

»Tatsächlich«, antwortete Paul, als sie ohne das Tempo zu verringern an dem stattlichen Hof vorbeifuhren. »Dort hinter der Gardine. Den Schatten sieht man aber nur, wenn man es vorher schon weiß.«

Lisbeth Wein tauchte wieder auf. »So jetzt nach links und gleich wieder rechts.« Sie zeigte zu einer alten Bretterhütte. Parken Sie hinter dem Heuschopf dort. So, dass man das Auto von drüben nicht sieht.«

Das dunkelbraun verwitterte Holzgebäude bot genügend Schutz vor neugierigen Blicken. Lisbeth war als Erste ausgestiegen und stapfte einige Meter durch den Schnee bis zur Tür. »Ach jetzt weiß ich, wieso Sie Stiefel angezogen haben«, meinte Lindt und schaute an sich hinunter. »Meine Halbschuhe sind zwar stabil, aber wenn der Schnee bis zum Knie geht, wird's etwas ungemütlich.«

»Moment«, kam von der Hütte her. »Ich stampf Ihnen gleich einen Weg.«

Die Kommissare sahen, wie die Frau sich bückte, neben der Tür ein Brett zurückschob, und aus dem Hohlraum dahinter einen großen Schlüssel zutage förderte. »Da war er schon früher«, lächelte sie. »Der Heuschober gehört dem Nachbarn weiter oben. Sie sehen, ich kenn' mich noch aus.«

Mit beiden Händen schob sie den Schlüssel ins Schloss, drehte zwei Mal um und drückte die Tür mühelos nach innen auf. Als sie zum Weg zurückgekehrt war und für die beiden schlecht beschuhten Karlsruher eine Spur festgetreten hatte, bemerkte Lindt einen Anflug von Lächeln auf Lisbeths Gesicht.

»Kindheitserinnerungen?«, fragte er.

»Ja, Kindheit … und so«, antwortete sie leicht errötend.

»Und so …«, grinste der Kommissar. »Soso.«

»Ist uralt die Hütte«, beeilte sich Lisbeth, abzulenken.

»Und hat schon so manches gesehen«, ergänzte Lindt, doch dann folgten er und Wellmann ihrer Wirtin schnell ins Innere.

Etwas Helligkeit fiel durch die Tür, ebenso durch eine Vielzahl von Astlöchern in der Bretterverschalung. Die Augen brauchten eine Weile, um sich vom strahlenden Weiß des Schnees an das Dämmerlicht umzugewöhnen.

»Bleiben Sie erst mal an der Tür stehen«, kommandierte Lisbeth. »Ich mach den Laden auf.« Sie öffnete einige Riegel und ließ die beiden Flügel des Fensterladens aufschwingen.

»Ich höre gar kein Quietschen oder Knarren«, meinte Lindt, »offenbar gut geölt.«

Lisbeth griff in ihre voluminöse Umhängetasche und zog eine Sprühdose hervor. »Kriechöl. Echt super. Hat mein Mann im Keller stehen. Nimmt er für alles, vom Rasentraktor bis zur Schneefräse.«

»Und auch für Türschlösser und Scharniere.« Lindt betrachtete die Frau mit leicht gerunzelter Stirn. »Sie sind öfter hier.«

Die Frau wurde ein wenig verlegen. »Ja, wissen Sie … ich muss doch manchmal nach meiner Heimat sehen …«

»Von hier aus? Was sehen Sie denn da?«

Lisbeth griff erneut in ihre Tasche. Diesmal hielt sie ein Fernglas in der Hand. Sie zeigte hoch zum First. »Oben auf dem Dachboden gibt es zwei Eulenlöcher. Da kann man prima durchspechten. Man sieht alles, ohne selbst gesehen zu werden.«

Lindt schüttelte den Kopf. »Sie legen sich also auf

die Lauer und beobachten, was sich auf dem Bauernhof so tut.«

»Niemand hat eine Ahnung, dass ich da bin. Trotzdem weiß ich, was sich dort abspielt.«

»Moment mal«, überlegte Wellmann. »Ihr Wagen ist doch bekannt. Wenn Sie am Hof vorbeifahren, werden Sie garantiert bemerkt.«

»Das geht natürlich nicht«, antwortete die Frau. »Es gibt einen anderen Weg. Obenrum. Da kann ich mein Auto unauffällig abstellen. Dann zehn Minuten zu Fuß. Aber nicht auf der Straße. Ich kenne alle Schleichpfade hier.«

»Und wenn nicht gerade Schnee liegt, merkt niemand, dass Sie in der Hütte sind«, ergänzte Lindt und meinte: »Paul, ich glaube in Sachen verdeckter Ermittlung können wir heute noch was lernen.«

»Bin echt platt«, antwortete Wellmann. »Nun ist mir auch völlig klar, weshalb Sie bei uns in Karlsruhe waren. Das, was Sie gesehen haben, erfüllt Sie mit großer Besorgnis.«

»Erzähl ich Ihnen, wenn wir wieder daheim sind. Ich würde jetzt lieber wieder gehen. Auf dem Weg hinter der Hütte ist zwar nicht viel Verkehr. Eine Sackgasse, die nur zu einem einzelnen Haus dort hinten führt, aber wenn jemand durchfahren möchte …«

»Oh ja«, nickte Lindt. »Wir blockieren die Fahrbahn.« Er stockte. »Mist, ich glaube, da kommt schon einer.« Ein Motorengeräusch kam schnell näher.

Der Kommissar eilte zum Eingang, rief: »Hierbleiben!«, zog die Tür hinter sich zu und trat ins Freie.

Ein Subaru Kombi kam den Weg entlang gefahren

und stoppte hinter dem Mercedes. Lindt hob grüßend die Hand und öffnete die Fahrertür, um einzusteigen, da tönte eine nicht sehr freundliche Stimme von hinten: »Was machen Sie denn da?«

Der Kommissar drehte sich um und sah den Fahrer des anderen Wagens an. »Warum fragen Sie? Gehört Ihnen das Häuschen?«

Der Mann in blauem Arbeitskittel und mit recht ungepflegtem Vollbart hatte das Seitenfenster heruntergekurbelt, musterte missmutig erst den Fremden und dann den weißen Geländewagen mit Karlsruher Kennzeichen.

»Häuschen?« echote er. »Nein, erstens ist das eine Heuhütte und kein Häuschen, und zweitens gehört der Schopf dem Franz.« Er zeigte nach hinten. »An der Abzweigung nach oben und dann das zweite Haus.«

Lindt setzte sein freundlichstes Gesicht auf: »Genau so was such ich. Ein Ferienhaus im Schwarzwald war immer schon mein Traum, und aus dem da könnt' man echt was machen.«

»Ha!« Der Mann stieg aus und baute sich drohend vor Oskar Lindt auf. »Das könnt' Ihnen so passen. Kaum ist der Nationalpark da, kommen so Kerle wie Sie aus der Stadt und wollen hier alles aufkaufen. Das können Sie vergessen. Die Hütte wird zwar nicht mehr gebraucht, seit der Franz die Landwirtschaft aufgegeben hat, aber verkaufen tut der bestimmt nicht. Und außerdem: So ein Umbau wird niemals genehmigt.«

Der Kommissar hob abwehrend die Hände: »Ist ja gut. Ich hab's kapiert. Nichts für ungut. Ich mach' Ihnen jetzt dem Weg frei.« Er schwang sich hinters Steuer, startete den Wagen und fuhr weiter bis zur nächsten Ausweichmöglichkeit, wo er den unfreundlichen Zeitgenossen passieren ließ und danach wendete.

Paul Wellmann spähte bereits aus der Hüttentür. »Schnell jetzt, einsteigen, falls der zurückkehrt.«

Er schob Lisbeth Wein in Richtung Auto, schloss die Tür, drehte den schweren eisernen Schlüssel zweimal um, legte ihn wieder in sein Versteck und hastete zur Beifahrertür. »Abfahrt, Oskar.«

Lindt gab Gas. »Das war knapp.« Er schaute in den Rückspiegel zur Pensionswirtin. »Wenn der Sie entdeckt hätte …«

»Wir haben alles mitgehört«, meinte Paul Wellmann. »War garantiert ein Einheimischer.«

»Ich kenn die Stimme«, sagte Lisbeth Wein. »Der Hintere Otto.«

Wellmann lachte: »Was? Wie heißt der? Der Hintere Otto? Ist wohl hinter dem Mond zu Hause?«

»So sagt man halt, weil er ganz dort hinten wohnt. Im Nachtloch, da wo der Weg aufhört und im Winter drei Monate keine Sonne hinkommt. Ganz allein lebt er da. Der war früher schon leicht reizbar.«

»Er hätte Sie ja todsicher erkannt.«

»Mir wird ganz heiß«, fuhr sich die Wirtin mit dem Ärmel ihrer Jacke über die Stirn. »Wissen Sie, was das Schlimmste wäre: Da kommen drei aus der Hütte. Die Lisbeth mit zwei fremden Männern.« Sie schlug sich die Hände vors Gesicht: »Du liebe Zeit, was glauben Sie, wie schnell so was hier die Runde macht.«

Auch auf der Rückfahrt versteckte sich Lisbeth wieder, als ihr heimatlicher Hof in Sichtweite kam. Lindt fuhr recht gemächlich vorbei. Dabei relativierte sich der Eindruck, den er zuvor bekommen hatte. »Stattlich ist das Anwesen schon«, meinte er zu Paul. »Aber da liegt manches im Argen. Schau dir nur mal die Holzschindeln an. Kaum noch Farbe drauf, genauso wie auf den Fensterrahmen.«

Wellmann stimmte ihm zu: »Der Gartenzaun ist auch ziemlich windschief, und überall fehlen Latten.«

Lisbeth Wein setzte sich wieder gerade hin: »Der Garten war der ganze Stolz meiner Schwester. Unglaublich, wie viel Gemüse sie darin geerntet hat. So gut wie nichts musste sie im Laden kaufen. Und Blumen. Wenn ich allein an die Dahlienpracht im Herbst denke. Sie hatte einfach den grünen Daumen. Aber jetzt …«

»… geht alles den Bach runter«, führte Lindt ihren Satz fort.

»Um den Garten kann sich der Hansjörg ja nicht auch noch kümmern. Kommt mit der Landwirtschaft kaum rum. Haben Sie die steilen Wiesen gesehen? Einen Teil hat er zur Viehweide gemacht, Rinder und Schafe. Den Rest mäht er zweimal im Jahr.«

»Aber die Lage ist traumhaft«, meinte Wellmann. »Südhang, unverbaubarer Ausblick.«

»Ja«, bestätigte Lisbeth. »Sonnig war es bei uns daheim schon immer. Nur bei schlechtem Wetter ist es weniger schön. Jetzt liegt Schnee, da sehen Sie es nicht, aber die ganze Hoffläche, vom Haus bis rüber zur Scheune, ist nicht befestigt. Wenn's regnet – alles voller Schlamm.«

»Nicht geteert oder gepflastert?«, fragt Oskar Lindt. »Klarer Fall für Gummistiefel.«

»Der Hansjörg hat in einen neuen Traktor investiert, und der Valentin rückt nichts raus. Dem reicht's anscheinend so. Treppe runter und unter dem Vordach bis zu seiner Garage, das schafft er trockenen Fußes.«

»Also sitzt er nicht immer am Fenster«, wollte Wellmann wissen.

»Wenn er daheim ist, schon, aber manchmal, wenn er wegfährt, dauert es Stunden, bis er wiederkommt. Ich glaub, das weiß der Hansjörg gar nicht. Der Valentin ist nämlich immer rechtzeitig zurück, bevor der Hansjörg im Wald Feierabend hat.«

Lindt hielt mitten auf dem Weg an und drehte sich zur Rückbank hin um. »Das haben Sie alles bei Ihren umfangreichen Observationen herausgefunden?«

Lisbeth nickte eifrig. »Nicht nur dabei. Ich habe auch genügend Zuträger. Zu Hause erzähl ich Ihnen mehr.«

13

Jetzt schlägt's 13! Ich hab geglaubt, ich seh nicht recht. Komm ich am Freitagnachmittag vom Wald heimgefahren, ein wenig früher als sonst, steht doch der Alte im Hof. Der Alte im Anzug! Drei Leute bei ihm, Fremde. Hab ich noch nie da gesehen. Zwei Männer und eine Frau. Hat so ausgesehen, als täten sie sich das alles anschauen. Den Hof anschauen? Meinen Hof? Ich hab nur ein paar Sekunden gebraucht, um zu begreifen, was da abging. Der Alte macht seine Drohung wahr. Verkaufen! Der will echt meinen Hof verkaufen!

Ich bin voll auf die Bremse, dass der Dreck nur so gespritzt hat. Aus meinem Jeep bin ich gesprungen und auf die vier zugelaufen.

»Was wird das hier? Ha? Los, raus mit der Sprache!«

Der Alte hat einen ganz roten Kopf gekriegt, aber nichts gesagt.

Ich bin direkt vor ihn hingestanden: »Was wollen die Leut' hier? Was? Sag's mir!« Ziemlich laut war ich, und das mit Absicht. Dann hab ich mir die Fremden angeschaut: »Kaufen? Ist es das, was Sie wollen? Den Hof kaufen? Meinen Hof?«

Einer von denen hat gesagt, er käme von der Sparkasse und … Den hab ich gar nicht ausreden lassen, sondern mit den Armen gewedelt und die Leute weggescheucht. »Los, Abmarsch! Alle runter von meinem Hof. Lasst euch nie wieder blicken. Hier wird nichts verkauft.« Mann, haben die Schiss bekommen. Sind gelaufen wie die Hasen.

Dann hab ich mir den Alten vorgeknöpft. Wie angewurzelt ist der dagestanden, einen Mordszorn im Gesicht. »Du blödes Rindviech«, hat er mich angeschrieen. »Alles hast du verdorben. Die hab ich schon fast so weit gehabt. 380.000! Das hätten die freiwillig gezahlt. Bei 400.000 hätt' ich mitgemacht.«

Irgendwie hab ich die Beherrschung verloren. »Du geldgieriger alter Sack. Lass die Finger von meinem Hof. Wenn ich noch einmal merk', dass du es wieder probierst, dann geht's dir schlecht. Ganz schlecht!«

Da hat der doch ausgeholt und wollt' mir mit seinem schwarzen Gehstock eine überbraten. Das hat ihm gar nicht gutgetan. Ich hab ihm nämlich den Stock aus der Hand gerissen und fortgeworfen, weit weg rüber zur Scheune. Und ihm, dem Alten, hab ich eine vor den Latz geknallt. Eigentlich wollt' ich ihn ja bloß wegschieben, aber meine Faust auf seiner Brust, die hat er nicht vertragen. Einen Schritt rückwärts hat er gemacht, aber dabei nicht mehr an die dreckige Wasserlache hinter sich gedacht. Gestolpert und dann rein, rückwärts. Voll drin gelegen ist er im Schlamm. Mann, hat der ein Gezeter veranstaltet. Da hab ich ihn halt wieder hochgezogen und aus Versehen sogar noch Entschuldigung gesagt.

Aber wer hat hier Schuld? Der Alte hat doch die Leute hergeholt, zusammen mit diesem Typ von der Sparkasse. Also hätt' sich der Alte eigentlich entschuldigen müssen. Und zwar bei mir. So sieht's aus. Aber er ist nur abgezogen mit seinem nassen, verdreckten

Anzügle. »Zieh dich um. Ich wasch's ja wieder«, hab ich ihm noch nachgerufen, wie er sich die Treppe hochgeschleppt hat, ganz schräg irgendwie. War das wegen seinem Holzfuß, oder hat er sonst noch was? Ein paar blaue Flecke hätt' ich ihm gegönnt für seine Frechheit.

Wie ich da so gestanden bin und ihm nachgeschaut hab, da ist es mir erst richtig klar geworden. Der muss noch einen zweiten Vertrag unterschrieben haben, weil, den ersten, den hab ich ihm ja weggenommen. Der steckt noch hinter dem Balken aufm Heubarn. Da ist er also noch mal weg gewesen bei der Sparkasse. Was der wohl sonst noch macht, solange ich im Wald bin?

14

»Nein, bitte Frau Wein, wir können jetzt nicht schon wieder was essen«, wehrte sich Lindt, als Lisbeth mit dem erst halb leer gegessenen Holzbrett aus der Küche kam.

Sie tat ganz erstaunt: »Ha, jetzt genieren Sie sich bloß net. So ein Ausflug in den Schnee, der macht doch Hunger.«

»Sie meinen es einfach zu gut mit uns, aber ich bin noch pappsatt. Oder kannst du schon wieder, Paul?«

Auch Wellmann hob beschwörend die Hände: »Auf gar keinen Fall. Bin voll bis obenhin.«

Die Wirtin ließ sich nicht von ihrem Vorhaben abbringen und stellte das Vesper trotzdem auf den Tisch. »Vielleicht kriegen Sie ja wieder Hunger, wenn Sie hören, was ich noch alles beobachtet hab'.«

Lindt nickte. »Schießen Sie los. Bin schon ganz gespannt.«

Lisbeth ging um den Tisch herum und klappte die Sitzfläche der Eckbank hoch. Der Stauraum darunter war voll mit Papier. Hauptsächlich Zeitungen konnte Lindt erkennen.

»Unser Archiv«, sagte die Pensionswirtin. »Wenn im Schwarzwälder Boten was Interessantes kommt oder im Murgtalboten, unserem Gemeindeblatt, dann schieben wir's da rein. Alles, was nicht gleich ins Altpapier soll.« Sie nahm ein mehrseitiges DIN-A4-Druckstück heraus, das obenauf lag, und legte es vor die Kommissare auf den Tisch.

Lindt erkannte das rote ›S‹. »Ah, die aktuellen Mitteilungen Ihrer Kreissparkasse.«

»Genau«, bestätigte Lisbeth und blätterte darin, bis sie fündig wurde. »Kommt Ihnen das hier bekannt vor?« Sie deutete mit dem Finger auf eine der zahlreichen Immobilienanzeigen.

»Eindeutig«, antwortete Paul Wellmann und las den Text: »*Historischer Schwarzwaldbauernhof in idyllischer, sonniger Alleinlage, umgeben von Wald und Wiesen.*

Ideal zur Pferdehaltung. Na, wer sagt's denn, Oskar, da hast du doch dein Ferienhäuschen.«

»Ich glaube, das wäre Carla ein paar Quadratmeter zu groß.« Er zeigte auf die Flächenangaben: »Über vier Hektar Grünland. Wenn das die steilen Wiesen sind, die wir gesehen haben, möchte ich dort aber nicht Pferd heißen.«

»Haflinger oder Islandpony, alles andere stürzt ab«, stimmte ihm Paul Wellmann zu und schaute auf das Datum der Sparkassenbroschüre. »Ah, die Weihnachtsausgabe.«

»Letztes Jahr, gleich nach dem ersten Advent«, sagte Lisbeth. »Das kommt immer mal wieder als Zeitungsbeilage. Mich hätt' ja fast der Schlag getroffen, als ich das Bild da gesehen hab'. Mein Elternhaus soll verkauft werden! Die spinnen ja wohl, die zwei, hab ich zu meinem Willi gesagt und schon den Telefonhörer in der Hand gehabt, um den Valentin anzurufen. Zur Rede stellen wollte ich ihn, aber mein Mann hat mich zurückgehalten. Lass mal, Lisbeth, hat er gesagt. Das ist nicht unsere Sache. Du hast damals alles der Marianne gelassen, und jetzt gehört 's halt dem Valentin und dem Hansjörg.«

»Moment«, hakte Lindt ein. »Wenn ich mich recht erinnere …«

»Stimmt genau«, unterbrach ihn Lisbeth. »Das Testament. Mir ist es heiß und kalt geworden. Willi, hab ich gesagt, weißt du denn nicht mehr? Die haben sich doch gegenseitig zu Alleinerben eingesetzt. Der ganze Hof gehört nur dem Valentin.«

In diesem Moment kam Lisbeths Ehemann von draußen rein. »Was erzählst du unseren Gästen schon wieder von mir?«, wollte er wissen und begrüßte die beiden Karlsruher mit Handschlag.

Die Wirtin schob ihrem Mann das Sparkassenblatt hin. »Um die Anzeige geht es. Du hast doch damals gleich im Internet nachgeschaut.«

Willi nickte: »Da kam die Annonce auch drin, schon ein paar Tage lang. Aber eine Woche später war sie wieder verschwunden. Komisch, so schnell verkauft? Das hab ich fast nicht glauben können, und Lisbeth hat dann angerufen.«

»Wo, bei Ihrem Schwager?«, wollte Wellmann wissen.

»Nein«, schüttelte die Frau den Kopf. »Wenn der nicht imstande ist, uns Bescheid zu sagen, dass er den Hof verkaufen will, sollen wir uns dann melden?«

»Also beim Neffen?«

»Auch nicht, er ist halt doch ein wenig schwierig, der Hansjörg. Nein, direkt bei der Kreissparkasse hab ich nachgefragt. Wir kennen da ein paar Leute ganz gut.«

»Vertrauliche Informationen durch Vitamin B«, stellte Lindt fest. »Hätte ich natürlich genauso gemacht.«

»Der Vorfall hatte sich in der Sparkassenzentrale bereits rumgesprochen. War also kein Geheimnis mehr, was da passiert ist.«

»Vorfall?«, fragte Lindt. »Ist was passiert?«

»Und ob da was passiert ist«, antwortete Willi Wein. »Der hat die ja vom Hof gejagt, der Hansjörg.«

»Wen?«

»Na die Leute, die zur Besichtigung gekommen waren, mitsamt dem Immobilienmenschen von der Sparkasse.«

»Das hört sich aber nicht gut an.«

»Gar nicht. Anscheinend wäre er fast gewalttätig geworden. Die sind wohl fluchtartig dort abgehauen.«

»Und kurz danach war die Anzeige weg. Verschwunden aus dem Internet«, ergänzte Lisbeth. »Im Vertrauen haben wir dann erfahren, dass die Sparkasse den Vermittlungsauftrag gekündigt hat. Wundert Sie das?«

Lindt schüttelte den Kopf. »Die haben Besseres zu tun, als in einem Vater-Sohn-Streit zwischen die Fronten zu geraten. Warum auch immer, der Alte will verkaufen, der Junge nicht, und dann knallt's. Es wird mir jetzt immer klarer, weshalb Sie gestern bei uns waren. Feuer unterm Dach, das haben Sie richtig erkannt.«

»Können Sie es löschen?«, fragte Lisbeth zaghaft. »Löschen, bevor …«

»Bevor alles in Flammen steht oder bevor noch einer ins Gras beißt«, fügte ihr Mann hinzu.

Lindt antwortete nicht gleich. »Ob wir das richtige Löschmittel in unserem Feuerwehrauto haben?«, überlegte er zögerlich. »Ich glaube, diesen Brandeinsatz müssen wir sorgfältig planen.«

15

Ich kann es immer noch nicht fassen, dass er so was getan hat. Den ganzen Abend bin ich ihm aus dem Weg gegangen und gekocht hab ich ihm auch nichts. Nur eine Dose Linseneintopf warmgemacht und hingestellt. Ich glaub, er hat gewartet, ob ich ihm überhaupt was bring'. Aber den Teller hat er gleich weggeschoben und gemault: »Was ihr Schwaben auch immer an den Linsen findet. Ich mag die nicht und außerdem krieg ich Blähungen davon.«

Hab ich natürlich gewusst. Extra deshalb hab ich ihm die Linsen ja gebracht.

»Dann gibt's heut halt nichts. Fahr doch in die Wirtschaft und iss dort was, wenn du's dir leisten kannst«, hab ich ihm geantwortet, den Teller mit in die Küche genommen und gleich selber verputzt.

Er hat ja nie in der Küche gegessen. Auch früher nicht, als die Mutter noch da war. Ein Küchentisch ist kein Esstisch, hat er schon damals immer gesagt und darauf bestanden, in der Stube zu essen. Er hat auch nie selbst rausgeschöpft. Immer hat ihm einer vorlegen müssen, dem feinen Herrn.

Hat sich halt was eingebildet auf seinen Büroposten, und wir haben immer gedacht, er wär' ein hohes Vieh dort in Freudenstadt in der Fabrik.

Bis ich mal einen getroffen hab, der auch dort schafft. Schulkamerad von mir, wohnt im Mitteltal. Ist Meister in der Produktion, hat echt was drauf. Was der mir erzählt hat … oha, da sind mir die Augen aufgegangen. Wenn der Alte seinen Unfall nicht gehabt hätte, wär er versetzt worden, damals. Oder vielleicht ganz geflogen. So hat es zumindest in der Firma geheißen. Immer hätt' er sich über zu viel Arbeit beklagt und riesige Aktenberge auf seinem Schreibtisch liegen gehabt. Dauernd gestöhnt und gemault, aber nichts weggeschafft. Bis zu dem Tag, wo der Posten vom Chefbuchhalter neu besetzt worden ist. Mit einem Jungen. Der hat anscheinend ziemlich schnell geblickt, was da läuft, und meinem Alten gehörig die Meinung gesagt. Ist wohl kurz vor seinem Unfall gewesen. Ob er deswegen nicht aufgepasst hat in der Kurve?

Auch ohne Linsen ist er an dem Abend in der Stube geblieben. Ich hab ja gewusst, dass er niemals zum Essen fortfahren tät'. Im Obertal hätt' er sich sowieso in keiner Wirtschaft sehen lassen dürfen. Schon gar nicht am Abend, wenn die Stammtische voll sind. Nach drei Bier hätt' da keiner mehr ein Blatt vor den Mund genommen. Einmal war ich dabei, noch als kleiner Bub, wie einer zu ihm gesagt hat, er soll die Marianne in Ruhe lassen und machen, dass er wieder rüber kommt, über den Ruhestein, ins Badische. Da, wo er herkommt. Damals hat er mir leidgetan, wo er doch so einen wichtigen Posten gehabt hat im Büro. Da, wo er sich die Hände und die Kleider nicht dreckig machen hat müssen so wie die anderen an der Drehbank. Aber heut? Heut seh' ich das ganz anders.

Nach dem Teller Linsen hab ich dann in die Zeitung geschaut, und da war doch tatsächlich dieses dünne Heft von der Kreissparkasse drin. Ich hab net lang gebraucht, um die Anzeige zu finden, wegen der die Leute heut' da waren. Mit Bild! Von unserem Hof, nein, von meinem Hof! Der soll dem gehören, der ihn bewirtschaftet, und net dem, der den ganzen Tag faul in der Stube rumsitzt. 420.000 Euro. Da ist es gestanden. So viel, nein so wenig soll er kosten? Ich find, der ist viel mehr wert. Mit den ganzen Wiesen mit dem Gras, von dem die Kühe leben und die Kälbchen und die Schafe. Nächstes Jahr vielleicht noch ein paar Geißen für die ganz steilen Ecken. Es geht ja nicht nur um mich, sondern genauso um meine Viecher. Die wohnen doch auch bei uns. Für die bin ich ja verantwortlich. An mir liegt's, ob es denen gut geht. Ob sie ein glänzendes Fell haben und gut im Futter stehen, oder ob sie zu kranken, ausgemergelten Gestalten werden. Das ist mein Vieh, und wir bleiben hier, alle gemeinsam. Außer dem Alten. Der kann von mir aus abhauen. Dann hätt' ich meine Ruhe und müsst' mich nicht jeden Tag so furchtbar ärgern. Aber der geht ja net. Weil er net kann. Weil er kein Geld hat. Und deswegen will er alles verklopfen. Aber nicht mit mir!

Das Blatt von der Sparkasse hab ich mit auf mein Zimmer genommen. In Ruhe durchlesen, denn mir ist klar geworden, da muss ich was unternehmen. Wenn ich nichts mach, geht alles den Bach runter.

16

»Seit dem Vorfall sind jetzt gut zwei Monate vergangen«, überlegte Lindt. »Haben Sie mitbekommen, ob in dieser Zeit noch mal etwas Ähnliches passiert ist?«

Lisbeth schüttelte den Kopf: »Außer dem, was der Otto zu dir gesagt hat«, wandte sie sich an ihren Mann.

Der überlegte kurz. »Ja, der Hintere Otto …«

Lindt erinnerte sich: »Nicht gerade der angenehmste Zeitgenosse. Ich hatte bereits das Vergnügen.«

Willi Wein begann, die Unterhaltung wiederzugeben: »Beim Tanken bin ich ihm begegnet, das muss … ja im Advent muss es gewesen sein. Ich kenn ihn nur vom Sehen, wie man sich halt so kennt im Tal. Er vom Obertal, ich aus Baiersbronn. Deshalb war ich auch ganz überrascht, wie er mich angesprochen hat. Ich sei doch der Willi, der Mann von der Lisbeth. Ich hab genickt und gesagt: Ach, der Otto. Dich hab ich auch schon lang nicht mehr getroffen. Aber wir kommen halt kaum noch ins Obertal auf den Hof.

Da hat der Otto gemeint, so, wie es da zuging', wär es aber besser, wenn da einer mal nach dem Rechten sehen tät.

Was, hab ich gefragt, zwischen dem Alten und dem Jungen?

Ja und wie, hat er geantwortet: Neulich sei er vorbeigefahren, da wär doch plötzlich ein Kochtopf aus dem

Fenster geflogen. Direkt vor ihm auf die Straße geknallt. Ob ich mir das vorstellen könnt?

Ich muss den Otto wohl ganz entgeistert angeschaut haben, weil er gesagt hat: Das Fenster wär aber zu gewesen! Die Scherben seien gleich mit auf die Straße geflogen. Er sei voll in die Eisen und raus aus dem Auto, da hätt' er das Geschrei gehört. Ein Mordstheater! Also er hätt' gedacht, die täten sich grad gegenseitig umbringen.«

Lindt hakte nach: »Konnte der Nachbar was verstehen?«

Willi schüttelte den Kopf. »Der hört nicht mehr so gut, aber den Krach hat er trotzdem mitbekommen. Irgendwann hätte es sich dann so angehört, als würde eine Tür zugeknallt, und dann sei Ruhe gewesen. Den Kopf vom Hansjörg hätt' er dann noch am Küchenfenster gesehen, aber der sei gleich wieder verschwunden.«

»Wundert dich das?«, fragte Lisbeth. »Der guckt auf die Straße runter, sieht dort den Kochtopf liegen, direkt vor dem Otto seinem Auto, und dann steht da auch noch der Otto selbst. Sonnenklar, dass er sich nicht rausgetraut hat.«

»War das der einzige Vorfall, den Ihnen dieser Nachbar berichtet hat?«

»Ich kenn ihn ja immer noch gut«, meinte die Wirtin. »Von früher halt. Als Kinder haben wir schon miteinander gespielt, obwohl er ein ganzes Stück weg wohnt. Vom einen Haus kann man das andere nicht sehen. Aber wie mir der Willi erzählt hat, dass sie sich an der Tankstelle begegnet sind, da hab ich ihn natürlich angerufen.«

»Und?«, wollte Lindt wissen. »Wusste er noch mehr zu berichten?«

»Die Scheibe war zwei Tage später repariert. So lange sei der Fensterladen zu gewesen. Aber von da an ist der Otto immer extra langsam am Haus vorbeigefahren, um zu gucken, ob er was hört oder sieht. Er selbst hat zwar nichts mehr mitbekommen, dafür aber eine andere Nachbarin. Die ist mal abends vom Bus gekommen und dort hochgegangen, da hat sie den Hansjörg gesehen. Im Hof, beim Holz spalten, hinten beim Schuppen. Es war schon so gegen sechs Uhr, und er hat einen starken Strahler eingeschaltet gehabt. Deswegen konnte er sie auch nicht bemerken auf der dunklen Straße.«

»Würde mich nicht wundern, wenn er richtig kräftig zugehauen hätte«, meinte Lindt.

»Getobt«, sagte Lisbeth. »Der muss rumgetobt haben wie ein Irrer. Normalerweise benutzt er ja die Spaltmaschine hinten am Bulldog, aber an dem Abend hat er anscheinend die Axt genommen und wie besessen auf das Holz eingedroschen. Dazu geflucht in einer Tour. Ausdrücke! Unglaublich! Die will ich hier echt nicht wiederholen.«

»Sag's lieber«, drängte sie ihr Mann.

»Nein«, zierte sich Lisbeth, »das wäre ja …«

Willi ließ sich nicht abbringen: »Zum Beispiel: Dir zeig ich 's! Jetzt ist Schluss! Und dazu immer mit der scharfen Axt ein gewaltiger Schlag ins Holz.«

»Abreagieren«, meinte Paul Wellmann. »Der hat seine ganze Wut rausgelassen. Holz spalten soll ja ein gutes Mittel sein, um den Frust loszuwerden.«

»Das waren eher die harmloseren Ausdrücke«, meinte Willi. »Was halten Sie von: Den mach ich fertig! Ein für alle Mal! Der hat mich die längste Zeit geärgert! Zur Hölle soll er fahren, der Alte?«

»Krass«, entfuhr Wellmann. »Raue Sitten hier im Schwarzwald. Aber wenn es beim Holzhacken als Ventil für die Aggressionen bleibt, dann geht's ja noch.«

Willi Wein runzelte die Stirn und warf seiner Frau einen vielsagenden Blick zu. »Wir beide haben da unsere Zweifel, wie sich das noch entwickeln wird. Die Nachbarin war jedenfalls so geschockt, dass sie schnellstmöglich das Weite gesucht hat. Etwas weiter oben ist ihr dann der Hintere Otto begegnet. Dem hat sie alles brühwarm erzählen müssen.«

»War das auch noch vor Weihnachten?«, fragte Lindt.

Lisbeth nickte: »Ja, kurz nach dem fliegenden Topf. Die beiden konnten ihre Erlebnisse natürlich nicht für sich behalten. Da hat sich halb Obertal das Maul drüber zerrissen.«

»Und Sie haben es umgehend mitbekommen.«

»Klar. Ich hab immer noch viele Bekannte in meiner früheren Heimat. Sie können sich denken, mit welchen Gefühlen ich den Besuch an Weihnachten gemacht hab.«

»Immerhin haben Sie sich getraut.«

»Ja, doch es ist mir schwergefallen. Trotzdem hab ich mich nicht abschrecken lassen.«

»Aber nur den Neffen angetroffen, wenn ich mich recht erinnere.«

»Genau, der Valentin ist in der Stube geblieben. Da

war Licht, als ich hergefahren bin, und den Fernseher hab ich deutlich gehört.«

»Ihr Neffe war aber irgendwie komisch, haben Sie erzählt.«

»Richtig unterhalten kann man sich sowieso nicht mit ihm. Er bleibt immer recht einsilbig. Nur wenn er vom Wald und von seinem Vieh erzählt, wird er ein wenig lockerer.«

»Haben Sie ihn direkt auf den Verkauf des Hofes angesprochen?«

Lisbeth schüttelte den Kopf. »An Weihnachten möchte man doch nicht da drin rumstochern. Außerdem wusste ich ja, dass sich die Kreissparkasse wieder zurückgezogen hatte, und eine neue Annonce war noch nirgends aufgetaucht. Ich hab eine Dose mit selbstgemachtem Weihnachtsgebäck und einen Christstollen mitgebracht und wollte einfach mal abwarten, ob er von sich aus was sagt.«

»Das tat er nicht?«, wollte Lindt wissen.

»Kein Wort, also hab ich auch nicht nachgebohrt. Vielleicht hatten sich die beiden ja irgendwie geeinigt.«

»Trotzdem kam er Ihnen anders vor als sonst.«

»Sein Blick«, sagte Lisbeth. »Die Augen so unruhig. Innerlich angespannt, das war deutlich zu spüren. Und daraufhin hab ich beschlossen, mich weiterhin in der Heuhütte auf die Lauer zu legen.«

17

Er kann einfach keine Ruhe geben, der Alte. Ein paar Tage später hat er mich am Feierabend schon vor dem Haus abgepasst. Ganz rot ist er gewesen im Gesicht. »Alles hast du mir versaut!«, hat er mich angebrüllt. »Grad war die Post da. Gekündigt haben sie, die von der Kreissparkasse.« Mit einem Brief in der Hand hat er mir vor der Nase rumgefuchtelt. »Da steht's drin. Den Auftrag zum Verkaufen geben sie zurück. Alles wegen dir und deinem unmöglichen Auftritt.«

Ich hab nicht anders können und ihn grad ausgelacht. »So ist's recht, die wissen wenigstens, dass sich das net gehört, mir meinen Hof unterm Hintern weg zu verkaufen.« Dann hab ich ihn einfach stehen lassen und mich umgedreht, um meinen Vesperrucksack aus dem Jeep zu holen. Da keift der doch von hinten: »Es gibt noch mehr Immobilienmakler. Morgen kommt eine Frau, die wohnt gar nicht weit von hier. Die hat bestimmt keine Angst vor einem übergeschnappten Waldschrat.«

Da hab ich statt dem Rucksack meine Axt geschnappt und im Umdrehen voll ausgeholt. Nur einen Fingerbreit vor seiner Nase ist sie durchgesaust. Ganz knapp an ihm vorbei. Den Luftzug hat er gespürt. Ja, ich beherrsch mein Werkzeug. Natürlich hab ich ihn absichtlich verfehlt. Mann, hat der Alte die Augen aufgerissen. So, als wollt' ihm das Herz stehen bleiben. Käsweiß war er aufs Mal im Gesicht.

Da hab ich mir eine Sekunde lang vorgestellt, wie das wär, wenn's ihn jetzt einfach umgehauen hätt', hier im Hof, direkt vor mir. Nicht von der Axt natürlich, sondern weil er einfach vor Schreck einen Schlag gekriegt hätt'.

Das war ein Gedanke! Mir ist es selbst richtig schwindlig geworden dabei, aber irgendwie … ich glaub, es hätt' mir nicht mal so viel ausgemacht.

Das wär dann die gerechte Straf' gewesen. Die Straf' dafür, dass er meinen Hof hätt' verkaufen wollen.

Dann hab ich ihm die scharfe Schneide von der Axt direkt vors Gesicht gehalten und bloß ganz langsam, langsam, klar und deutlich gesagt: »Wenn sich dieses Weibsbild auf den Hof traut, dann kriegt sie die hier zu spüren. So eine Ragall, die spalt' ich mittendurch! Mit einem Hieb, vom Kopf bis runter!«

Au, hat der Alte da gezittert. Dann hab ich die Axt umgedreht und ihm den Stiel in seine schmächtige Brust gedrückt. »Und du bist gleich danach fällig. Dann kommt's auf dich auch nicht mehr an.« Ganz dicht bin ich vor ihn hingestanden und hab rüber zum Misthaufen gezeigt: »Da drin vergrab ich euch dann, das Weibsbild und dich, euch alle beide.«

18

»Jetzt müssen wir nur noch wissen, was Sie beobachtet haben aus Ihrem Versteck in der Heuhütte«, fragte Oskar Lindt.

Lisbeth Wein wurde etwas verlegen. »Ja …,« druckste sie herum, »also … seit Weihnachten war ich ein paar Mal dort. Vormittags, nachmittags, sogar bis es dunkel geworden ist. Aber leider …«

Der Kommissar schaute ihr in die Augen. »Nichts?«

Sie zuckte die Schultern: »Nein, nichts, was mich beunruhigt hätte. Den Hansjörg hab ich ein paar Mal gesehen, meistens auf seinem neuen Traktor, wie er ums Haus rum den Schnee weggeschoben hat mit der breiten Schaufel. Oder wie er Heu in den Stall geschafft hat. Manchmal ist er auch weggefahren mit seinem Geländewagen, aber nie für lang. Spätestens nach einer Stunde war er wieder da.«

»Und der Vater?«

»Der war nie draußen. Im Sommer hockt er manchmal in der Sonne auf der Bank, doch wenn Schnee liegt, hat er bestimmt Angst, hinzufallen. Mit seiner Prothese rutscht er sicherlich leicht aus. Aber am Fenster ist er manchmal gesessen. Im Ohrensessel hinter der Gardine. Grad so, wie wir ihn im Vorbeifahren auch gesehen haben. Der will halt alles mitkriegen, aber selbst nicht gesehen werden.«

»Das konnten Sie erkennen?«, wunderte sich Paul Wellmann. »Es sind doch einige Hundert Meter vom Heuschober bis zum Hof rüber.«

»Unser Fernglas hat eine zehnfache Vergrößerung und ein echt scharfes Bild. Gegen Abend war auch mal kurz Licht an in der Stube. Da hab ich ihn ganz deutlich gesehen.«

»Keine Streiterei?«

Lisbeth schüttelte den Kopf. »Vielleicht hat sich die Lage ja wieder beruhigt. Die Nachbarn haben auch nichts mehr mitbekommen. Aber wir glauben, dass es im Frühjahr weitergeht. Der Valentin lässt bestimmt nicht locker. Auch, wenn die Sparkasse abgesagt hat. Was der im Kopf hat, das setzt er durch.«

Willi stimmte seiner Frau zu: »Wenn der Hansjörg tagsüber wieder im Wald arbeiten kann, dann holt sein Vater den nächsten Makler auf den Hof – sobald der Schnee geschmolzen ist, die Sonne länger scheint und das Gras wächst. Dann sieht das Anwesen ganz idyllisch aus. Beste Voraussetzungen für einen guten Preis.«

»Darf da eigentlich gebaut werden?«, wollte Lindt wissen.

»Aha, du liebäugelst also doch mit einem Ferienhaus«, neckte ihn sein Kollege.

»Der Ruhestand kommt näher, Paul. Mildes Reizklima im Schwarzwald, das ist auf Dauer sicher gesünder als die stickige Großstadtluft im Rheintal.«

»Die steilen Wiesen?«, schüttelte Willi Wein den Kopf. »Nicht geschenkt wollte ich dort wohnen.«

»Aussicht und Sonne«, meinte Lindt. »So ein kleines Holzhaus hoch über dem Tal, Terrasse mit Liegestühlen, also ich hätte da schon Ideen. In der Schweiz bauen sie sogar auf Stelzen. Je steiler der Hang, desto größer die Freiheit.«

»Bis der Erdrutsch kommt und die Hütte mitnimmt«, grinste Paul. »Nein, nein, für mich wär das nichts. Ich bleib lieber auf der Ebene.«

»Eigentlich hatte ich ja auch einen anderen Gedanken«, sagte Oskar Lindt. »Wie wäre es denn mit Anklopfen und Nachfragen?« Er griff nach den Mitteilungen der Sparkasse. »Lass uns damit doch einfach mal am Hof auftauchen. Mehr, als wieder wegschicken, können die uns ja nicht.«

»Wie?«, fragte Paul. »Wir beide sollen uns als Kaufinteressenten ausgeben?«

»Klar doch, zwei Karlsruher auf der Suche nach einer Bleibe für die Alters-WG.«

»Hoho, wovon träumst du nachts, wenn du schon solche Tagträume hast? Die Lindt-Wellmann-Wohngemeinschaft. Der Knaller! Womöglich noch mit Land wirtschaft, dann kann das ganze Vieh einfach dableiben.«

»Selbstversorgung, Paul. Der neue Trend. Die Rumpsteaks mähen deinen Rasen, und im Herbst kommt der Metzger vorbei.«

»Wieder typisch – immer nur ans Essen denken«, frozzelte Wellmann, doch Lindt fackelte nicht lange, schnappte sich eine hartgeräucherte Bauernbratwurst von Lisbeth Weins Vesperteller und biss herzhaft hinein.

»Stärkung für morgen«, sagte er genüsslich kauend. »Wer weiß, ob wir nicht auch schnell flüchten müssen.«

19

Morgen ist der zweite Advent und meine Narbe schmerzt. Das tut sie manchmal. Vor allem, wenn das Wetter umschlägt. Ob doch noch Schnee kommt? Wär auf jeden Fall besser als immer das Schmuddelwetter.

Seit ein paar Tagen hab ich Urlaub. Gut, dass ich das Jahr über kaum welchen genommen hab. Und jede Menge Überstunden stehen auch auf meinem Zeitkonto. Jetzt muss ich daheim sein. Wer weiß, was der Alte sonst noch alles treibt, solange ich im Wald schaff'. Diese Maklerin, die ist jedenfalls bis jetzt noch nicht aufgetaucht. Hat also gewirkt, was ich ihm angedroht hab. Nicht, dass ich der Frau wirklich was antun möchte, ich weiß ja gar nicht, wer das ist, aber die hat hier nichts zu suchen. Falls sie doch kommt, werd' ich ihr das gleich ganz deutlich klar machen. Vielleicht fliegt sie ja auch aus Versehen in die große Wasserlache, so wie der Alte in seinem Anzug. Die hat bestimmt auch teure Kleider an, so wie alle, die sich für was Besseres halten. Ich muss es nur geschickt genug anstellen. So, dass sie halt selber stolpert und reinfällt. Nicht dass sie mir noch die Schuld gibt und ich die Reinigung zahlen kann.

Misthaufen wär auch nicht schlecht oder noch besser das Gülleloch. Zwei morsche Bretter drüberlegen und krach, saust sie ab in die Brüh'. Wäre natürlich optimal, wenn's ein bisschen Schnee hätt. Dann sieht sie gar nicht, dass die Bretter mürb sind.

Ja, lass sie nur kommen. Ich freu mich schon richtig drauf. Alle scheuch' ich fort. Niemand wird meinen Hof verkaufen.

Aber der Alte ist hartnäckig. Da muss ich auf der Hut sein. Neulich hat er eine Nummer im Badischen angerufen. 07842, die Vorwahl von Ottenhöfen oder Kappelrodeck. Kenn ich, weil einige meiner neuen Arbeitskollegen auch dort wohnen. Ganz schnell hat er aufgelegt, wie ich die Stubentür aufgemacht hab. Wahrscheinlich hat er gemeint, ich wär noch im Stall. Hab getan, als tät ich mich nicht weiter drum scheren, aber später, wie der Alte auf dem Klo war, hab ich die Wahlwiederholung gedrückt und die Nummer gesehen. Vielleicht war's ja jemand, den er noch von früher kennt, aus seiner alten Heimat. Da muss ich schon aufpassen, nicht dass der sich noch Verstärkung holt. Hat ja den ganzen Tag Zeit, um was auszubrüten. Zuzutrauen ist dem alles, aber nicht mit mir. Ich bin da und ich pass auf.

Vielleicht war's ja auch falsch, dass ich ihm in der letzten Zeit nichts Rechtes gekocht hab. Das ist mir durch den Kopf gegangen. Ob er mit einem richtig guten Essen wieder zur Besinnung kommt und erkennt, dass er es hier doch ganz gut hat? Außerdem wird's ja bald Weihnachten. Die friedliche Zeit, sagt man. Ob's bei uns auch wieder friedlich wird?

Ich hab mir auf jeden Fall vorgenommen, nur noch das zu kochen, was er wirklich mag. Bei der Mutter hab ich früher schon so einiges abgeschaut. Morgen, zum zweiten Advent, mach ich einen Rehbraten. Vor ein paar Wochen ist so ein armes Böckle auf der Ruhesteinstraße überfahren worden. Viel war nicht kaputt, nur der Kopf hat was abgekriegt. Aber mein Chef hätt' es trotzdem in den Wald geworfen für den Fuchs. Verkaufen darf er es nicht mehr, hat er gesagt. Ich glaub, er hat gesehen, wie ich geguckt hab, und deshalb hat er gemeint: »Hansjörg, das kannst auch du fortbringen. Du weißt ja, wo der große Fuchsbau ist.« Und dann hat er sein linkes Aug' zugekniffen. Der weiß natürlich, dass ich es mitgenommen hab, aber ich glaub, es war ihm recht. Sowieso ist mein Chef immer richtig gut zu mir. Ab und zu lobt er mich sogar. Neulich hat er gesagt: »Der Hansjörg schwätzt net viel, aber er merkt immer gleich, wo man hinlangen muss.« Mein Chef sieht halt, was ich alles schaff, und das gefällt ihm. Ich glaub, er weiß, dass ich 's nicht leicht hab'. Nicht daheim und nicht mit meiner wüsten Narbe quer übers Gesicht.

Wenn's nur noch mehr solche Leut' gäb' auf der Welt und nicht nur so Kerle wie meinen Alten.

20

»Die Sonne kommt schon raus«, sagte Oskar Lindt beim Frühstück zu seinem Kollegen. »Heute erwartet uns ein wunderbarer Tag.«

»Grad recht, um einen Bauernhof zu kaufen«, frozzelte Paul Wellmann. »Ich bin echt gespannt, was uns da bevorsteht.«

»Mal langsam«, meinte Lindt. »Ich hab mir heute Nacht überlegt, dass wir vielleicht doch nicht gleich mit der Tür ins Haus fallen sollten. Erst die Umgebung erkunden. Bestimmt kommt uns dabei noch die eine oder andere Idee.«

»Auch recht. Also dicke Stiefel, Handschuhe, Pudelmütze und wattierte Jacke.«

Derart ausgerüstet enterten die beiden Karlsruher Kommissare Lindts weißen Mercedes Geländewagen und steuerten Obertal an.

»Der alte Jeep steht unterm Vordach«, konstatierte Paul Wellmann, als sie gemächlich an Lisbeth Weins heimatlichem Hof vorbeifuhren. »Also wird dieser Hansjörg wohl daheim sein.«

»Ein original Willys«, sagte Lindt und hielt kurz an, um vom Autofenster aus einen Blick auf das urtümliche Gefährt zu werfen. »So, wie die Kotflügel aussehen, einer aus den 50er Jahren. Ich kenn mich jetzt aus in der Geländewagenszene.«

»Dass ich nicht lach'«, stieß Wellmann aus. »Der dort, ja, das ist ein Geländewagen, ein echter, den kann man offroad brauchen. So was ersetzt manchmal sogar einen Traktor. Nach dem Krieg haben sie da den Heuwagen oder den Pflug drangehängt. Aber deine weiße Schaukel hier, die taugt doch bloß für die Arztgattin, um die Töchter ins Ballett zu fahren.«

»Paul, jetzt reicht's aber! Mach mir den Dicken nicht madig und freu dich an der Sitzheizung. Mit so einem alten Karren wie dem da drüben holst du dir im Winter jede Menge Frostbeulen. Kann mir grad ausmalen, wie's da zum Verdeck reinzieht.«

Wellmann zeigte zu den tief verschneiten Wiesen rings um den Hof. »Wenn du dann dort mal dein Ferienhaus gebaut hast, kannst du ja so einen alten Jeep als Drittwagen kaufen und im Sommer damit offen durch die Gegend düsen.«

Lindt fuhr langsam weiter und schüttelte den Kopf. »Ein echter Willys wär nichts für mich. Beim Einsteigen glaubst du, eine Fischdose zu entern, so hoch ist der Rand, über den du klettern musst. Und drin, da geht's echt eng zu. Ellenbogenfreiheit gleich null. Da mach ich lieber hier in meinem Dicken das Schiebedach auf, dann hab ich Cabrio genug.«

Die Augen beider Kommissare hefteten sich jetzt auf das Fenster der Wohnstube.

»Da, wie beim letzten Mal auch. Er sitzt am selben Platz«, meinte Lindt.

»Und hat uns fest im Blick«, ergänzte Wellmann. »Wegsehen und weiterfahren.«

»Ich glaub sogar, die Gardine hat gewackelt.«

Paul nickte. »Ganz leicht. Mir kam's auch so vor.«

Die Kommissare stellten Oskars Wagen dort ab, wo auch schon Lisbeth Wein ihr Auto geparkt hatte, wenn sie sich auf die Lauer legte. Zwei weitere Pkws standen bereits in der langen freigeräumten Parkbucht. »Auswärtige Kennzeichen«, stellte Wellmann fest. »Noch mehr Feriengäste, die den schönen Tag für eine Winterwanderung nutzen.«

Sie hatten sich bereits einige Schritte entfernt, als Lindt nochmals umdrehte, die Beifahrertür öffnete und ins Handschuhfach griff. »Nicht nur die gute Frau Wein hat ein Fernglas. Wir natürlich auch«, hob er das Zeiss 10x40 in die Höhe. »Schon 30 Jahre alt, aber immer noch ein gestochen scharfes Bild.«

Wellmann setzte seine dunkle Sonnenbrille auf. »Mann, ist das hell hier. Kaum auszuhalten, Sonne und Schnee.« Lindt tat es ihm nach. »Nicht, dass wir noch gletscherblind werden. Dann erkennen wir den Alten nicht mehr auf seinem Beobachtungsposten.«

Es dauerte einige Minuten, bis die zwei so weit gegangen waren, um den Bauernhof wieder im Blick zu haben. Eine schneefreie Sitzbank zog Lindt und Wellmann magisch an.

»Weißt du, wie richtige Urlauber das machen?«, fragte Paul.

»Klar doch, Augen zu und Gesicht in die Sonne. Spürst du's? Im Februar hat sie doch schon ganz schön

Kraft. Wir bekommen eine Hochgebirgsbräune, als wenn wir zum Skifahren in Davos gewesen wären.«

»Grad denk ich an die Kollegen im neblig – kalten Karlsruhe …«

»Beneiden werden sie uns, wenn wir in ein paar Tagen wieder heimkommen, aber vorher sollten wir noch dort drüben nach dem Rechten sehen.« Lindt schob die Sonnenbrille hoch und nahm das Fernglas an die Augen.

»Idylle pur. Richtig malerisch, der alte Hof, mitten in den schneebedeckten Wiesen. Wenn man das so sieht, mag man gar nicht an Streit und Zank denken. Und die Lisbeth hat recht. Wenn man es weiß, bemerkt man sogar den Schatten hinterm Stubenfenster. Da schau mal.« Er reichte Paul Wellmann das Fernglas.

»Ein wenig Fantasie gehört dazu, aber es stimmt, wenn ich mich anstrenge, kann ich diesen Valentin tatsächlich in seinem Sessel sitzen sehen. Da, jetzt tut sich sogar was im Hof … da läuft einer … Arbeitskleidung, grün-orange, so was tragen doch die Waldarbeiter … er geht in den Schuppen … und weg ist er.«

»War dann wohl der Sohn«, überlegte Lindt.

Wellmann stimmte ihm zu. »Glaub ich auch … da, er kommt wieder … hat was auf der Schulter … was Großes … ach so, ein Heuballen, danach sieht's aus … jetzt geht er wieder rüber zum Haus … und unten zu einer Tür rein.«

»Stall«, sagte Oskar. »Die alten Höfe haben ebenerdig immer den Stall. Das Vieh im Erdgeschoss gibt noch zusätzlich Wärme im ersten Stock.«

»Und stinkt!« Wellmann hielt sich die Nase zu.

»Nicht nur das«, ergänzte Lindt. »Ammoniak. Ziemlich ungesund. Wer das jahrelang einatmen muss, der wird nicht besonders alt.«

»Früher Erbfall. Dann hätte der Hansjörg keine Probleme mehr.«

Lindt zeigte hinüber: »Da, ich seh was. Gib mir mal das Glas.« Er hielt das Zeiss an die Augen. »Er geht wieder über den Hof. Will bestimmt noch einen Heuballen holen … nein … jetzt schiebt er … ah, eine Schubkarre voll Holz … Brennholz … lauter Scheite hat er geladen … die fährt er zu einer anderen Tür rein.«

Es dauerte nur wenige Minuten, bis aus dem Schornstein des Bauernhauses deutlich sichtbarer Rauch aufstieg. »Siehst du, ich hab richtig gesehen. Es war Brennholz. Der hat nachgelegt.«

»Wie groß waren die Scheite denn?«, wollte Paul wissen.

»Auf jeden Fall deutlich dicker und länger als die, die in deinen Kaminofen passen.«

»Dann kombiniert der schlaue Kommissar …«, meinte Wellmann, »… Feststoffkessel für Zentralheizung. Damit heizen die ihr Haus.«

»Ist ja logisch«, meinte Lindt. »Der arbeitet im Wald, was liegt also näher, als mit Holz zu heizen. Und wenn er mit Traktor und Seilwinde ausgerüstet ist, geht das Aufarbeiten bestimmt recht fix.«

»Für diesen Hansjörg ist das garantiert auch Ehrensache, das Holz selbst zu machen. Die Lisbeth hat's doch gesagt, er wär ein richtiger Schaffer mit Kraft wie ein Bär.«

»Für unser Ferienhaus werd' ich dann auch anpacken. Stell ich mir als echte Befriedigung vor, den Wintervorrat an Brennholz eigenhändig aus dem Wald zu holen.«

»Das will ich selbst sehen«, lachte Paul. »Oskar mit Motorsäge und in Arbeitskleidung. Ein ganz ungewohntes Bild.«

»Traust du mir das etwa nicht zu?«

»Dein weißer Protz-Mercedes wird ganz schön ramponiert werden. Holprige Dreckwege im Wald, Brennholz im Kofferraum.«

»Dann brauch ich natürlich einen Anhänger. Die Kupplung hat mein Auto schon. Ein paar Mal hin und her fahren – fertig ist der Stapel hinterm Haus.«

»Also doch Selbstversorgung. Und im Februar geht das Holz dann aus.«

»Au, das wäre peinlich. Aber das schreckt mich nicht. Der Nachbar hilft bestimmt mit ein paar Scheiten aus.«

»Der da vielleicht?«, fragte Paul und wies auf den Subaru-Kombi, der gerade näher kam. »Den kennst du ja schon.«

Der Wagen hielt genau bei der sonnenbeschienenen Sitzbank mit den zwei Urlaubern, und die Scheibe der Fahrertür senkte sich. »Immer noch auf der Suche nach einem Ferienhaus?« Zwei listige Äuglein blinzelten aus dem zerfurchten Gesicht. Der spitze Hut hatte dieselbe schmutziggraue Farbe wie der verfilzte Vollbart.

»Hier verkauft einem ja keiner was. Wirklich schade«, sagte Lindt. »Ich würd' gleich herziehen.«

»Fragen Sie doch mal dort drüben«, antwortete der Hintere Otto und zeigte über das kleine Tal. »Vor Weihnachten ist das Anwesen zum Verkauf gestanden.«

»Und jetzt? Schon weg?«

Der Otto zuckte die Schultern. »Kann ich mir nicht vorstellen. Wer will sich das auch antun. In die alte Bude können Sie zum Renovieren locker eine Viertelmillion reinstecken, und dann ist nur das Nötigste gemacht.«

»Da wär mein ganzes Kleingeld weg«, grinste Lindt.

»Die Schindeln haben kaum noch Farbe. Da arbeitet der Maler locker sechs Wochen dran. Sauteuer, kann ich Ihnen sagen.«

»Also kann man dem Haus schon von außen ansehen, wie es im Geldbeutel der Bewohner aussieht.«

Otto nickte. »Der Alte ist Frührentner, der kriegt sicher nicht viel, und der Junge schafft im Wald. Harte Arbeit, karger Lohn. Wenn die ihre Viecher nicht hätten, gäb 's manchmal nur Wassersuppe.«

»So schlimm?«

»Nicht nur, dass es am Geld fehlt. Die sind sich auch noch spinnefeind. Wenn der Vater wenigstens mitschaffen tät. Aber nicht den kleinsten Handschlag. Faul wie die Nacht. Kommt halt aus dem Badischen.« Erschrocken schlug sich der Otto die Hand vor den Mund und beeilte sich zu versichern: »Au, Sie haben ja ›KA‹ auf dem Nummernschild. Nicht dass Sie denken, ich hätt was gegen die Badener. Ab und zu gibt's auch ein paar Rechte darunter.«

»Aber so fleißig wie die Schwaben sind wir dann doch nicht. Ist es das, was Sie sagen wollten?«

Der Hintere Otto druckste etwas herum, dann platzte es aus ihm heraus. »Da kommen die Kerle mit ihren Motorrädern über den Ruhestein rübergefahren und schnappen sich hier die besten Mädle. Mordsmäßig angeben, das haben die schon immer können.« Er zeigte zum Hof. »Dort war's kein Haar anders. Der lange Valentin hat der Marianne schöne Augen gemacht. Die war hin und weg. Da hat keiner von uns mehr eine Chance gehabt.«

»Ist bestimmt schon ewig her«, meinte Lindt.

Ein wütender Blick aus Ottos Augen traf ihn. »Aber vergessen kann man's trotzdem nicht. Und wenn sie mich genommen hätt', die Marianne, dann tät der Hof jetzt anders dastehen. Und sie hätt' sich nicht Tag und Nacht auf der Landwirtschaft abschuften müssen. Alleine!« Seine Wangen wurden plötzlich ganz rot: »Ich sag's Ihnen grad, wie ich 's denk'. Wenn sie mich geheiratet hätt, dann wär sie bestimmt noch am Leben.«

»Schon früh verstorben?«, hakte Wellmann nach.

»Unfall im Stall. Bis der Hansjörg sie am Abend gefunden hat, war nichts mehr zu machen.«

»Tragisch«, murmelte Lindt. »Und jetzt gibt's da drüben eine reine Männerwirtschaft?«

»Sagen Sie nichts gegen einen Männerhaushalt. Bei mir daheim können Sie vom Fußboden essen.«

Der Kommissar betrachtete einen kurzen Moment das wettergegerbte Gesicht mit den Brotkrümeln im Bart, verkniff sich aber eine spitze Bemerkung. »Wir beide sind auch auf Männertour und haben unsere Frauen zu Hause gelassen.«

»Na dann noch viel Erfolg beim Ferienhaus-Suchen«,

tippte sich der Hintere Otto an den Hut und startete seinen Wagen. Dann lachte er verschmitzt: »Probieren Sie es halt mal bei denen dort drüben. Kann aber sein, Sie müssen die Beine in die Hand nehmen.«

21

Hat nichts geholfen. Den Rehbraten und die Spätzle hat er zwar gegessen, aber kein nettes Wort zu mir. Immer noch das gleiche grimmige Gesicht. Ein Blick, als hätt er Spinnen gefressen. Nicht wegen meinem Braten natürlich, aber weil ich ihm das versaut hab mit dem Verkaufen. Egal, ich probier's weiter mit gutem Essen.

Auch einen schönen Weihnachtsstrauß hab ich in der Stube ins Eck gestellt. Weißtannenreisig, wunderbar buschig, mit Lametta und Strohsternen dran. In einer Kiste von der Mutter hab ich noch drei Engel gefunden. Die hängen jetzt auch am Strauß, und den hab ich so hingestellt, dass er ihn von seinem Sessel aus immer anschauen muss. Vielleicht wirken die Engel ja ein bisschen auf den Alten ein.

Beim Bäcker hab ich drei Tüten mit Weihnachtsbrödle gekauft und ein paar davon auf einen Teller gelegt. Nüsse und Mandarinen dazu. Alles steht auf dem Stubentisch, und manchmal nimmt er sogar was davon. Hat zwar gemault, das sei ja nichts für ihn wegen dem Zucker, aber so giftig wie sonst hat es sich gar nicht mehr angehört.

Weihnachtsfrieden? Ich glaub's noch net so recht. Vielleicht braucht er auch bloß eine Pause, und im Frühjahr geht's weiter. Auf jeden Fall tu ich meinen Teil dazu, dass sich der Sturm wieder legt.

Hoffentlich schneit's bald. Ich wünsch mir, dass es gleich nach Weihnachten losgeht. So richtig viel, mindestens einen halben Meter. Dann gibt's net viel Arbeit im Nationalpark, und ich kann weiter Überstunden abbauen. Mir käm' eine längere Pause jetzt wirklich arg gelegen.

Im Stall muss ich neue Holzdielen einbauen für meine Viecher zum Draufstehen. Die Seilwinde und den Holzspalter müsste ich mal dringend sauber machen und überholen. Und dann hab ich mir vorgenommen, neue Zaunlatten zu sägen und zu streichen. Sieht wirklich nicht gut aus, ein Gartenzaun mit Zahnlücken. Wenn Leute vorbeikommen, schauen die schon immer so kritisch.

Die Schindeln am Haus, die kann ich leider im Winter nicht streichen. Das schieb ich schon ein paar Jahre vor mir her. Ein Maler ist mir zu teuer, also muss ich 's selber machen, aber von Frühjahr bis Herbst gibt 's halt in der Landwirtschaft eine Menge zu tun. Mal sehen, wie ich das noch hinbekomm'. Gefällt mir auch nicht, wenn das schöne alte Haus immer mehr zur Bruchbude wird.

Vielleicht frag ich den Alten am Heiligabend, ob er

nicht doch ein wenig Geld übrig hat für einen Handwerker. Ich hab ja überhaupt keine Ahnung, wie es auf seinem Konto aussieht. Alles streng geheim im Stahlschrank. Da tät ich zu gern mal reinschauen, aber den Schlüssel hat er immer bei sich in der Hosentasche und nachts nimmt er alle Kleider mit in seine Schlafstube. Meistens schließt er sich dort sogar ein.

Ob der jetzt richtig Angst hat, Angst vor mir? Seit ich ihm die Axt vor der Nase durchgezogen hab?

Ob's was bringt, wenn ich mich dafür entschuldigen tu?

Mal sehen – vielleicht an Weihnachten …

22

»Den Hinteren Otto …«, grinste Paul Wellmann. »Den sollten wir mal besuchen und den Boden inspizieren, ob der wirklich so sauber ist, dass man davon essen könnte.«

»Die Marianne hätte er gerne gehabt«, sinnierte Lindt, »die Schwester von unserer Wirtin.«

»Ha, wenn der früher schon so ausgesehen hat wie heute, dann kann man es der Frau nicht verübeln, dass sie sich für einen flotten Motorradler entschieden hat.«

»Der lange Valentin, einer aus dem Badischen. Ob das hier in Grenznähe ein Makel ist? Einer von drüben?«

»Über den Ruhestein kommen sie, die Motorradfahrer, fallen hier ins Land ein und rauben die besten Frauen. Hört sich an wie im 30-jährigen Krieg. Feindliche Invasion.«

»Mädle hat er gesagt, Paul. Mädle. Wie lang ist man hier im Schwarzwald ein Mädle? Bis zur Hochzeit oder etwa bis zum 40.?«

»Keine Ahnung, schließlich kommen wir beide auch aus dem Badischen. Auch wir gehören zu den feindlichen Truppen. Früher entführten sie die Frauen, heute wollen sie sich Grund und Boden unter den Nagel reißen.«

»Der Valentin hat beides gleichzeitig bekommen. Die Marianne und ihren Hof. Hat sich ins gemachte Nest gesetzt. Dumm ist der anscheinend nicht.«

»Ein Beispiel, wie man es auch ohne harte Arbeit zu etwas bringen kann. Von dem kannst du nur lernen.«

»Was soll das heißen? Willst du ihn aufsuchen?«

Wellmann zuckte die Schultern: »Wäre es nicht ein wenig plump, einfach an der Haustür zu klingeln und nach dem Eigentümer zu fragen? Unsere Dienstausweise dürfen wir hier ja nicht einsetzen.«

Lindt erhob sich von der Sitzbank: »Wir brauchen einen besseren Plan, und deshalb verlegen wir unseren Beobachtungsposten.«

»Einverstanden. Sonne von vorn, aber Kälte von unten. Etwas Bewegung wird uns gut tun.«

»Ich dachte konkret an die Heuhütte. Unsere Wirtin hat ja Schleichpfade genutzt, damit keiner sie sieht, aber wir können bequem auf dem geräumten Weg weitergehen.«

Unterwegs begegneten sie noch zwei Urlauberpaaren, aber keinem einzigen Einheimischen, und erreichten zehn Minuten später die verwitterte Hütte. Lindt fuhr mit den Fingern bewundernd über die dunkle Oberfläche der Bretter. »Ganz rau. Da hat die Witterung kräftig dran gearbeitet.«

»So wird dein Ferienhaus auch mal aussehen, wenn Sonne, Regen und Wind jahrzehntelange am Holz genagt haben. Bau doch lieber mit Stein, das ist bestimmt dauerhafter.«

Empört schüttelte Lindt den Kopf: »Kennst du nicht den schwedischen Spruch: ›Bist du krank, zieh ins Blockhaus‹?«

»Manche ziehen recht schnell in eine Holzkiste, wenn sie krank sind. Körpernah geformt, mit weißem Bett darin.«

»Und dann 1,80 tiefer? Nein, Paul, so was hab ich noch lange nicht im Sinn. Außerdem gibt es uralte Holzhäuser. Denk doch an die Berghütten oder die skandinavischen Stabkirchen. Richtig gebaut hält Holz ewig.«

»Dafür ist der Hof dort drüben aber ein schlechtes Beispiel«, lachte Wellmann. »So, wie der aussieht, kann man den doch glatt abreißen.«

»Niemals! Außer etwas Farbe für die Schindeln fehlt dem gar nichts. Ich garantiere dir, die Balken haben mindestens 200 Jahre auf dem Buckel.«

Wellmann machte eine abwertende Handbewegung: »Genau, buckelig, krumm und schief, bestimmt auch noch mit Holzwurm drin. Da reichen ein paar Eimer Fassadenfarbe niemals aus. Also mich würden keine zehn Pferde in eine solche Bruchbude bringen.«

»Dann bleib halt in deinem Betonbunker und lass mir den Traum vom Holzhaus.« Er zeigte zu den bewaldeten Berghängen: »Weißtannen von dort oben, geschlagen in der richtigen Mondphase und dann von einem Meister, der sein Handwerk versteht, zu einem gemütlichen Blockhaus verarbeitet. Das wär's doch!«

»Jetzt muss ich mich aber wirklich wundern, Oskar. Könntest du dir echt vorstellen, von Karlsruhe wegzuziehen? Hier hoch in diese Einsamkeit?«

»Wieso nicht?«, zwinkerte Lindt. »Hier können dir die Nachbarn wenigstens nicht direkt auf den Balkon spucken. Mit dem Hinteren Otto würde ich schon noch warm werden.«

Paul schüttelte den Kopf: »Sonnenstich oder was? Komm jetzt rein in die Hütte.« Er schob das Brett zur Seite, zog den Schlüssel raus, drehte ihn im satt geölten Schloss und stieß die Tür auf.

»Nicht den Fensterladen!«, sagte Lindt. »Lass ihn zu. Zu auffällig, falls jemand vom Hof rüberschaut.« Er griff in die Tasche seiner schwedischen Outdoorjacke und förderte eine leistungsfähige Taschenlampe zutage.

»Okay. Zusätzlich kann ich auch noch mit meinem Handy leuchten«, nickte Wellmann.

Beides war kaum nötig, denn durch eine Vielzahl von Ritzen und Astlöchern fiel an diesem sonnigen Tag so viel Licht in die Hütte, dass sich die Kommissare schon nach kurzer Zeit problemlos orientieren konnten. Lindt begann trotzdem, mit dem Strahl seiner LED-Lampe die Wände und Balken abzuleuchten.

»Hab ich beim letzten Mal doch richtig gesehen«, lachte er und richtete das Licht nach oben. »Schau mal dort, an den Dachsparren, da haben sich einige Besucher verewigt.«

Paul Wellmann fackelte nicht lange, griff sich eine Holzleiter, die an der Wand hing, und stellte sie in die Öffnung, durch die sein Kollege geleuchtet hatte. Flink stieg er bis zum Dachboden empor. »Kannst ruhig nachkommen. Die Leiter ist stabil und die Bretter hier auch.«

Zuerst zögerte Lindt, doch dann erklomm auch er sorgfältig prüfend Sprosse für Sprosse und leuchtete, immer noch auf der Leiter stehend, den Fußboden ab. Morsche Bretter? Schwer zu erkennen. Er registrierte Reste von altem Heu, die sich mit dicken Staubschichten abwechselten, und klammerte sich unschlüssig an den Leiterholmen fest. »Jetzt trau dich schon«, rief ihm Paul zu, der sich bereits geduckt unter dem Dachgebälk bis zur Giebelwand vorgewagt hatte. »Mich hat's ausgehalten.«

»Ein fürchterlicher Schmutz hier oben«, lenkte Lindt ab. »Puh, wie werden wir auch aussehen?«

Paul lachte: »Wie man halt aussieht, wenn man im Heu war.«

»Wir in unserem Alter? Also bitte!«

»Die Lisbeth wird es uns gleich ansehen. Jede Wette, dass sie romantische Jugenderinnerungen an diesen Dachboden hat.«

Lindt hielt sich immer noch an der Leiter fest und ließ den Schein seiner Lampe über die zahlreichen Inschriften wandern, die die Dachsparren zierten. »Damals war das Heu sicherlich frisch und hat gut geduftet«, meinte Paul.

»Schon mal was von Heuschnupfen gehört?«, grummelte Lindt, doch dann wagte auch er sich auf die oberste Ebene der Heuhütte.

»Wenn's unter dir nachgibt, einfach die Arme ausbreiten, dann bleibst du auf halber Höhe hängen«, neckte ihn sein Kollege.

»Mal mir bloß den Teufel nicht an die Wand«, zeterte Lindt, unter dessen Schuhsohlen es bereits bedrohlich geknackt hatte. Dennoch setzte er weiter Schritt vor Schritt und ließ sich schließlich neben Wellmann auf die Knie sinken, um durch eines der beiden Eulenlöcher nach draußen zu spähen.

»Kein angenehmer Beobachtungsposten«, nörgelte er. »Bestimmt bekomm ich gleich einen Krampf im Bein.«

»Ich glaub, es geht auch im Sitzen«, meinte Paul, griff ein paar Armvoll Heu und machte es sich darauf bequem. »Na bitte, weich gepolstert. So kann man es hier eine Weile aushalten.«

Tatsächlich fand auch Oskar Lindt auf diese Weise eine halbwegs passable Sitzmöglichkeit und hob sein

Fernglas an die Augen. »Beobachtungsposition unbequem, Sicht allerdings spitze. Ich hab das ganze Anwesen im Blick, Wohnhaus, Scheune und Hof. Von hier aus entgeht einem wirklich nichts. Schau mal.« Er reichte das Glas an seinen Kollegen weiter.

»Leute sehe ich nicht. Das Einzige, was sich bewegt, ist der Rauch aus dem Schornstein. Steigt kerzengerade hoch. Kein Wind, der ihn mitnimmt.«

»Anscheinend hat er gut eingeheizt, dieser Hansjörg.«

»Da, ich erkenne ihn durch das offene Scheunentor«, meldete Wellmann.

Eine Kreissäge steht dort, und jetzt, ja, er schiebt ein Brett durch.«

»Will ich sehen«, meinte Lindt und nahm das Fernglas wieder.

»Okay, aus breiten Brettern werden schmale. Sieht nach Latten aus. Keine Ahnung, wofür er die braucht, aber ...« Der Kommissar schüttelte den Kopf. »Das Ganze absolut unverdächtig.« Er peilte das Stubenfenster an. »Der Vater sitzt auch noch hinterm Vorhang und hält die Straße im Blick. Also wenn du mich fragst, Paul, ich sehe keinerlei Anzeichen für eine beginnende Eskalation.«

»Alle friedlich«, stimmte ihm Wellmann zu. »Wenn sich nicht bald was tut, können wir unseren Ausflug in den Schwarzwaldwinter demnächst beenden.«

»Nicht so voreilig, mein Lieber.« Lindt machte ein nachdenkliches Gesicht. »So schnell brechen wir unsere Zelte hier noch nicht ab. Denen da drüben würde ich schon noch gerne etwas intensiver auf den Zahn fühlen. Mir fehlt bloß die passende Idee.«

23

Ich trau ihm nicht, dem Alten. Wenn ich seh', wie der mich anguckt, dann denk' ich, nein, dann muss ich einfach denken, der heckt was aus. Er sagt nichts, er schaut nur. Ich glaub, er lauert. Passt den richtigen Moment ab. Der führt was im Schilde. Ich spüre es auch, wenn ich in seiner Nähe bin. Manchmal geht mir grad ein Schauer über den Rücken runter. Eiskalt kommt der mir vor. Ja vielleicht ist es auch das, was mich an seinem Blick so stört. Nicht nur Verachtung liegt da drin, sondern auch die Kälte. Niemals etwas Freundliches, niemals ein wenig Wärme. Immer nur hart, unbarmherzig, gnadenlos.

Ich wette, wenn ich keinen Urlaub hätte und nicht dauernd daheim wäre, dann … Ja, ich darf gar nicht dran denken. Da wird es mir ganz anders.

Da wird es mir echt zu viel.

Wenn ich mir das vorstell', der Hof wär weg! Verkauft von dem da drin in der Stube. Kalt lächelnd und ohne mit der Wimper zu zucken. Er tät verschwinden mit einem Sack voller Geld, und ich? Was wird aus mir? Wo soll ich hin?

Einmal hab ich ihn das gefragt. Einmal bloß. Da hat er gesagt, ich soll doch nach Baiersbronn in die kleine Wohnung, die ich mir angeblich schon mal angeschaut hätt'. *Angeblich*, hat er gesagt und ganz dreckig gelacht dabei. Der weiß natürlich genau, dass ich das nur so dahergeschwätzt hab. Als Drohung, damit er mir endlich den Hof überschreibt. Der weiß genau, dass ich nie von hier weggehen tät. Schon allein wegen meinen Viechern. Oh nein, hätt' ich das bloß gelassen. Hätt' ich nur meinen Mund gehalten.

Vielleicht hab ich ihn dadurch ja erst draufgebracht, auf die Idee mit dem Verkaufen. Die ganzen Jahre, seit Mutter tot ist, hat er nämlich nie was davon gesagt. Erst jetzt, seit ich ihn unter Druck gesetzt hab, damit er mir den Hof gibt.

Und jetzt schlägt er zurück. Furchtbar. Ich kann gar nichts dagegen machen. Alles gehört ihm. Alles! Der Notar hat's ja damals gesagt, als wir zu ihm mussten nach Mutters Tod. Alles tät jetzt dem Vater gehören, aber das wär gar kein Problem. Weil, ich sei ja der einzige Nachkomme. Genau, Nachkomme hat er gesagt, oder so ähnlich. Ich könnt' zwar jetzt schon einen Pflichtteil beanspruchen, aber das soll ich bitteschön lassen, denn irgendwann tät ich sowieso alles erben. Das wär ja klar.

Ich glaub, der hat mich nur beruhigen wollen, weil er ganz genau gewusst hat, was passieren kann, wenn alles nur einem Einzigen gehört. Der kann dann nämlich damit grad machen, was er will.

Verkaufen! Meinen Hof an andere Leut! Das darf er, aber darf er das wirklich? Rechtlich vielleicht, aber ... aber ... moralisch?

Ihm gehört's, sagt er. Deshalb darf er, sagt er. Und mir? Was gehört mir? Die Rinder, die Schafe, der neue Bulldog und der alte Jeep. Das war's! Nichts gehört mir.

Das Haus nicht, die Scheune nicht, die Wiesen nicht. Gar nichts! Ich könnt' grad aus der Haut fahren vor lauter Verzweiflung.

Stimmt das, was er sagt? Kann er alles verkaufen? Einfach so? Mir unterm Hintern weg? Wo ich doch später mal alles kriegen soll? So hat der Herr Notar nämlich gesagt. Sowieso, hat er gesagt. Weiß ich noch genau.

Aber wenn nichts mehr da ist? Dann bekomm ich natürlich auch nichts! Das ist doch eine Riesensauerei.

Ich bräucht' jemand, den ich fragen könnt'. Aber wen? Wo soll ich denn hin?

Zu einem Rechtsanwalt? Ich weiß gar nicht, wie ich das anstellen sollt'. Außerdem kosten solche Kerle doch ein Heidengeld, und das hab ich nicht.

Oder zum Notar? Nach Baiersbronn runter? Aber mit so hohen Leut' kann ich doch gar nicht schwätzen. Außerdem wüsste der ja dann, wie es bei uns daheim aussieht. Dass wir einen mords Händel haben miteinander, der Alte und ich. Da wär ich schön blamiert. Und vielleicht sagt er auch nur, dass er mir doch schon damals gesagt hätt, dass jetzt alles dem Vater gehört. Und dass der natürlich damit machen könnt', was er wollt'.

Oder soll ich zu Tante Lisbeth? Schließlich ist sie ja meine Dote. An Weihnachten, ja, ich glaub, dann sag ich was zu ihr. Dann kommt sie wieder. Wie in jedem Jahr.

24

»Und wenn gar nichts dran ist?«, fragte Paul Wellmann plötzlich, als er eine Zeitlang durch das Fernglas geschaut und nichts als friedlich weiße Winterlandschaft gesehen hatte.

»Du meinst, es ist nichts *mehr* dran. Du meinst, der Konflikt zwischen Vater und Sohn ist Vergangenheit? Du meinst, der Junge hat sich durchgesetzt?«

»Vielleicht«, antwortete Paul. »Es könnte doch sein, dass sich die beiden wieder zusammengerauft haben. Ein fürchterlicher Streit kann ja wie ein Gewitter sein. Erst rumpelt es, dann kommen Blitze und es kracht, dass es nur so zum Fürchten ist, aber danach …«

»Nach dem Regen. Alles vorbei. Klare, reine Luft. Die Atmosphäre ist besser, als sie je war.«

»Lässt sich das ausschließen, Oskar? Immerhin gibt es seit Weihnachten keine weiteren Vorkommnisse.«

»Keine, die uns bekannt sind, Paul. Das ist ein klitzekleiner Unterschied. Wir wissen überhaupt nicht, was in diesem großen alten Bauernhaus da drüben alles geschieht. Gab es ein Weihnachtswunder? Hat das Fest der Liebe die Hitzköpfe beruhigt? Haben sie sich gar richtig miteinander versöhnt?«

»Du hast recht, wir haben keine Ahnung. Aber wie können wir diesen Zustand ändern? Normalerweise würden wir einen Anfangsverdacht aktenkundig machen, dann hinfahren, unsere Ausweise zücken und mit diesen Leuten sprechen. Aber hier?«

»Paul, hier sind wir niemand. Gar nichts sind wir hier. Nicht besser und nicht schlechter als die anderen Touristen auch, die momentan im oberen Murgtal ihren Winterurlaub verbringen. Und deshalb …«

»… schicken wir die lieben Kollegen aus Freudenstadt? Den Franz-Otto Kühn und seine Mannschaft?«

»Quatsch, Paul. Die heben wir uns auf. Für später, wenn wir mal echt nicht mehr weiter wissen. Aber jetzt …«

Wellmann schaute seinen Kollegen an. »Was jetzt?«

Lindt zuckte die Schultern. »Jetzt hab ich auch noch keine wirklich gute Idee. Vorerst bleiben wir hier und spechten rüber zum Hof. Oder wir werden zu Archäologen.«

Paul schaute konsterniert. »Hä? Archäologen?«

Oskar schaltete seine Taschenlampe wieder ein und ließ den Lichtstrahl über die alten Dachsparren kreisen. »Wir analysieren alte Inschriften. Hier zum Beispiel, dieses Herzchen mit ›A+O 1972‹ oder das da, ›L+F‹ auch mit Herz, aber ohne Jahreszahl.«

»L wie Lisbeth, O wie Otto? Aber wer sind dann A oder F?«

Lindt zuckte die Schultern. »Hier geht's noch weiter, Paul. ›M+O, 15.6.73‹, nicht mit Bleistift geschrieben, sondern eingeritzt. Nagel oder Taschenmesser.«

»Marianne und Otto? Ob da wirklich was Ernsteres gelaufen ist? Otto? Der Hintere Otto etwa? Ich glaube, den müssen wir uns ohnehin warmhalten. Der war auch vorhin schon erstaunlich gesprächig. Passt so gar nicht zum Bild des kontaktscheuen Bergbewohners.”

»Vielleicht gab es außer uns keine menschlichen Wesen, mit denen er heute gesprochen hat? Ich glaub, der mag uns. Im Lauf der Zeit machen wir den noch zu einer echten Plaudertasche.«

»Ich glaube, wir sollten doch bei ihm zu Hause anklopfen und uns den Fußboden zeigen lassen«, grinste Paul.

»Keine schlechte Idee. Willst du ihn auch nach seiner Heuhütten-Vergangenheit aushorchen?«

»Vielleicht lässt er ja was raus. Wir brauchen halt ein wenig Fingerspitzengefühl. Wer die Gegenwart verstehen will, muss die Vergangenheit kapiert haben.«

25

Heut wär fast der Gaul mit mir durchgegangen. Fast. Ich hab mich grad noch beherrschen können. War auch besser so, weil ich einfach schlauer vorgehen muss. Nicht nur grad dreinschlagen.

Wenn ich dem Alten die Suppe versalzen will, brauche ich Köpfchen. Heut' zum Beispiel. Der Tag, an dem ich mich zusammengerissen hab. Ich hätt' ihn ja auch anschreien können oder schütteln oder auf ihn einschlagen, aber nein, ich hab mich beherrscht.

Übermorgen ist der dritte Advent, der 14. Dezember 2014. Bloß noch zehn Tage bis Heiligabend. Ich war mir echt sicher, dass er in der kurzen Zeit nichts mehr unternimmt. Wer kauft schon kurz vor Weihnachten noch ein Haus oder gar so einen ganzen Hof? Jetzt lässt es doch jeder auslaufen, auch die Immobilienfritzen. Hab ich gedacht.

Aber dann bin ich in den Heizraum gekommen. Neues Feuer hab ich machen wollen und die Tür eingehakt, damit sie offenbleibt, wenn ich mit dem Schubkarren das Holz reinfahr'. Ganz still ist es gewesen und auch das Gebläse vom Heizkessel war noch aus. Da hab ich es gehört. Von oben. Aus der Stube. Die liegt nämlich direkt über dem Heizraum. Wegen dem Kamin, der durchgeht. Unten hängt der Holzkessel dran und oben der Kachelofen. Der ist halt noch von früher drin, aber seit wir die Zentralheizung haben, feuern wir den kaum noch an.

Dem Alten hätt's ja gelangt, so wie es früher war. Der Herd in unserer Küche, der Kachelofen in der Stube an der Wand dahinter und ein paar Warmluftschächte ins Bad und in die anderen Zimmer. Hat zwar funktioniert, aber war ziemlich umständlich. Immer die Holztragerei, Kiste für Kiste aus dem Schuppen über den Hof und dann die Treppe hoch. Für die kleinen Ofenlöcher hab ich alles ganz kurz sägen müssen und fein spalten. Ein Heideng'schäft!

Da haben wir uns durchgesetzt, die Mutter und ich. Damals, noch kurz vor ihrem Unfall. Drei Rinder haben wir verkauft, und die Mutter hat auch noch Geld auf der Seite gehabt von der Landwirtschaft.

Sauteuer war's, die Zentralheizung einzubauen. Überall im Haus Heizkörper montieren, Rohre verlegen und einen Keller zum Heizraum umbauen für den Kessel. Aber seither ist's gut. Halbmeterscheite bring ich rein, und so dünn spalten muss ich auch nicht mehr. Wenn der Warmwasserspeicher mal auf Temperatur ist, langt es fast für einen ganzen Tag. Ein rechter Schubkarren voll Holz, mehr brauch ich nicht. Gut, dass wir das noch gemacht haben, Mutter und ich. Jetzt langt mir eine Viertelstunde am Tag zum Holzfahren und Feuermachen. Geht wirklich fix.

Dem Alten war's egal, ganz egal. Der hat das Holz ja nie schleppen müssen, und eine Axt zum Spalten hat er auch nie angefasst. Vor seinem Unfall nicht und danach schon gar net. Aber jetzt ist auch er froh, dass es immer schön warm ist in der Stube.

Also ich mach die Stahltür auf zum Heizraum und hab gemerkt, dass der Alte oben telefoniert. Seine Stimme hab ich halt gehört. Hat nur das Telefon sein können, weil er ja alleine war in der Stube. Wie immer. Den besucht sowieso niemand.

Da ist es mir durch und durch gegangen. Mit wem telefoniert der denn? Ich hab nur noch einen Gedanken g'habt: Der probiert 's schon wieder. Das kann nur wegen dem Hof sein. Jetzt ruft er bei so einer Maklerin an. Grad, wie er es angekündigt hat. Ganz heiß ist es mir geworden, und am liebsten wär ich raufgerannt und hätt' das Telefonkabel aus der Wand gerissen. Aber ich hab mich beherrscht! Ruhig, Hansjörg, hab ich mir gesagt. Erst überlegen. Drei Mal hab ich durchgeatmet, dann bin ich raus aus den Gummistiefeln und in Socken die innere Treppe hoch. Ganz leise, das hab ich geschafft, weil ich schon immer weiß, wo ich hintreten muss. Ziemlich außen, dann knarren die Stufen fast nicht. Vorsichtig bin ich ins Bad reingeschlichen. Schritt für Schritt, dass der Alte in der Stube bloß nichts spannt. Bis zur Wand, da ist nämlich der alte Luftschacht rüber zum Kachelofen. An der Seite ein Knopf, da kann man drehen, damit die Lamellen aufgehen. Mein Ohr drangehalten – alles hab ich gehört. Nicht grad jedes Wort, aber doch so viel, dass ich das Wichtigste mitbekommen hab.

Und ich hab genau recht g'habt. Frau Waldner, das hab ich deutlich verstanden, und den Namen kenn ich. Die hat ein Immobilienbüro im Mitteltal drunten und inseriert auch ab und zu im Murgtalboten. Wenn der Alte mit ihr telefoniert, kann das ja nur eines bedeuten. Er will einen neuen Versuch starten, den Hof zu verkaufen. Auf Biegen und Brechen. Egal, dass bald Weihnachten ist, hab ich verstanden. Und: je schneller, desto besser. Mich hat's geschüttelt vor Zorn, und im Badspiegel hab ich gesehen, dass mein Gesicht ganz rot war. Fast wär ich in die Stube gestürmt und hätt' ihm das Telefon aus der Hand geschlagen, aber ich hab mich zusammengerissen, bin schnell wieder die Kellertreppe hinuntergeschlichen. Dort hab ich mich erst mal am Schubkarren festhalten müssen.

Wie ich den Namen gehört hab, ist mir nämlich blitzschnell eine Idee gekommen. Waldner, Lieselotte Waldner, ja, die kenn ich sogar persönlich. Ich hab ja nicht viele nähere Bekannte. Klar weiß ich, wer wer ist hier im Obertal. Auch im Mitteltal oder in Baiersbronn kenn ich ein paar Leut', hauptsächlich so vom Sehen. Frauen wollen ja eh nichts von mir wissen. Wenn die mein Gesicht mit der Narbe sehen, suchen sie schnell das Weite, aber die Frau Waldner, mit der hab ich schon g'schafft.

Jägerin ist sie und hat bei uns im Revier ihren Pirschbezirk. Mit der zusammen hab ich bereits einige Hochsitze gebaut. Ich glaub, die Aufträge hat mein Chef extra mir gegeben, weil er weiß, dass ich ein guter Handwerker bin und nicht viel schwätz beim Schaffen. Mit der Waldner hab ich mich natürlich auch nicht groß unterhalten, aber ich kenn' sie, und vor allem, sie kennt mich.

Und was ist das Beste daran? Der Alte weiß das gar nicht! Um meine Arbeit hat er sich ja noch nie geschert. Kein einziges Mal fragt er, wie's geht im Wald, oder wie viel Holz wir schon fertig haben. Interessiert ihn überhaupt nicht, und ich … ich interessier' ihn auch nicht!

26

Drei Stunden lang hielten es Lindt und Wellmann in der Heuhütte aus. Abwechselnd spähten sie durch das Fernglas zum Hof hinüber oder versuchten, sich Geschichten zu den Herzchen auf den Dachbalken auszumalen.

»Neuere Jahreszahlen sind nicht dabei«, analysierte Paul Wellmann. »Alles bis maximal Mitte der 70er Jahre.«

»Wundert mich nicht«, grinste Lindt. »Denk doch mal zurück.«

»Woran?«

»Na, an deine eigene Jugend. Hast du dich auch in Heuhütten mit Mädchen verabredet?«

»Äh, nein«, antwortete Paul. »Bei uns war eher Disco angesagt. Außerdem hatte ich ein Mofa. Damit konnte man problemlos bis in die Nachbarorte kommen.«

»Na also. Genauso wird es hier auch gewesen sein. Discothek und Mofa sorgen für eine radikale Veränderung in der Partnersuche.«

»Schön hast du das gesagt, Oskar. Hört sich fast nach dem Titel einer Sozialstudie an.«

Lindt lächelte: »Du siehst, ich kann auch wissenschaftlich, wenn's sein muss. Disco statt Heuschober, das neue Paarungsverhalten der Landjugend, um es auf einen kurzen Nenner zu bringen.«

»Oskar Lindt und seine Vergangenheit«, meinte

Paul. »Sollte man verfilmen. Aber du musst es ja wissen, schließlich bist du auch ein Kind vom Land.«

»Aber eines aus dem schönen Badnerland, und wer von dort kam, war bekanntlich früher hier im württembergischen Murgtal nicht so gerne gesehen.«

»Sagt der Hintere Otto.«

»Und den hat die Marianne verschmäht.«

Paul Wellmann erhob sich: »Auf, wir besuchen ihn. Der freut sich bestimmt, die Unterhaltung mit uns fortzusetzen. Das Eisen muss man schmieden, solange es heiß ist.«

»Einverstanden«, stemmte sich auch Oskar empor, streckte sich schwerfällig, tastete sich über die alten brüchigen Bretter des Dachbodens zurück zur Leiter, klammerte sich an den Holmen fest und stieg vorsichtig hinunter. Hütte abschließen, Schlüssel verstecken, zurück Richtung Auto.

»Halt, Paul«, rief Lindt, als sich ihre Augen draußen wieder an das gleißende Sonnenlicht des Winternachmittags gewöhnt hatten. »So, wie wir aussehen, weiß der Otto gleich, wo wir den halben Tag verbracht haben. Erst alle Spuren beseitigen. Bleib mal stehen und mach die Jacke sauber.«

Wellmann schaute seinen Kollegen an: »Du siehst auch nicht besser aus. Deine Hose hinten, alles voller Heu und Dreck.«

Gegenseitig klopften sich die Kommissare ab, bis nicht mehr das geringste Stäubchen zu sehen war und einen Rückschluss auf ihre Beobachtungsmission zuließ.

Strammen Schrittes, um wieder warm zu werden, traten die beiden den Rückweg an und stiegen gute zehn Minuten später in Lindts Wagen.

Oskar wendete und fuhr in die Richtung, aus der sie eben gekommen waren. Kurz vor der Heuhütte passierte es.

»Achtung!«, stieß Paul einen Schrei aus und klammerte sich am Handgriff fest. Ein gelber Posttransporter kam den beiden so schnell entgegen, dass es Lindt gerade noch schaffte, in den bergseitigen Schneewall auszuweichen. Ruckartig kam der Wagen zum Stehen. Der Postbote hob grüßend die Hand, passierte und verschwand, ohne anzuhalten.

Lindt fuhr sich über die Stirn. »Uff, das war aber knapp«, empörte er sich. »Muss der denn mit einer solchen Geschwindigkeit um die Kurve jagen?«

Auch Wellmann war ganz verdattert. »Fahren die hier alle wie die gesengte Sau?«

»Schon mal einen Postwagen ohne Beulen gesehen?«, knurrte Oskar. »Schnell, schnell zum Feierabend. Schon wieder ein neuer Kratzer? Egal, ist ja nicht mein Auto.«

»Wenn wir so mit unseren Dienstwagen umgehen würden …«

»Vorreiten beim Chef, eine saftige Watsche kassieren, und im Wiederholungsfall: Abmahnung! Aber die Post ist privatisiert, da werden die Leute gnadenlos durch die Gegend gehetzt. Auf ein paar Autoreparaturen kommt es scheinbar nicht an.«

Dann machte Lindt einen entscheidenden Fehler.

Anstatt rückwärts wieder aus dem Schneeruder herauszufahren, schob er selbstsicher den Wählhebel der Automatik auf Stufe D. »Vorwärts heißt die Devise. Jetzt kann der Dicke mal zeigen, was sein Allrad kann«, meinte der stolze Oskar. Knirschend fraßen sich die breiten Winterreifen seines SUV durch den harten Schnee und mahlten sich mühevoll Zentimeter für Zentimeter vorwärts.

Aufs Mal neigte sich das Fahrzeug und sackte mit dem rechten Vorderrad ab. Reflexartig gab Lindt Gas. Zwecklos! In Schräglage hing der Wagen fest. Rückwärtsgang. Schneefontänen spritzen auf, doch der Mercedes bewegte sich nicht. Verzweifelt riss Oskar am Lenkrad. Vergeblich! Ein Ruck, jetzt brach auch die hintere rechte Seite nach unten.

Wellmann kapierte schnell. »Ein Graben, wir hängen drin«, keuchte er und versuchte, die Beifahrertür zu öffnen. Aussichtslos! Hart gefrorener Schnee drückte von außen dagegen und blockierte jeden Versuch, auszusteigen.

Lindt ließ nicht locker. Vorwärtsgang, Gas. Eisbrocken wurden von den durchdrehenden Rädern hochgeschleudert und knallten krachend ans Blech, doch der schwere Wagen bewegte sich keinen Millimeter weit. Stattdessen machte sich ein stechender Geruch breit. Oskar gab auf.

»Paul, ich geh raus nachsehen.« Lindt stemmte sich mit aller Kraft gegen die Fahrertür. Vergeblich. Ein erneuter Ruck, die rechte Wagenseite sackte ein weiteres Stück in die Tiefe und die Schräglage verschärfte sich nochmals.

Lindt ließ das Seitenfenster herunter und streckte den Kopf durch die Öffnung. »Meine Tür ist frei«, konstatierte er und versuchte, zu öffnen. Ohne Erfolg. »Geht nicht. Weil wir so schräg hängen, drückt das ganze Gewicht gegen mich.«

Wellmann kletterte von seinem Platz herüber, um Lindt zu unterstützen. Gemeinsam stemmten sie sich gegen die schwere Tür. »Bei meinem alten Passat wiegt die nur die Hälfte«, stöhnte Paul, gab aber nicht nach. Schließlich schafften sie es, mit vereinten Kräften das massige Blech wenigstens so weit zu öffnen, dass Oskar nach draußen rutschen konnte. »Vorsicht«, rief er noch, dann fiel die Tür krachend wieder ins Schloss.

Jetzt sah Lindt das ganze Ausmaß der Misere. »Mann, was für eine Scheiße!«, rief er und riss sich voller Verzweiflung die Mütze vom Kopf. »Wir stecken tief im Graben. Beide Räder hängen frei und die Karre sitzt mit dem Bodenblech voll im Schnee auf.«

»Soll ich starten?«

»Nein, Paul, bloß nicht. Es stinkt bestialisch. Muss von den Bremsen kommen.«

»Was dann?«

»Komm raus, wir müssen Hilfe holen.« Gemeinsam schafften sie es, die Fahrertür erneut zu öffnen, und auch Paul Wellmann kletterte heraus.

»Hier, sieh dir das an«, zeigte Lindt auf die Beifahrerseite des abenteuerlich schief feststeckenden Mercedes. »Der Schneepflug hat den Graben gefüllt, aber das Schmelzwasser hat sich darunter schon seinen Weg gesucht. Oben Schnee und unten hohl. Kein Wunder, dass wir durchgebrochen sind.«

Wellmann schüttelte den Kopf. »Alles wegen diesem rasenden Briefträger. Ist was kaputt?«

Lindt zuckte die Achseln, und seine Augen begannen leicht feucht zu glänzen. »Sehen wir erst, wenn irgendeiner den Wagen rausgezogen hat.«

Paul zeigte den Weg entlang: »Da geht's zum Otto. Der wird uns sicher seinen Subaru vorspannen.«

Lindt schüttelte den Kopf. »Hast du eine Ahnung, was mein Dicker wiegt? Nein, dafür brauchen wir schwereres Gerät.« Dann zeigte er hinüber zum Hof des Vater-Sohn-Konflikts. »Eine bessere Gelegenheit, um die Leute dort kennenzulernen, gibt es ja gar nicht.«

27

Gleich am nächsten Morgen bin ich losgefahren. Runter ins Mitteltal. Kurz nach neun. Früher macht sie ja doch nicht auf, die Frau Waldner. Tatsächlich hab ich sie in ihrem Büro angetroffen. Ganz große Augen hat sie gemacht.

Mich hat sie bestimmt nicht erwartet. Ob mich der Förster schickt, hat sie wissen wollen. Nein, hab ich gesagt. Es ginge um was anderes.

Da hat sie mir erst mal einen Stuhl angeboten und eine Tasse Kaffee eingeschenkt. Gehört wohl zum Kundenservice bei einer Immobilienmaklerin. Freundlichkeit ist der halbe Erfolg. Ja genau, Freundlichkeit. So was kenn ich von meinem Alten halt überhaupt nicht. Nur abfällige Blicke, Genörgel und Schreierei.

Die Waldner war wirklich schnell von Begriff, als sie gehört hat, um was es sich dreht. ›So was‹, hat sie gesagt, ›das war also Ihr Vater gestern am Telefon.‹ Ja, der hätt sie beauftragt, den Hof auszuschreiben. Heute sollte sie vorbeikommen und Bilder machen. Aber wenn der Vater verkaufen wollte und ich als sein Sohn nicht, dann wäre das ja ein echtes Problem. Allerdings, hat sie gezögert, der Eigentümer könnt' schon über sein Sach' bestimmen. Und sie sei ja nur die Vermittlerin.

Dann hab ich ihr erzählt, dass auch von der Kreissparkasse schon einer da gewesen war, samt Kundschaft, und dass ich alle vom Hof gejagt hab. Da hat sie wieder ganz große Augen gekriegt. Braune Augen, groß und sanft wie die von einem Reh. Kein Wunder, hat sie gemeint, dass die Sparkasse den Auftrag zurückgezogen hätte. Das sei ihr damals auch aufgefallen, weil sie immer die Angebote der anderen Makler beobachten tät'. Aber den Grund hätt' sie natürlich nicht gewusst. Jetzt sei ihr Einiges klar.

Dann hat sie kurz überlegt, aber nur ganz kurz und gesagt, sie tät es auch so machen. Genau wie die Sparkasse. Das wär kein Auftrag für sie. Den tät sie ablehnen, weil, mir den Hof unter dem Hintern weg zu verkaufen, daran wollt' sie nicht beteiligt sein.

Und dann hat sie sofort zum Telefon gelangt und unsere Nummer gewählt. Ich hab' alles mitgekriegt. Nein, hat sie zu meinem Alten gesagt, sie hätt' sich das überlegt, sie wollt' den Hof nicht für ihn verkaufen. Dann hat sie ein wenig geschwindelt. Weil sie hat nicht gesagt, dass ich grad bei ihr im Büro sitz', sondern, sie hätt' einfach zu viel G'schäft im Moment, und außerdem käm' sie vor Weihnachten doch nicht mehr dazu, das alles aufzunehmen. Und sie hätt' Zweifel, ob es überhaupt jemand gäb', der sich so ein altes renovierungsbedürftiges Gebäude ans Bein binden wollt'. Ja, das hat sie wirklich gesagt. Bestimmt nur mir zuliebe. So ein großer Hof sei doch meistens ein Fass ohne Boden. Dann hat sie sich bedankt und einfach aufgelegt.

Mann, hab ich mich gefreut. Ich hätt' sie grad umarmen können, aber das hab ich natürlich nicht getan. Womöglich hätt' sie das noch falsch verstanden. Einfach die Hand hab ich ihr gedrückt und danke gesagt und dass sie mir eine ganz große Freude gemacht hätt, jetzt, zu Weihnachten.

Daheim aber, da ist es nicht so gut weitergegangen. Ich bin zuerst gar nicht zu meinem Alten ins Haus gegangen, sondern hab noch zwei Stunden lang vor dem Schuppen Holz gespalten. Von Hand, nicht mit der Maschine! Manchmal brauch ich das. So richtig zuschlagen. Wunderbar, wenn das Holz schon auf den ersten Hieb auseinanderfährt. Das tut echt saugut. Immer feste drauf! Ab und zu hab ich mir sogar vorgestellt, es wär der Alte, den ich da in Stücke hau. Aber das hab ich mir nur so eingebildet, weil, eigentlich bin ich doch ganz friedlich. Glaub ich zumindest.

Aber dann, gegen Mittag, bin ich hoch zum Kochen. In die Stube hab ich nicht geschaut. War nur in der Küche, aber er muss wohl gehört haben, dass ich da bin. Vielleicht, wie ich die Pfanne für die Kässpätzle auf den Herd gestellt hab. Spätzle sind noch genug übrig gewesen vom Sonntag, und als ich den Käs' gerieben und die Zwiebeln geschnitten hab, ist er aufs Mal dagestanden.

Richtig blöd hat er mich angeguckt.

»Ist was?«, hab ich gefragt.

Seine Augen sind ganz klein und schmal geworden. Richtig wie Schlitze.

»Hast du was damit zu tun?«, hat er mich angezischt. Ganz scharf. Wie eine Schlange. Eine Giftschlange, bevor sie zuschnappt.

Vom Zwiebelschneiden hab ich immer noch das lange schwere Kochmesser in der Hand g'habt. Das hab ich mit der Spitze ins Schneidbrett gedrückt und mich auf dem Griff abgestützt. Dann hab ich mich vorgebeugt über den Küchentisch in seine Richtung.

»Womit soll ich was zu tun haben?«

»Wo warst du heute Morgen?«

»Geht dich doch nichts an!«

Dann ist er lauter geworden: »Wo bist du gewesen?« Ganz böse haben sie gefunkelt, seine Augen.

Ich bin ganz ruhig geblieben. »Hab was erledigen müssen.«

»Und was?«

»Frag net so neugierig!«

Dann hat er rübergelangt über den Tisch mit seinem langen Arm und mich am Hemdkragen gepackt. Gezittert haben sie, die dünnen weißen Finger. »Sag mir sofort, was du gemacht hast!«

Das hab ich mir natürlich nicht gefallen lassen, aber immer noch bin ich ganz cool geblieben. Hab nichts gesagt, nur seine Hand gepackt und zusammengepresst. Richtig fest, mit ganzer Kraft hab ich zugedrückt, bis es geknackt hat. Vor Schmerz hat er laut aufgeschrien und mein Hemd losgelassen. Sein Gesicht war ganz rot vor Zorn.

Jetzt hab *ich* angefangen zu schreien: »Lang mich nicht an. Lang mich nie mehr an! Noch einmal ... dann ...!«

»Was dann? Willst du mir drohen? Deinem eigenen Vater?«

Da ist es mit mir durchgegangen. »Was? Mein Vater willst du sein? Du? Und hinter meinem Rücken den Hof verkaufen?« Gleichzeitig hab ich dem Küchentisch mit meiner Hüfte einen Stoß gegeben. Damit hat er nicht gerechnet. Fast hätt' es ihn umgehaut. Rückwärts. Um ein Haar hätt er das Gleichgewicht verloren und wär hingefallen. Grad noch hat er die Ecke vom alten Holzherd zu fassen gekriegt, dann aber sofort seinen Stock hochgerissen und in meine Richtung zugehauen.

Aber darauf hab ich ja bloß gewartet. Kenn ich doch

schon. Das macht er immer, wenn ihn die Wut packt. War kein Problem, den Stecken zu packen und ihm aus der Hand zu reißen. Blitzschnell hab ich den Spieß umgedreht und ihm eine draufgegeben. Und wie! Mit voller Kraft. Knapp am Kopf vorbei. Direkt aufs Schlüsselbein. Das hat gesessen! Wie ein gefällter Baum ist er zu Boden gegangen, der lange Kerl. Mann, hat der gestöhnt!

Hat mich nicht interessiert. Bin ans Fenster, hab es aufgerissen und den schwarzen Stock in hohem Bogen rausgeschmissen, runter in den Hof.

Mit einem Satz bin ich dann rüber zu ihm an den Herd, hab ihn vollends auf den Boden gedrückt und mich auf seine Brust gekniet. So, dass er kaum noch Luft gekriegt hat. Nur noch gejapst hat er. Stoßweise. Au, das hat ihm Angst gemacht. Sein Gesicht ist immer dunkler geworden. Und dann die Augen, ganz groß und dick sind sie aus ihren Höhlen gequollen.

»Das war das letzte Mal!«, hab ich ihn angebrüllt. »Das allerletzte Mal! Wenn du dich noch einmal getraust, mich anzulangen …«

Dann hab ich gemerkt, dass ich das schwere Kochmesser immer noch in der Hand gehabt hab. Voller Zorn hab ich ausgeholt und …

Nein, zugestochen hab ich nicht, obwohl es ganz leicht gewesen wär. Aber die Messerspitze, die hab ich ihm an die Gurgel gesetzt. Ganz locker nur, gekitzelt halt, ein kleines bisschen.

Das muss zu viel gewesen sein für ihn. Schlagartig hat er die Augen verdreht. Nur noch das Weiße hab ich gesehen, und sein Kopf ist grad so zur Seite gekippt.

Da hab ich mich doch etwas erschrocken und bin runter von seiner Brust. Aber er ist einfach liegen geblieben. Wie tot. Hat nicht mehr geschnauft. Ich war ganz perplex, bin einfach neben ihm gestanden und hab mich nicht rühren können. Bestimmt eine halbe Minute lang. Aufs Mal ist sein Mund aufgegangen. Ganz langsam. Weißer Schleim im Winkel. Puuh, hat das ausgesehen. Haucht der grad sein Leben aus?

Dann hat er plötzlich einen Atemzug getan. Nur einen einzigen. Ganz tief und lang. Mich hat's geschüttelt, aber ich hab nichts machen können. Sein letzter Schnapper?

28

Die beiden Karlsruher hatten Glück. Schon aus einiger Entfernung bemerkten sie Hansjörg Schmider im Hof vor dem großen alten Bauernhaus. Er stand hinten an seinem olivgrünen Jeep, hatte die Verdeckplane hochgeschlagen und hantierte im Kofferraum herum. Als Lindt und Wellmann vom Weg abbogen und auf ihn zukamen, trat er ihnen entgegen. Die Kommissare erschraken, als sie sein Gesicht sahen. Überdeutlich, das Zeichen. Wie der Striemen eines Peitschenhiebs zog sich die Narbe schräg über das Gesicht, vom Haaransatz über die Stirn bis zur Nase. Kein Zweifel, die Spur der Kettensäge entstellte den Mann lebenslang.

Lindt hob grüßend die Hand. »Hallo, unser Wagen steckt fest da drüben im Graben.« Er zeigte in Richtung Heuhütte. »Können Sie uns vielleicht …?«

Der leicht misstrauische Gesichtsausdruck verschwand und machte einem Anflug von Lächeln Platz. »Jaja, wenn man nicht aufpasst«, meinte Hansjörg. »Und wenn man den Schnee nicht gewöhnt ist«, antwortete Lindt. »Wir haben in Karlsruhe schon fast Frühling.«

»Flachland halt«, grinste sein Gegenüber.

»Ob Sie uns mit Ihrem Traktor …?«

»Muss ich mir zuerst anschauen. Mitfahren?« Er zeigte auf den Jeep. »Aber nur noch ein Platz frei.«

»Kein Problem«, meinte Paul Wellmann, »ich hock mich in den Laderaum.«

»Da auf der Werkzeugkiste, gut festhalten«, meinte Hansjörg Schmider und ließ die Blechklappe am Heck herunter.

Paul kletterte hinein, griff mit beiden Händen den Überrollbügel und setzte sich auf die blanke Alukiste. Oskar hatte kaum den Beifahrersitz geentert, als Hansjörg sich auch schon hinters Steuer schwang und den Dieselmotor startete.

»Der 220er von Mercedes?«, versuchte Lindt, das laute Nageln der alten Maschine zu übertönen.

»Ja, im Badischen drüben ist einer, der baut die Diesel ein. Zieht besser als der amerikanische Benzinmotor.«

»Ich hab jahrelang den 250er gefahren, im Pkw natürlich.«

Hansjörg antwortete nicht und drückte das Gaspedal durch. Eine schwarze Rauchwolke quoll aus dem Auspuff, dann setzte sich das urtümliche Gefährt erstaunlich schnell in Bewegung.

Paul Wellmann bereute schon nach den ersten Metern, dass er überhaupt mitgefahren war. Die Blattfedern des Willys dämpften die Unebenheiten der Straße in keinster Weise. Ungefiltert schlugen Schachtdeckel und Schlaglöcher in den Innenraum durch und malträtierten Pauls Hinterteil auf dem harten Blech der Kiste. Ohne jeden Halt rutschte er auf der glatten kalten Fläche herum und wurde bei jedem Holperer in die Höhe gegen das Verdeck katapultiert. Seine Hände verkrampften sich immer mehr am Überrollbügel. Keinesfalls durfte er loslassen, nicht einmal kurz. Sofort würde er an der nächsten Biegung unter der flatternden Plane hindurch aus dem Jeep fliegen.

Der Fahrstil von Hansjörg Schmider tat ein Übriges. Kurven nahm er ausnahmslos eckig. Ein Ruck am dünnen Lenkradkranz, schon hopste das Heck des Jeeps zur Seite. Paul wurde als ein willenloser Spielball der Fliehkräfte im Laderaum umhergeschleudert. Der Fahrer kannte offensichtlich nur zwei Möglichkeiten: voll aufs Gas oder hart in die Eisen – für Wellmann die schlimmste Achterbahn seines Lebens. Die wenigen Minuten kamen ihm wie eine Höllenfahrt zur

Ewigkeit vor, und als Hansjörg am Ziel eine brutale Vollbremsung hinlegte, war Paul knapp davor, sich zu übergeben. Kalkweiß im Gesicht und mit schlotternden Knien blieb er auf der Kiste sitzen, völlig unfähig, sofort auszusteigen.

Hansjörg Schmider schlug die Heckplane nach oben und grinste, als er den Zustand seines Passagiers sah. Ohne einen Kommentar ließ er die Klappe herab und kümmerte sich nicht weiter um Wellmann.

Stattdessen umrundete er den havarierten weißen Mercedes, bückte sich, schielte in den Graben und war schon wieder am Jeep, noch ehe Oskar Lindt überhaupt ausgestiegen war. Über den hohen Rand des Fahrzeugs quälte der sich gerade vom Beifahrersitz nach draußen.

»Hol den Bulldog«, war alles, was Schmider zu ihm sagte, dann hopste jener wieder auf den Fahrersitz, wendete in fünf Zügen und brauste davon, eine dunkle Wolke von Dieselruß zurücklassend.

Lindt schüttelte sich. »Puuh, war das eine Fahrt. Rodeo im wilden Schwarzwald. Sitzpolsterung gleich null.«

»Was soll ich erst sagen, Oskar. Unglaublich. Von einer Ecke in die andere bin ich geflogen. Hab geglaubt, mein letztes Stündchen wäre gekommen.«

»Und ein Fahrer, der aussieht wie der Wächter der Hölle.«

»Ich hab immer versucht, nicht hinzuschauen«, gab ihm Wellmann recht, »aber das Gesicht ist echt krass. Einmal quer drüber, als wenn Zorros Degen seine Spur hinterlassen hätte.«

»Für das Leben gezeichnet. Logisch, dass den keine Frau ansieht.«

»Aber Kraft muss er haben. Hast du die Oberarme gesehen? Wo der hinschlägt, da wächst so schnell kein Gras mehr.«

»Ob er seine Emotionen kontrollieren kann?«, überlegte Lindt.

»Du meinst, er neigt zu Gewalttätigkeiten?«

Oskar wiegte seinen Kopf hin und her. »Nicht unbedingt. Vielleicht ist er ja innerlich sanft wie ein Lamm, aber wehe, wenn man ihn reizt.«

»Dann bricht der Tiger hervor?«

Lindt nickte: »Hände wie kleine Schaufeln. Von dem möchte ich keine gescheuert bekommen.« Dann zeigte er hinüber zum Hof. »Schau, der Traktor. Echt schnell, unser Retter.«

Kurze Zeit später traf Hansjörg Schmider mit seinem kompakten rot-weißen Steyr-Allradschlepper bei den Kommissaren ein. Er drehte auf der Straße, fuhr noch ein paar Meter rückwärts in Richtung von Lindts Wagen, senkte die Stütze seiner Heckwinde ab und begann, das Drahtseil auszuziehen.

»Anhängerkupplung?«, fragte er und begann, ohne eine Antwort abzuwarten, mit seinen Stiefeln den Schnee hinter dem Mercedes wegzuscharren.

»Ausklappbar«, sagte Lindt, »aber …«

Hansjörg ging zum Schlepper, holte eine schwere Hacke und machte sich ans Werk. In Windeseile hatte er den zusammengepressten Schnee weg gepickelt und sah Lindt herausfordernd an.

»Ja, jetzt müsste es gehen«, beeilte sich der, den Mechanismus zu betätigen, der die weggeklappte Kupplung herausschwenken ließ.

Hansjörg befestigte das Stahlseil daran und griff nach der Fernbedienung. Dann sandte er einen erneuten Blick zu Lindt. Der verstand, wuchtete gemeinsam mit Paul die Fahrertür auf, kletterte hinters Steuer und ließ den Motor an. Kaum hatte er den Automatikhebel auf Leerlauf gedrückt, als auch schon ein heftiger Ruck das schwere Auto erzittern ließ. Die Seilwinde leistete ganze Arbeit. »Zieht sechs Tonnen«, rief Hansjörg zu Paul Wellmann, der staunend betrachtete, mit welcher Mühelosigkeit sich der voluminöse Geländewagen Stück für Stück aus dem Graben zurück auf die Straße bewegte.

»Da sieht man halt den Profi«, versuchte Paul, den Motor des Schleppers zu übertönen.

»Kein Problem«, nickte der Waldarbeiter. »Eine Holländertanne wär schwerer.«

In kürzester Zeit stand das gepflegte SUV wieder auf der befestigten Straße. »Schönes Auto«, meinte Hansjörg. »Aber für den Wald viel zu schade.«

»Den Graben hab' ich wirklich nicht sehen können«, meinte Lindt. »Vielen Dank für die schnelle Bergung. Was bin ich Ihnen schuldig?«

Hansjörg machte eine wegwerfende Handbewegung. »Ach was, hat ja net lang gedauert.«

»Nix da!« Lindt holte einen Fünfziger aus der Geldbörse und steckte ihn seinem Retter in die Brusttasche der Latzhose. »Auf einen Abschleppdienst hätten wir ewig warten müssen.«

»Firma dankt«, antwortete Hansjörg, tippte sich an die schwarze Zipfelmütze, löste das Drahtseil von der Anhängerkupplung und spulte es wieder auf.

In Lindts Kopf arbeitete es fieberhaft. Irgendwie musste es ihm gelingen, diesen einsilbigen Mann in ein Gespräch zu verwickeln. Vielleicht gelang es mit …?

Er umrundete den Schlepper und legte seine Hand auf die Motorhaube. »Nagelneu, Ihr Steyr. Hat noch nicht viel geschafft.«

Oskar hatte ins Schwarze getroffen. Hansjörg Schmiders Augen begannen zu leuchten. »Das täuscht. Schon vier Jahre alt.«

»Aber super gepflegt«, nickte der Kommissar anerkennend. »Kein Kratzer dran.«

»Ich pass halt auf auf mein Sach'.«

Lindt griff in seine Jackentasche, holte Pfeife und Tabaksdose hervor. »Nur Landwirtschaft oder auch im Wald?«

»Bloß fürs eigene Brennholz. Profischlepper im Forst sind ein ganz anderes Kaliber. Ich brauch ihn hauptsächlich fürs Grünland.«

Der Kommissar stopfte und riss ein Streichholz an. »Die ganzen Wiesen da?«

Hansjörg zeigte stolz in die Runde. »Fast alles, was man von hier aus sieht. Rings um den Hof gehört's mir. Ein paar Wiesen hab ich noch dazu gepachtet.«

»Schön viel Arbeit«, meinte Paul Wellmann.

»Ach was, das mach ich nebenher. Normalerweise schaff' ich im Wald. Hobbylandwirtschaft. Ein paar Rinder und 20 Schafe.«

»Da kann ich ja mal zum Helfen kommen, wenn's beim Heuen pressiert«, meinte Lindt und zog an seiner Pfeife.

Hansjörg stutzte und warf einen Blick auf das Autokennzeichen. »Jaaa, ich denk, Sie kommen aus …«

»Bis jetzt noch«, lächelte ihn der Kommissar an. »Aber bald winkt der Ruhestand und dann …«

»… wollen Sie hierher ziehen?«

»Kennen Sie einen schöneren Ort?«

»Nirgends!« Hansjörg schüttelte den Kopf. »Nirgends anders ist es so wie bei uns. Ich tät nie von hier fortziehen, nicht um viel Geld. Und schon gar net in irgendeine dreckige stinkige Stadt.«

Oskar nickte. »Meine Frau und ich sind uns einig. Diese Landschaft, die saubere Luft und jetzt auch noch der Nationalpark. Sobald wir hier ein passendes Haus gefunden haben, ziehen wir her. Erst mal im Urlaub und am Wochenende, später natürlich ganz. Also, falls Sie wissen, ob irgendwo in der Gegend was zum Verkauf steht …«

Ein leichtes Zucken ging über das Gesicht von Hansjörg Schmider. Rasch schüttelte er den Kopf. »Glaub net, dass es da was gibt.«

Lindt schaute ihm in die Augen: »Vielleicht ein Bauplatz? Ein kleines Holzhaus wäre mein Traum. Südhang, sonnige Lage, so wie dort drüben bei Ihrem Hof.«

Schmider schüttelte seinen Kopf noch heftiger. »Auf gar keinen Fall!«, stieß er hervor, und seine Narbe verfärbte sich dunkel. »Ich verkauf nichts, keinen Quadratmeter. Brauch ich alles für meine Viecher.« Deutlicher Unmut stand in seinem Gesicht. »Nein, ich geb' nichts her!«

Ohne ein weiteres Wort drehte sich Hansjörg um, bestieg seinen Traktor und startete den Motor. Noch einmal schaute er zurück und warf Lindt einen unwirschen Blick zu, dann fuhr er los.

»Oskar, Oskar, das machst du doch sonst nicht, gleich mit der Tür ins Haus fallen.«

»Hast recht«, sinnierte Lindt und stieß ein paar duftende Rauchwolken aus. »Hab anscheinend zu laut auf den Busch geklopft. Das war zweifellos sein wunder Punkt.«

29

Er hat sich's noch mal anders überlegt, der Alte. Wollt' noch net abtreten. Hat wieder angefangen zu schnaufen und nach einer Weile sogar die Augen aufgeschlagen. Hab ihn dann einfach liegen lassen und eine Weile zugeschaut, wie er wieder lebendig worden ist. Jetzt hab *ich* ihn mal verächtlich angeguckt, so wie er mich schon die ganzen Jahre über.

Zuerst hat er gar nicht probiert, aufzustehen. Ist nur so dagelegen und hat gestöhnt. Dann ist seine Hand zur Schulter hoch gewandert. Da, wo ich ihm seinen blöden Gehstock draufgedonnert hab, dort hat er gefühlt und getastet und ein schmerzverzerrtes Gesicht gemacht. Ob ich ihm das Schlüsselbein abgeschlagen hab? Hmm … Wär mir eigentlich egal, wächst ja wieder zusammen. Wenn der aber ins Krankenhaus geht? Oder gar den Krankenwagen ruft? Könnt ich dann Schwierigkeiten kriegen? Wär der imstand und tät mich anzeigen? Bei der Polizei? Da ist's mir ein bissle komisch geworden.

Also hab ich was tun müssen. Bin neben ihn auf den Boden gekniet und hab sein Hemd aufgeknöpft. Hat ihm nicht gepasst. Ganz wild hat er mich angeschaut. Aber ich hab nur zu ihm g'sagt: ›Bleib liegen, sonst …‹

Dann bin ich mit meinen Fingerspitzen drübergefahren übers Schlüsselbein.

War noch an einem Stück. Bloß ein rechter Bluterguss. Der wird ihn ziemlich schmerzen. Grad recht.

›Nix gebrochen‹, hab ich dann g'sagt. ›Merk dir's, was passiert, wenn du mir an den Kragen langst.‹

Ich bin wieder aufgestanden und hab ihn weiter beobachtet. Nicht im Traum wär's mir eingefallen, ihm hoch zu helfen. ›Dein blöder Stecken liegt drunten im Hof‹, hab ich zu ihm g'sagt. ›Beim nächsten Mal brech' ich ihn durch und steck ihn in den Ofen.‹ Au, da hat er mich wieder bös angeguckt. Ganz bös. Ich hab grad g'meint, jetzt wachsen ihm gleich zwei Hörnle aus der Stirn. Den Pferdefuß hat er ja schon.

Nach ein paar Minuten hat er sich dann auf dem Küchenboden hingesetzt und an den Holzherd gelehnt. Und über seine Gurgel hat er getastet, da, wo ich ihm die Messerspitze draufgesetzt hab. Wahrscheinlich zum Gucken, ob's blutet. Hat's aber net. Hab mich grad noch beherrschen können. Grad noch. Dieses Mal noch. Er hat's bestimmt g'spürt, dass ich immer noch eine Sauwut hab auf ihn. Immer noch. Soll sich bloß nix mehr getrauen von wegen verkaufen oder so.

Fast wär mir was rausgerutscht, hab's aber runtergeschluckt. Fast hätt' ich zu ihm g'sagt: Wenn du 's noch einmal probierst, den Hof zu verkaufen, dann …

So voller Zorn war ich. Ich hab auch noch ganz gezittert, doch nur innerlich. Er hat 's nicht sehen können, aber vielleicht g'spürt.

Eine Warnung soll 's ihm sein. Und ganz zufrieden soll er auch sein, dass er hier wohnen kann und ich für ihn sorg'. Ist das denn nix? Der schätzt überhaupt nicht, was ich alles für ihn mach.

Wenn er den Hof verklopft und mit dem Geld abhaut, hat er erst keinen, der nach ihm guckt und ihm alles tut. Aber soll ich ihm das sagen? Soll ich 's ihm an den Kopf knallen? Hilft ja doch nix.

Er braucht ja nicht abziehen. Kann dableiben, von mir aus. Sonst wär ich ja ganz allein. Aber in Ruhe soll er mich lassen. Wenn er 's noch einmal probiert, dann weiß ich net, ob ich mich beherrschen kann!

30

Die zwei Karlsruher standen etwas unschlüssig neben dem geborgenen Mercedes und schauten Hansjörg und seinem Traktor nach.

»Was jetzt?«, fragte Lindt.

»Willst du nicht nachschauen, ob was kaputt ist?«

»Klar doch«, schlug sich Oskar an die Stirn. »Ich war ganz in Gedanken.«

Dann umrundete er sein nobles Gefährt, suchte die Lackierung ab und kniete sich anschließend hin, um den Unterboden zu prüfen.

»Gerade noch mal gutgegangen. Auf den ersten Blick seh ich nichts.« Oskar stemmte sich wieder hoch.

»Sollen wir in eine Autowerkstatt fahren?«

»Hebebühne?« Lindt zuckte die Schultern. »Vielleicht, wenn wir wieder daheim sind.«

»Sag mal«, begann Paul. »Je öfter du vom Thema Ferienhaus anfängst, umso mehr glaub ich, du meinst das ernst.«

»Tja, wer weiß, wer weiß …«, lächelte Oskar geheimnisvoll. »Man soll bekanntlich nie ›nie‹ sagen.« Dann drehte er sich um und wies die Straße entlang: »Da geht's zum Hinteren Otto. Den wollten wir doch eigentlich besuchen. Vielleicht hat der ja einen Bauplatz zu verkaufen.«

Wellmann schüttelte den Kopf: »Wenn ich mich an die

letzte Begegnung mit ihm erinnere, glaub ich kaum, dass du da Erfolg hast. Richtig auf Granit wirst du beißen.«

»Aber wir hätten ein Thema. Leute, die viel alleine sind, werden bekanntermaßen recht gesprächig, wenn sie mal jemanden treffen.«

»Der Hansjörg aber nicht. Zur Plaudertasche ist der nicht mutiert.«

»Und der Otto? Wenn wir ihm von unserem Missgeschick erzählen? Und vom Hansjörg?«

»Okay, einen Versuch ist es wert«, stimmte Paul Wellmann zu.

Otto Züfle kam ihnen zuvor. Gerade, als Lindt und Wellmann einsteigen wollten, näherte sich der bekannte Allrad-Subaru von hinten und schaffte es gerade noch, zu bremsen. Der Fahrer stieg aus: »Jetzt blockieren Sie mir schon wieder die Straße«, sagte er. Allerdings nicht genervt, sondern mit eher freundlicher Miene.

»Keine Absicht«, hob Lindt beschwörend die Hände. »Sehen Sie sich das an.« Er wies auf das total zerfurchte Schneeruder neben dem Weg. »Das Postauto hat uns abgedrängt. Plötzlich sind wir im Graben gesteckt.«

»Jaja, der ist tief. Respekt, dass Sie es geschafft haben, wieder rauszukommen.«

Oskar schüttelte den Kopf und zog an seiner Pfeife, die er immer noch im Mund hatte. »Ohne Traktor keine Chance. Da drüben haben wir Hilfe geholt.«

»Ach, der Hansjörg hat Sie rausgezogen. Gutmütig ist er ja. Der kann einem nichts abschlagen. Hat mir auch schon oft geholfen. Besonders, seit er seinen neuen Bulldog hat.«

Dann zog Otto eine Pfeife aus seiner Kitteltasche. »Ich gehör auch zu der Zunft. Morgens eine nach dem Aufstehen, und der Tag fängt gut an.«

Lindt hielt ihm seine Tabaksdose hin. »Navy-Flake. Der Presstabak ist meine Leib-und-Magen-Marke. Stopfen Sie sich ruhig eine.«

Der Hintere Otto ließ sich nicht lange bitte und griff zu. »Danke, gern. Mal was anderes. Ich rauch immer den Borkum Riff, aber manchmal drück ich mir auch ein Stück Stumpen in den Pfeifenkopf.«

Oskar lachte. »Was für ganz Hartgesottene. Doch in der Not …«

»… frisst der Teufel Mucken«, ergänzte Otto.

»Sieht ja schlimm aus in seinem Gesicht«, meinte Paul Wellmann, solange Otto Züfle sich die Pfeife mit Lindts Presstabak füllte.

»Ach, jetzt haben Sie den Hansjörg mal aus der Nähe gesehen«, nickte der Graubärtige. »Mehr als Glück hat er gehabt damals. Der Knochen war nur angekratzt. Ein paar Millimeter tiefer, dann hätt 's gelangt. So eine Kettensäge ist und bleibt halt ein Selbstmordgerät.«

»Muss man nicht Schutzausrüstung tragen?«, wollte Paul wissen.

Otto lachte: »Früher, da hat sich niemand groß drum geschert. Und was nutzt die beste Schutzhose, wenn einem die Säge ins Gesicht springt?«

»Wohl wahr«, gab ihm Wellmann recht. »Man liest ja immer wieder von furchtbar grässlichen Unfällen.«

»Einen hier aus dem Tal hat's vor vielen Jahren erwischt, direkt am Hals«, wurde Otto ganz ernst.

»Hinterm Haus. Einen Ast vom Apfelbaum hat er runtersägen wollen. Der hat keine Chance gehabt, hat nicht mal mehr schreien können. Als die Frau nach ihm geschaut hat, war er schon leergelaufen. Drei Meter um ihn rum war das Gras nicht mehr grün, sondern …«

»Puuuh«, schüttelte sich Oskar Lindt. »Nichts für mich, so was geht mir an die Nieren.«

»Zu uns war dieser Hansjörg ziemlich einsilbig«, meinte Paul. »Hat das was mit seinem Unfall zu tun?«

»Ein stiller Mensch ist ruhig, kennen Sie den Spruch? Der Hansjörg hat sich schon immer zurückgehalten. Praktische Arbeit: hervorragend, aber Theorie …«

»Nicht berauschend?«

»Zwei Mal sitzen geblieben damals in der Schule, und die Waldarbeiterprüfung hat ihm auch ziemliche Schwierigkeiten gemacht. Aber heute ist das längst vergessen. Beim Nationalpark sind alle sehr zufrieden mit ihm. Mein Schwager ist in der gleichen Truppe. Der sagt immer wieder: Auf den Hansjörg kann man sich verlassen, 100-prozentig. Der scheut sich vor keiner Arbeit. Wenn er nicht groß lesen oder schreiben muss, ist er ein prima Kollege. Vor allem hilfsbereit.«

»Haben wir gemerkt«, nickte Lindt. »Er hat alles stehen und liegen lassen, um das Auto rauszuziehen. Ohne Wenn und Aber. Wollte nicht mal was dafür nehmen.«

Otto Züfle schaute ihn an: »Sie haben ihm sicher trotzdem was gegeben.«

»Klar«, nickte Oskar. »Ist doch selbstverständlich.«

»Er kann's brauchen. Sie wissen ja …«

»Nach einem Bauplatz hab ich auch gleich gefragt«, schmunzelte Lindt.

»Was er gesagt hat, kann ich Ihnen am Gesicht ansehen. Da war garantiert nichts zu machen.«

»Kann ich mit Ihnen vielleicht ins Geschäft kommen?«

Otto Züfle lachte: »Da, wo ich wohn', wollen Sie garantiert nicht bauen. Am besten, Sie fahren mir nach, dann sehen Sie es selbst.«

Lindt zögerte nicht lange: »Klar doch. Das schauen wir uns an.«

Die beiden Kommissare stiegen ein, ließen den Otto passieren und folgten ihm. Einige Hundert Meter weiter waren sie am Ziel.

»Ende der Welt«, meinte Otto Züfle, als die drei am Ende der Sackgasse vor hohen Schneebergen neben dem kleinen mit Brettern verschalten Haus standen. »Schauen Sie sich um. Nicht schwer zu erkennen, warum das ›Gewann hier Nachtloch‹ heißt.«

»Der volle Gegensatz«, nickte Lindt, betrachtete den schmalen, von hohen Fichten beschatteten Taleinschnitt und schlang sich die Arme um den Körper. »Hier ist es deutlich frischer.«

»Von November bis Februar seh' ich die Sonne nicht, und der Schnee liegt manchmal noch im April. Absolute Nordlage und immer zwei Kittel kälter als beim Hansjörg.«

»Trotzdem gefällt es Ihnen hier?«

Züfle zögerte: »Ach wissen Sie, klein aber mein. Die Heimat gibt man nicht so leicht auf. Hier bin ich geboren und aufgewachsen, warum also weggehen?«

»Sind Sie auch Landwirt?«, wollte Paul Wellmann wissen.

Otto zeigte auf einen niedrigen Anbau: »Das war früher der Geißenstall. Mein Vater hat immer ein paar davon gehabt, für den steilen Buckel hinterm Haus. Kennen Sie Geißen … oder heißen die bei Ihnen Ziegen?«

»Arme-Leut-Kühe«, meinte Lindt, »das hat man bei uns daheim gesagt.«

»Genau so«, bestätigte der Otto. »Mein Vater war ein einfacher Waldarbeiter. Für den Winter hat er immer das Gras im Wald gemäht, die ganzen Wegränder geheut und mit seinem Handkarren heimgebracht.«

»Karges Leben früher«, stellte Oskar fest.

»Jaja, und nix Auto. Ein Moped war das höchste der Gefühle. Bevor er das hatte, ist der Vater zu Fuß ins G'schäft. Jeden Tag. Die alten Holzhauer sind manchmal stundenlang gelaufen, bis sie am Platz waren.«

»Und dann mit Axt und Handsäge an die dicken Tannen?«

Züfle nickte: »So war's halt damals im Schwarzwald. Ich hab dann doch lieber Schlosser gelernt. Schlosser und Schmied. Wenigstens warm und trocken in der Werkstatt.«

»Aber auch keine leichte Arbeit.« Lindt zündete sich die Pfeife wieder an und blies eine Rauchwolke in die kalte Luft.

Otto zeigte ihm seine schwieligen Hände: »Zu meiner Lehrzeit hat niemand mit Handschuhen gearbeitet. Die gab's gar nicht, und außerdem hätt' einem der alte

Meister die gleich um die Ohren gehauen. Ab und zu mit Melkfett einreiben, das war ’s.«

»Melkfett?«, wunderte sich Paul Wellmann.

»Benutz ich auch heute noch«, antwortete Otto. »Früher ging’s nicht ohne. Raue Hände sind nichts für ein zartes Geißeneuter. Wissen Sie, wie Geißenmilch schmeckt? Schon ziemlich streng, aber in meiner Kindheit gab’s fast nichts anderes.«

»Wenn die Tochter vom Hof dort drüben Sie erhört hätte …«, meinte Lindt.

»Ja, dann tät ich heute Kühe melken.« Ottos Augen bekamen einen feuchten Schimmer. »Die Marianne, ja, ewig schade, dass aus uns nichts geworden ist. Aber kommen Sie doch rein. Was stehen wir auch in der Kälte rum?«

Die Kommissare schauten sich verwundert an, doch der Hintere Otto duldete keinen Widerspruch, ging zur Haustür und meinte verschmitzt: »Bei mir drin darf man auch rauchen. Der Vorteil, wenn man sich nach niemand anderem richten muss.«

Die zwei Karlsruher folgten ihm und stiegen die enge, steile Holztreppe nach oben in den ersten Stock. Otto öffnete eine der drei Türen, die vom dunklen Flur abgingen: »In der Küche ist’s am wärmsten. Schlafzimmer und Stube heiz’ ich kaum.«

Durch zwei Fenster mit kleinen Scheiben drang nur wenig Licht in den Raum. An der Wand eine Eckbank, ein Tisch mit blankgescheuerter Holzplatte und zwei Stühlen, gegenüber die antiquierte Spüle aus Stein, daneben Kühlschrank, Elektroherd und ein weiß lackierter alter Holzherd. Züfle öffnete das Türchen zu dessen

Feuerraum und schob drei schmale Holzscheite auf die Glut. »Ich lass es nicht ausgehen. Seit ich in Rente bin, heiz' ich wieder alles mit Holz. Die Nachtspeicheröfen fressen mir zu viel Strom.«

Lindt und Wellmann nahmen auf der Bank Platz. Ohne lange zu fragen, stellte Otto drei Gläser auf den Tisch, dazu Vesperbretter und Besteck, alles blitzsauber. Dann förderte er aus der Speisekammer einen großen Laib Brot –»back ich selbst« – und eine schmale Speckseite zutage. »Den Geißenstall hab ich zum Saustall gemacht. Zwei Schweine füttere ich übers Jahr, und im Winter geht's zum Metzger«, lachte der Mann mit dem verfilzten Bart und dem grauen Hut, den er auch im Haus nicht abnahm. »Am liebsten hab ich den durchwachsenen Bauch. Schön fett, der gibt Kraft. Der magere Schinken ist halt was für Touristen.«

Er stellte den hartgeräucherten Speck hochkant, säbelte mit einem langen scharfen Messer einige fingerdicke Scheiben herunter und legte sie auf ein großes rundes Holzbrett, das er in die Mitte des Tisches schob. »Sie müssen probieren!«

Auch vom Bauernbrot schnitt er ab, dann holte er aus dem Kühlschrank noch Butter, Senf und einen großen Krug. »Jetzt kommt das Allerbeste«, meinte Otto geheimnisvoll und goss Lindt und Wellmann unaufgefordert die Gläser voll.

Die Kommissare machten große Augen.

»Rotwein?«, rätselte Paul.

Otto schüttelte den Kopf. »Die Farbe stimmt, aber die Beeren sind wesentlich kleiner als Trauben.«

Lindt kannte sich aus: »Und viel mühsamer zu ernten.«

»Genau«, freute sich Otto. »Ich seh schon, Sie wissen einen Heidelbeermost zu schätzen. Natürlich auch aus eigener Produktion. Selbst gesammelt, gestrählt mit dem Kamm, droben auf der Höh', und danach selbst gepresst. Fünf bis sechs Zentner brauch ich, dann sind meine Fässer voll.«

»Unfassbar«, meinte Lindt. »Zwei Badische auf Schwarzwaldurlaub werden einfach so zum Speckvesper eingeladen, das nenn' ich Gastlichkeit.«

»Jetzt haben wir uns zum dritten Mal getroffen«, meinte Otto. »Da wird's doch Zeit, sich mal gemütlich an einen Tisch zu setzen. Bitte greifen Sie zu.«

In Lindts Gehirn arbeitete es fieberhaft. Vielleicht war das die Chance, weiterzukommen. Sollte er den Otto ins Vertrauen ziehen? Während er zulangte, wog er blitzschnell Für und Wider ab.

Dann bestrich er das duftende frische Brot mit Butter, nahm sich vom Speck und setzte einen Senfklecks auf sein Vesperbrett. Lindt hob sein Glas: »Herzlichen Dank für Ihre Einladung. Freut uns wirklich sehr.«

»Keine Ursache«, hob Otto die Hand. »Alleine bin ich oft genug und wenn ich schon mal zwei so nette Kerle treffe …«

Oskar zögerte und warf seinem Kollegen einen vielsagenden Blick zu. Dann entschied er sich, den Schritt nach vorne zu machen. »Ganz zufällig sind wir natürlich nicht hier, und ich glaub, Sie könnten uns helfen.«

»Bauplatz hab ich aber keinen für Sie«, antwortete Otto.

Lindt schüttelte den Kopf. »Ferienhaus kommt später. Jetzt geht's um den Hansjörg und seinen Vater.« Er griff in die Brusttasche seines Hemds, holte den Dienstausweis hervor und hielt ihn Otto Züfle vors Gesicht.

Der bekam ganz große Augen: »Was? Kriminalpolizei? Jetzt versteh ich gar nichts mehr.«

31

Er soll endlich Ruhe geben, der Alte. Nur Frieden will ich, sonst nichts. Aber wie? Wie kann ich 's machen? Der Gedanke plagt mich. Mordsmäßig! Tag und Nacht. Ich kann kaum noch schlafen seit dem Vorfall. Wieso braucht der denn das Geld? Warum grad jetzt? Bisher war's ihm ja auch recht, so wie es war. Ich hab alles g'schafft, und er hat ein bequemes Leben gehabt. Rundum versorgt. Immer genug zu essen. Naja, das Eigene halt. Aber wenn ich ein Rind im Jahr schlachten lass und zwei, drei Lämmer, dann langt 's doch. Viel einkaufen brauch ich nicht. Höchstens einmal in der Woche. Trotzdem bring ich jeden Tag was auf den

Tisch. Waschen tu ich und das Haus in Ordnung halten. Also was will er mehr?

Hat sich irgendwas verändert? Etwas, von dem ich keine Ahnung hab? Kann mir echt nichts vorstellen, das ihn umtreiben könnt. Den Hof verkaufen, das wär wirklich das Äußerste. Und vor allem warum grad jetzt? Seit Mutter tot ist, sind doch schon viele Jahre vergangen, und nie hat er so was probiert.

Es hilft nichts, ich muss ihn zur Rede stellen. Muss mit ihm sprechen, muss ihn fragen.

Aber … krieg ich eine Antwort?

Ein paar Tage ist es so mit mir umgegangen. Hin und her hab ich überlegt, wie ich 's anstellen könnt', dass er mir was sagt.

Am Sonntag hab ich mich getraut. Vierter Advent, der 21. Dezember, nur noch ein paar Tage bis Weihnachten. Lammrücken hab ich gemacht – ja, auch so was kann ich mittlerweile, gewürzt mit Thymian und Rosmarin – grüne Bohnen mit Speck dazu und Kroketten aus dem Backofen. Die essen wir sonst nie. Meistens schab' ich Spätzle oder koch' breite Nudeln. Auch Kartoffeln gibt's oft, eigene von unserem Äckerle neben dem Haus, sonntags als Kartoffelsalat, unter der Woche gekocht oder gebraten. Kroketten eigentlich gar nicht. Hab sie extra eingekauft. Gefrorene zwar, aber vor allem wegen der Überraschung. Und den Stubentisch hab ich schön gedeckt. Mutters gutes Geschirr aus dem Buffet, das mit dem Goldrand. Sogar ein kleines Sträußchen Christrosen dazu. Hab ich im Edeka entdeckt. Es muss doch irgendwas geben, über das er sich freut.

Tatsächlich hat er große Augen gemacht. Ich glaub, es hat ihm sogar geschmeckt. Der Lammrücken hat wunderbar geduftet, war noch schön rosa innen drin, zart und saftig. Auch bei den Kroketten hat er zugelangt. Zwei Mal, mehr als sonst. Aus Versehen hat er sogar selber rausgeschöpft. Läuft gut, ich hab's gespürt.

Dann hab ich noch eins draufgesetzt. Nachtisch, selbst gekocht. Schokoladenpudding mit einem Klecks Sahne. War ihm vollkommen neu, dass ich auch so was fertigbring. Ein paar Mal ist er sich mit der Zunge über den Mund gefahren und hat hmm … gemacht. Sogar der Blick in seinen Augen war nicht so böse wie sonst. Jetzt passt 's, hab ich mir gedacht und vorsichtig versucht, ein Gespräch mit ihm anzufangen.

Dass ich in Baiersbronn im Buchladen war und mir ein Kochbuch gekauft hab. Ganz verwundert hat er geschaut. Er weiß ja, das ich sonst außer der Zeitung nicht viel les'.

Dass ich jetzt auch ein paar andere Gerichte auf den Tisch bringen werd' als bisher, damit wir ein wenig Abwechslung haben. Ich möchte ja schon, dass es ihm schmeckt, hab ich gesagt.

Und dass es mir leidtut wegen neulich. Da, wo ich so ausgerastet bin. Dass ich es nicht gewollt' hätt und dass ich mich net wieder so benehmen tät'.

Ich glaub, da hat er schon was gespannt, weil er nichts geantwortet hat und sein Blick ein wenig misstrauisch geworden ist. Trotzdem hab ich weitergemacht.

Ich weiß jetzt, dass es falsch war. Jetzt, wo es zu spät ist.

Ich weiß jetzt, dass ich besser nichts gesagt hätt. Jetzt, wo es passiert ist.

Ich weiß jetzt, dass es nicht so gekommen wär, wenn ich geschwiegen hätt. Aber wann hätt' ich ihn denn sonst fragen sollen? Jetzt oder nie!

Ich find, wir müssen das mit dem Hof mal richtig besprechen, hab ich angefangen. Und dass ich eigentlich gar net wüsst', warum er denn verkaufen wollt'.

Das ist schon zu viel gewesen. Ein ganz dunkles Gesicht hat er aufs Mal bekommen und das Puddingschüsselchen mit Karacho von sich weg gestoßen. Quer über den Tisch, dass es auf der anderen Seite auf den Boden gefallen und zerbrochen ist. Ganz perplex war ich und hab mich net rühren können.

Dann hat er was gemacht, was ich noch nie bei ihm gesehen hab. Die Arme hat er auf den Tisch gelegt, seinen Kopf drauf und angefangen zu heulen. Zuerst nur ganz leise, dann immer lauter und immer heftiger. Richtig geschluchzt hat er. Ganz lang. Ganz schlimm. Auch für mich. Noch gar nie hab ich so was erlebt. Ganz geschüttelt hat's ihn.

Wie festgenagelt bin ich auf meinem Stuhl gesessen. Völlig hilflos. Zuerst hab ich gedacht, ich müsst' ihn jetzt in den Arm nehmen, so wie die Mutter mich früher getröstet hat, wenn ich mal geweint hab. Aber ich hab's net können. Ihn jetzt anfassen oder gar umarmen? Ausgeschlossen!

Nur angestarrt hab ich ihn, wie er da so furchtbar geheult hat. Ein Mann, weit über 60, der weint doch net. Total durcheinander war ich. Ich glaub, auch mir sind die Tränen runtergelaufen. Aber ich weiß es nicht mehr. Gar nichts weiß ich mehr.

Bloß noch, dass ich irgendwann gesagt hab: »Vater.« Mehr net, nur »Vater«.

Dann hat er seinen Kopf hochgehoben und mich angeschaut. Die Augen! Nie werd ich seine Augen vergessen. Rot und dick und ganz nass.

»Wie hast du grad g'sagt?«, hat er gefragt.

»Vater«, hab ich ihm geantwortet.

»So hast du mich schon lang nicht mehr genannt.« Danach hat er seinen Kopf wieder auf die verschränkten Arme sinken lassen. Ich glaub, geweint hat er nimmer. Bloß so dagesessen ist er, den Kopf auf dem Tisch. Gerührt hat er sich nicht. Ganz lang nicht.

Aber aufs Mal hat er sich hingesetzt, kerzengerade und mir ins Gesicht geschaut. »Bub«, hat er gesagt. »Bub«, nicht etwa Hansjörg, nein, »Bub.«

Und dann: »Uns gehört hier nichts mehr. Wir müssen verkaufen.«

Das hab ich net verstanden. Hab's net kapiert, was er damit gemeint hat.

»Wenn wir's net verkauft bringen, wird alles versteigert. Dann bleibt uns nicht einmal ein kleiner Rest.«

Das hat er gesagt, ist aufgestanden und zu seinem Stahlschrank gegangen.

32

»Glaub ich gern, dass Sie das nicht verstehen«, sagte Lindt zu Otto Züfle.

»Wir sind auch nicht dienstlich hier«, warf Paul Wellmann ein.

»Zumindest nicht offiziell, aber wegen dem Hansjörg und seinem Vater«, ergänzte Oskar.

Otto rang sichtlich mit der Fassung: »Hat einer von denen was angestellt?«

»Könnten Sie sich das vorstellen?«

Heftiges Kopfschütteln. »Auf gar keinen Fall. Der Junge schafft Tag und Nacht, und der Alte …«

»Was ist mit dem?«

»Ja der hockt halt in der Stube drin. Sommers mal vor dem Haus auf der Bank, aber im Winter kommt der so gut wie nie aus der Höhle.« Dann besann er sich. »Aber wenn Sie gar nicht amtlich da sind …?«

»Ganz privat«, antwortete Lindt, »und doch nicht so ganz. Wir sind da, weil sich jemand sorgt.«

»Um wen, um die zwei?«

»Wir sind da, weil jemand befürchtet, dass doch noch was passieren könnte.«

»Die Lisbeth«, kam wie aus der Pistole geschossen. »Das kann bloß von der Lisbeth kommen. Und vom Willi, weil dem hab ich …«

»Was?«, wollte Lindt wissen.

»Da an der Tankstelle. Ist schon eine Zeit her. Da hab ich's ihm halt gesagt, dass die sich immer streiten.«

»Das haben Sie uns ja auch erzählt. Der Junge macht alles, und der Alte hilft ihm nichts.«

»Ich glaub aber, dass sich das gelegt hat. Seit Weihnachten hab ich nichts mehr bemerkt.«

»Und vorher?«

»Furchtbar war das. Furchtbar gestritten haben sie sich. Sehr oft. Andauernd. Und Sachen sind durch die Gegend geflogen. Aber das hab nicht bloß ich mitgekriegt. Da hat sich ganz Obertal das Maul drüber zerrissen.«

»Und jetzt ist alles in Butter?«

»Soll doch vorkommen, dass sich zwei Menschen wieder vertragen.«

Lindt nahm einen weiteren Schluck Heidelbeermost und schnitt dünne Streifen von seiner Speckscheibe. »Wir wohnen im Tannengrund.«

»Ach deshalb hat die Lisbeth …«

»Ich kenne sie auch schon länger. Eigentlich ist die doch ganz vernünftig. Oder?«

»Na ja, früher, als wir noch jung waren …«

»Schon lange her«, lächelte Lindt.

»Ziemlich lang, schon über 40 Jahre.«

»Heuhütte?«

Das hätte Oskar nicht sagen sollen. Das Gesicht seines Gegenübers wurde schlagartig knallrot.

»Ach was, jung waren wir alle mal«, lenkte der Kommissar ein. »Wird ja nichts Schlimmes passiert sein.«

»Nein, natürlich nicht«, beeilte sich Otto, zu versichern, doch seine Augen bekamen einen glänzenden

Schimmer. »Die Lisbeth – Sie kennen sie ja – die sieht auch heut noch gut aus, aber wenn ich erst an früher denk' … Blonde feste Haare zu zwei langen Zöpfen geflochten, strahlend blaue Augen und eine klasse Figur. Auf die sind alle Kerle geflogen. Und sie selbst war auch ganz schön wild damals. Hat echt nichts anbrennen lassen. Erst beim Willi ist sie dann geblieben. Bloß von mir …«, hob er die Hände, »… von mir hat sie nichts wissen wollen. Ist ja auch kein Wunder, wenn man nur ein kleines Häusle und ein paar Geißen daheim hat.«

»Da konnten andere mehr bieten?«

Otto nickte. »Denen hat halt der Vater gefehlt. Der Lisbeth und der Marianne. War ein schlimmes Unglück. Und ohne Vater aufwachsen zu müssen, ist nicht gut. Es fehlt einfach ein Anker im Leben.«

»Wenn ich mich recht erinnere, hatten Sie bei Lisbeths Schwester aber durchaus Chancen?«

Otto musste schlucken. »Die Marianne, ja, mit der bin ich ziemlich lang gegangen. Die war anders als ihre Schwester. Genauso hübsch, aber immer am Schaffen, weil sie ja den Hof gemacht hat daheim, fast ganz alleine, wo doch die Mutter immer kränker geworden ist.«

»Schwermütig«, stellte Lindt fest.

»Das wissen Sie also auch schon. Ist ja klar, wenn Sie bei der Lisbeth wohnen.«

»Die hat ihrer Schwester damals den Hof überlassen.«

»Stimmt. Der Lisbeth war es hier zu eng. Die wollt' immer weg. Doch viel weiter als bis Baiersbronn ist sie auch nicht gekommen. Wegen dem Willi halt.«

»Sie hätten bestimmt gut zu der Marianne gepasst«, lenkte Lindt die Unterhaltung.

»Hab ihr ja auch oft geholfen auf der Landwirtschaft, aber auf einmal war's aus. Knall auf Fall hat sie mir den Laufpass gegeben.«

»Als der lange Valentin kam. Aus dem Badischen.«

»Das geht mir heut noch nach«, sagte Otto. »Einfach sitzen gelassen zu werden wegen diesem Motorradfahrer. Mehr als ein Fahrrad hab ich zu der Zeit halt nicht gehabt.«

»Ungerecht, das Leben«, warf Paul Wellmann ein.

»Zeit heilt Wunden«, meinte Otto. »Aber manchmal brechen sie trotzdem wieder auf. Wenn ich bloß dran denk, wie der rumstolziert ist. Sonntags, wenn die zwei spazieren gegangen sind. Hand in Hand. Er im Anzug und die Marianne im feinen geblümten Sommerkleid. Das hat er ihr geschenkt, der Marianne. Meiner Marianne.«

»War nicht leicht, wenn Sie denen begegnet sind.«

»Meistens hab ich mich schnell verdrückt.«

»Die muss aber doch gemerkt haben, dass so ein Kerl nicht auf den Hof passt«, meinte Paul.

»Ich hab's ihr gesagt, als ich sie mal alleine getroffen hab, aber da war es schon zu spät.«

»Zu spät?«, wollte Lindt wissen.

»Was denken Sie denn?«, ereiferte sich Otto. »Geschwängert hat er sie natürlich, was denn sonst. Und dann schnell, schnell heiraten.«

»Hmm, jetzt versteh ich manches.«

»Nein, nein, Sie verstehen noch gar nichts. Nacheinander hat sie nämlich zwei Fehlgeburten gehabt. Da ist es ihr ganz dreckig gegangen.«

Betroffenes Schweigen legte sich über den Tisch.

»Erst ein paar Jahre später hat's dann doch noch geklappt, als der Hansjörg kam. Die Marianne hat sich wahnsinnig gefreut. Richtig gestrahlt hat sie wieder. So wie früher. Aber der Valentin, der …« Otto stockte.

Lindt horchte auf: »Was war mit ihm?«

»Man hat zu der Zeit viel drüber gesprochen in Obertal.«

»Worüber?«

»Ja Gerüchte halt. Wie's so geht in einem kleinen Dorf.«

»Üble Nachrede?«

Otto zögerte: »Zutrauen tät ich es ihm, dem Valentin.«

»Fremdgegangen?«, fragte Paul Wellmann. »Wäre für mich das Naheliegendste.«

»Anscheinend haben ihn auch Leute aus Obertal gesehen drüben im Badischen. Und dass er dauernd mit seinem Motorrad auf Achse war, hat jeder gewusst.«

»Tja«, meinte Lindt, dabei wiegte er seinen Kopf hin und her, »wir beide, der Paul und ich, machen die Kripoarbeit jetzt schon seit Jahrzehnten. Sie können sich denken, uns ist nichts Menschliches fremd, und wir schauen täglich in Abgründe. Ein Seitensprung, gerade dann, wenn es der eigenen Frau schlecht geht, kommt viel häufiger vor, als man gemeinhin denkt.«

»Weiß man Näheres?«, hakte Paul Wellmann wieder nach. »Wurden Namen genannt oder wie lange das Ganze ging?«

Otto zuckte die Schultern. »Ist ja schon ewig her, aber mir hat es damals echt wehgetan, vor allem wegen der Marianne.«

»Also wissen Sie nicht, wo wir nachfragen könnten?«

»Kappelrodeck war im Gespräch. Von da stammt er ja auch, der Valentin. Weingegend, das sagt doch alles, und bei der Fasnet geht's dort sowieso rund.«

»Leichteres Leben als hier im kargen Schwarzwaldtal«, nickte Lindt. »Aber bitte überlegen Sie, ob Ihnen nicht vielleicht noch ein Name einfällt.«

Otto Züfle grübelte. »Sie dürfen aber nicht sagen, dass Sie es von mir haben.«

»Größtmögliche Vertraulichkeit ist selbstverständlich.«

»Größtmöglich? Absolute Vertraulichkeit wäre mir lieber.«

»Ich glaube, in diesem Fall können wir das zusichern«, antwortete Paul Wellmann. »Wir haben uns die Formulierung halt angewöhnt, weil Kapitalverbrechen unser tägliches Geschäft sind. Und bei Mord oder Ähnlichem stößt Diskretion natürlich an klare Grenzen.«

»Mord?«, entsetzte sich der Hintere Otto.

»Halt, halt«, beschwichtigte Oskar Lindt. »Da ist der Paul etwas übers Ziel hinausgeschossen. Wir sind lediglich hier, um vorzubeugen und nicht um aufzuklären. Schließlich ist ja bisher nichts passiert. Und wir tun das völlig privat und nur der Lisbeth Wein zuliebe. Von schlimmen Verbrechen kann also gar keine Rede sein. Sie brauchen wirklich nichts zu befürchten.«

Otto atmete hörbar auf: »Dann ist ja gut, aber ich verstehe, Sie können halt auch nicht aus Ihrer Haut.«

»Das stimmt leider. Verbrechen gegen das Leben sind unsere Arbeit, und da gewöhnt man sich im Lauf der Jahre automatisch eine bestimmte Sprache an.«

Der Mann mit dem verfilzten Bart überlegte eine Weile. »Wenn jemand was weiß, dann vielleicht die Brigitte. Brigitte Möhrle. Ist in meinem Alter, wohnt hier in Obertal, stammt aber auch aus Kappelrodeck.«

»Wie der Valentin? Und hat ebenfalls über den Berg geheiratet?«, fragte Lindt.

»Ja, da ging's umgekehrt. Der Frieder hat sich im Badischen umgesehen und ein Mädle von dort mitbegebracht.«

»Wir versprechen Ihnen, dass wir ganz diskret nachfragen. Niemand wird einen Rückschluss auf Sie ziehen können.«

»Versprochen?«, fragte Otto. Dennoch stand ein leichter Zweifel in seinem Gesicht.

»Versprochen«, hob Lindt wieder das Glas. »Wir finden einen ganz unverfänglichen Weg, an die Informationen zu kommen. Das sind wir Ihnen schuldig. Schon alleine wegen dem Heidelbeermost und dem Speck. Sonst könnten wir uns ja nie wieder bei Ihnen sehen lassen.«

»Dann ist gut«, sagte Züfle. »Und dass Sie versuchen wollen, zwischen meinen beiden Nachbarn Frieden zu stiften, ist natürlich auch ganz in meinem Sinne.«

33

Es hat mich voll umgehauen. Das, was mir der Vater gesagt hat. Wieso gehört uns hier nichts mehr? Unser Hof – nicht mehr unser Hof? Geht doch gar nicht. Wem soll der denn sonst gehören außer uns. Jetzt dem Vater und später mal mir. Eigentlich jetzt schon mir, find ich. Das wär gerecht, weil ich ja alles mach. Aber die Mutter hat's so gewollt. Ich weiß zwar nicht, warum, und mit mir hat sie nie darüber gesprochen, aber so ist's halt. Muss mich damit abfinden.

Zwei dicke Aktenordner hat er aus dem Schrank geholt und vor mir auf dem Tisch ausgebreitet. Ich soll selber lesen, hat er gesagt, sich in seinen Sessel gesetzt und zum Fenster rausgeschaut.

Zuerst hab ich die Ordner überhaupt nicht anfassen können. Erst nach einer Weile hab ich mich getraut und drin rumgeblättert. Lauter amtliche Schreiben sind da abgeheftet gewesen.

Ganz vorne Grundbuchauszüge vom Notariat mit allen unseren Flurstücken drin. Okay, das hab ich kapiert. Mit den Grundstücken kenn ich mich aus. Flächengrößen und so – die brauch ich hauptsächlich fürs Landwirtschaftsamt.

Dann aber noch viele andere Seiten, lauter unverständliches Zeug, mit dem ich nichts hab anfangen können.

Dahinter jede Menge Papier von allen möglichen Banken. *Grundschuld* ist mir ins Auge gestochen und ein weiteres Wort, das oft vorgekommen ist: *Zwangsvollstreckung*. Hab überhaupt nicht kapiert, was das sein soll. Mir langt's schon, wenn ich meine eigenen Kontoauszüge durchsehen soll. Da steht drauf, wie viel Geld ich noch hab, und das reicht mir. Hauptsache, genug im Haben und dass jeden Monat ein paar Euro übrigbleiben fürs Sparbuch. Falls es am Bulldog was zu reparieren gibt. Die Kuverts von der Sparkasse lege ich immer in eine Schachtel und schau dann nie mehr rein.

Aber diese Aktenordner? Nichts hab ich verstanden, gar nichts. Und das hab ich dem Vater dann auch so gesagt.

Er hat mich nicht angeschaut. Sein Blick ist ganz glasig geworden. Eigentlich zum Fenster raus, aber doch auch nach nirgendwo. Wie wenn er durch alles durchgucken tät.

Schulden wären auf dem Hof, hat er gesagt. Ganz viele Schulden. Die Dachbalken täten sich schon durchbiegen davon. Dachbalken? Durchbiegen? Hä?

Wir müssen doch keine Schulden machen, hab ich gesagt.

Unser Geld langt doch. Das, was ich im Wald verdiene und seine Rente.

Wir haben immer alles bezahlt. Wofür dann Schulden?

Den Bulldog hätt' ich ja schließlich auch bar gezahlt. Von meinem Ersparten. Deswegen sei es halt nur ein kleiner Schlepper und kein so teurer. Und den tät ich gut pflegen, dass er so lang wie möglich hält.

Die seien nicht für uns, die Schulden, hat er geantwortet, aber nur ganz leise. So leise, dass ich's fast nicht verstanden hab.

Was? Nicht für uns? Für wen dann? Für andere Leut'? Hab ich richtig gehört? Ist das aus seinem Mund gekommen? Mir ist es abwechselnd ganz heiß und kalt geworden.

Ich bin aufgesprungen, rüber ans Fenster und hab mich vor ihn hingestellt.

»Sag das noch mal! Für wen? Wer hat das Geld?«

»Niemand«, hat er gesagt und auf den Boden geschaut. »Das Geld hat niemand mehr. Das ist fort.«

»Wieso fort?« Ich bin ganz in Rage gekommen. »Gestohlen?«

Der Vater hat den Kopf geschüttelt. »Ich hab's ihr gegeben.«

»Wem hast du's gegeben? Und wie viel?«

Da hat er den Kopf gehoben und mich angeschaut. Ganz traurig. Nicht mehr so böse wie früher, sondern bloß noch traurig. Bekümmert und niedergeschlagen. »350.000 EURO. Mehr hab ich nicht von den Banken bekommen. Und die hab ich deiner Schwester gegeben.«

Ich hab geglaubt, der Blitz trifft mich. Stocksteif bin ich dagestanden vor ihm, aber in mir hat's vibriert, wie wenn ich unter Strom stehen tät. Keinen Tropfen Blut hätt' ich gegeben, wenn man mich gestochen hätt.

Was schwätzt der denn daher?

Wieso Schwester? Hab ich nicht. Ich bin doch alleine.

Und 350.000 EURO? Ganz schwindelig ist mir's geworden. Spinnt der jetzt vollkommen?

Irgendwann hab ich mich wohl wieder gefangen, als er gesagt hat: »Deiner Halbschwester. Die hat eine andere Mutter.«

»Ich hab eine …?«

Nur noch genickt hat er. Kein Ton ist über seine Lippen gekommen.

In meinem Kopf sind die Gedanken rumgesaust wie in einem Karussell. Wie sollte denn das zugehen? Eine andere Mutter? Man kann doch nur eine Mutter haben und keine zwei.

Dann hab ich aber ziemlich schnell kapiert. »Du hast die Mutter betrogen!«, hab ich ihm ins Gesicht geschleudert. »Meine gute Mutter! Du bist fremdgegangen!«

An den Schultern hab ich ihn gegriffen und gerüttelt in seinem Sessel drin. »Sag's mir! Stimmt das? Du hast ein Kind mit einer anderen Frau?«

Nichts hat er gesagt. Gar nichts. Deswegen hab ich fester zugepackt und ihn ganz heftig geschüttelt. Er hat sich überhaupt nicht gewehrt. Vollkommen schlaff hat er sich angefühlt, und seinen Kopf hat's richtig hin und her geschleudert.

»Das macht man doch nicht!« Ich glaub, jetzt bin ich ziemlich laut geworden. »So was tut man nicht, wenn man verheiratet ist.«

Egal, wie arg ich ihn geschüttelt hab, er hat einfach alles über sich ergehen lassen. Sein einer Mundwinkel war aufs Mal so komisch. Ganz schief ist der runtergehängt. Wie leblos hat er gewirkt und dann auch noch die Augen zugemacht. Ich bin mordsmäßig erschrocken und hab ihn wieder fahren lassen.

Ganz außer Atem bin ich gewesen und hab erst mal verschnaufen müssen. Da hat er plötzlich zu würgen angefangen. Einmal, zweimal, dreimal, dann die Augen wieder aufgerissen, ganz weit und gleichzeitig den Mund. In hohem Bogen hat er gekotzt. Eine volle Ladung. Hat mich direkt getroffen. Aufs Hemd und auf die Hose. Das ganze Mittagessen. Der Pudding und die Bohnen. Mein schönes Essen! Lauter Brocken. Pfui Teufel, hat das gestunken!

Vor Schreck bin ich rückwärts. Zwei Schritte bis zum Tisch. Dann ist der nächste Schwall gekommen. Vor mir auf die Bodendielen geklatscht.

Da hat's auch mir den Magen umgedreht. Die Hand vor den Mund Richtung Küche. Hat aber nichts genutzt. Bis zur Tür bin ich gekommen, dann hab ich mich genauso übergeben müssen. Alles auf den Küchenboden. Oh, war's mir schlecht. Am Türrahmen hab ich mich festgehalten.

Ein Würgen hab ich gehört, von hinten, ein Röcheln, dann ein Poltern und einen Schlag. Aber ich hab mich nicht umdrehen können. Gezittert hab ich am ganzen Körper. Keine Ahnung, wie lang.

Ich bin in die Küche, ein großer Schritt über mein Erbrochenes. Bis zur Spüle. Dort ist es mir nochmal hochgekommen. Mit beiden Händen hab ich mich am Rand gehalten und alles in hohem Bogen ins Becken hinein …

Mann, hat es mich geekelt. So eine Sauerei!

Ganz langsam hab ich meinen Kopf gedreht und zur Stube geschaut. Neben dem Sessel ist er gelegen, auf dem Boden, auf dem Rücken. Und von seinem Hinterkopf hat sich eine Blutlache auf den Dielen ausgebreitet. Die Augen ganz weit aufgerissen, furchtbar weit, genauso wie der Mund. Gegurgelt hat's dort drin. Furchtbar!

Seine rechte Hand hat sich um den Sesselfuß geklammert. Ich glaub, er hat versucht, sich hochzuziehen.

Ich weiß, ich hätte hin müssen. Hin zu ihm und ihm hoch helfen. Aber es ist nicht gegangen. An der Spüle festhalten war das Einzige, was ich fertiggebracht hab. Mich festhalten und zu ihm in die Stube reinstarren. Wie er gezuckt hat und geröchelt, und wie sein Gesicht immer dunkler geworden ist. Irgendwann ist er ganz ruhig geworden. Nur noch dagelegen, regungslos, mitten in Blut und Gekotztem.

34

Nachdem sich Lindt und Wellmann beim Hinteren Otto mehrmals bedankt und von ihm verabschiedet hatten, traten sie die Rückfahrt an. Voll neuer Erkenntnisse, aber auch voller Speck, Bauernbrot und Heidelbeermost, zu viel süffigem Heidelbeermost.

»Oskar, ich weiß nicht, ob du noch ...«, sagte Paul, da war es bereits passiert. Ruckartig kam der weiße Mercedes zum Stehen, die Front steckte erneut im Schneeruder am Wegesrand.

Oskar schüttelte sich wie ein nasser Hund. »Nicht mehr, Paul. Du hast recht.«

Schon flog die Fahrertür auf und ein grauverfilztes Gesicht schaute spitzbübisch ins Auto. »Ich hätt' euch warnen müssen«, sagte Otto Züfle. »Wer den Most nicht gewöhnt ist ...«

Lindt stotterte: »Ich glaub, das war die Kälte.«

»Frischluftschock!«, meinte Otto und befahl: »Los, raus! Ich fahr.«

Lindt gehorchte artig und überließ dem Einheimischen das Steuer. Souverän setzte Züfle zurück bis in seinen engen Hof und stellte den großen Wagen ab. Die beiden Karlsruher folgten zu Fuß.

»Tja«, kratzte sich Oskar am Hinterkopf. »Ziemlich tückisch, diese berühmte Schwarzwälder Gastfreundschaft.«

Ottos Grinsen nahm kein Ende. Er präsentierte den Zündschlüssel des Mercedes in seiner Hand und ließ das Teil dann demonstrativ in die Brusttasche seiner verwaschenen Latzhose gleiten. »Aus für heute. Wär doch schade um das schöne Auto.«

»Taxi«, meinte Wellmann. »Könnten Sie uns vielleicht ein Taxi rufen?«

Otto schüttelte den Kopf. »Taxifahrer sind meistens sehr gesprächig. Die können nichts für sich behalten. Morgen wüsste das ganze Obertal Bescheid.« Er zeigte zu seinem betagten Subaru. »Einsteigen. Ich fahre Sie selbstverständlich bis zu Ihrem Quartier.«

»Sie haben aber gleich viel ...«, wollte Lindt abwehren, doch das ließ Otto nicht gelten. »Mir macht der Heidelbeermost nicht so schnell was aus. Ich kenne meine Grenzen.«

»Sollen wir das wagen?« Die Kommissare schauten sich zweifelnd an, doch da hatte Züfle bereits die Wagentüren geöffnet und bugsierte einen nach dem anderen ins Innere.

Tatsächlich erreichten die drei ohne Probleme schon nach einer knappen Viertelstunde das Gästehaus Tannengrund in Baiersbronn. Die Fahrt war schweigsam verlaufen, doch in Lindts Kopf hatte sich in der Zwischenzeit trotz leichter Benebelung ein Gedanke festgesetzt. Bei der Abfahrt in Obertal war er noch recht ratlos gewesen, wie sich ein unverfänglicher Kontakt zu Brigitte Möhrle herstellen ließe. Jetzt sah er bereits deutlich klarer.

»Ich glaube, Sie sollten noch mit reinkommen«, meinte er. »Unsere Wirtin freut sich bestimmt, ihren früheren Nachbarn wiederzusehen.«

Der Hintere Otto zögerte. »Weiß nicht recht«, doch es war schon zu spät.

Lisbeth Wein hatte vom Küchenfenster aus den Hof stets fest im Blick, und so stand sie bereits unter der Tür, um die drei zu begrüßen.

»Ach guck, der Otto!«, sagte sie, kam auf den Obertäler zu und streckte ihm die Hand hin. »Dich hab ja schon ewig nicht mehr gesehen.«

Otto Züfles Gesicht überzog sich mit einer leichten Röte. »Lisbeth …«, stammelte er. »Ich bring dir deine Gäste heim.«

»Ist was mit dem Auto?«, wollte die Wirtin wissen.

Lindt gab sich verlegen: »Nein, eher mit den Fahrern und dem Heidelbeermost.«

Ein schelmisches Lächeln zog sich über Lisbeths Gesicht. »Der war früher schon gut, beim Otto daheim.«

»Also, ich …«, begann der Graubärtige und machte halbherzige Anstalten, seinen Wagen wieder zu besteigen, doch Lisbeth duldete keine Flucht.

»Auf gar keinen Fall. Jetzt, wo du endlich mal da bist«, sagte sie und fasste den Otto an der Hand. »Alle reinkommen. Ihr braucht was zum Ausnüchtern.«

Die Wirtin ging voraus, hielt ihren früheren Nachbarn fest im Schlepptau und zog ihn samt den zwei Kommissaren ins Haus nach oben in den Gastraum.

Sie bugsierte den Otto auf die Eckbank, stellte geschwind Gläser auf den Tisch und holte Sprudel aus der Küche.

»Vesper brauch ich wahrscheinlich keines auftragen«, meinte sie. »Heidelbeermost gab's bestimmt nicht ohne Speck.«

»Wahnsinn«, stöhnte Paul Wellmann. »Dieser Schwarzwald legt sich einem ganz schön auf die Hüften. Von einem Vesperbrett zum nächsten.«

»Ach was«, meinte Lisbeth und trug noch Apfelsaft und einen Brotkorb herbei. »So was Gutes gibt's in der Stadt bestimmt nicht.«

»Aber mit verworrenen Familienverhältnissen haben wir auch sonst oft genug zu tun«, antwortete Oskar.

Lisbeth wurde unsicher: »Ja dann …«

»Wir haben den Herrn Züfle ins Vertrauen gezogen. Ich bin mir sicher, er gehört nicht zu denen, die alles sofort in die Öffentlichkeit tragen.«

Otto schüttelte den Kopf, schaute die Wirtin fest an und meinte: »Ich mach mir genau die gleichen Sorgen wie du, Lisbeth. Sonst hätt' ich ja auch deinem Willi nichts gesagt vor ein paar Monaten an der Tankstelle.«

Lisbeth Wein erwiderte den Blick und stimmte zu: »Auf dich hat man sich schon immer verlassen können. Schade, dass meine Schwester damals …«

Züfle zuckte die Schultern: »Ist ja lange her, aber trotzdem denk ich noch oft an sie.«

»Manche Wunden heilt die Zeit eben doch nicht so ganz«, sinnierte Paul Wellmann. Lindt setzte nach und wandte sich an die Wirtin: »Wir haben Anzeichen, dass Ihr Schwager … ja, wie soll ich sagen … also, dass er es in früheren Jahren möglicherweise mit der ehelichen Treue … nicht so ganz …«

Jetzt wurde Lisbeth nachdenklich: »Der Willi hat das auch schon vermutet. Vor Jahren, als der Valentin dauernd mit seiner Maschine rumgefahren ist, aber ich hab nie viel drauf gegeben. Es ärgert mich, wenn die Leute sich das Maul über jemanden zerreißen, ohne dass man weiß, ob wirklich was dran ist.«

»Haben Sie Ihrer Schwester nie was angemerkt?«, wollte Lindt wissen.

Lisbeths Augen bekamen einen leichten Glanz: »Wer

so viel arbeitet, dass er abends todmüde ins Bett fällt, der will vielleicht auch gar nicht alles wissen.«

»Also gab es keine Anzeichen?«

Die Wirtin schüttelte den Kopf. »Kann sein, dass sie nichts gezeigt hat. Deshalb hab ich sie nie direkt darauf angesprochen. Richtig glücklich war sie mit diesem Kerl jedenfalls längst nicht mehr. Das war deutlich zu merken. Ich hab's halt immer darauf geschoben, dass er ihr keinen Handschlag geholfen hat.«

»Heute tät man nicht gleich heiraten, wenn …«, sagte Lindt.

»Ach, das wissen Sie also auch schon. Hab mir gestern noch überlegt, ob ich es Ihnen hätte sagen müssen. Aber ich hasse diese Tratschereien wie die Pest.«

»Für uns ist so was von enormer Wichtigkeit«, sagte Lindt und sah zu Otto Züfle hinüber. »Doch seien Sie unbesorgt, Ihr früherer Nachbar hat uns das erst erzählt, als er wusste, dass Sie selbst uns beauftragt haben.«

Otto nickte: »Nichts für ungut, Lisbeth. Aber der Polizei muss man doch …«

Die Wirtin nahm seine Hand: »Mach dir nur keine Gedanken, Otto. Genau richtig, wie du dich verhalten hast. Schließlich haben wir ja das gleiche Ziel.«

»Und deshalb«, fuhr Lindt fort, »sollten wir mehr erfahren. Vor allem, ob es tatsächlich stimmt, das mit dem Fremdgehen. Da könnte nämlich noch eine ganze Menge dranhängen.«

»Ich hab an die Brigitte gedacht«, schaltete sich Züfle wieder ein. »Die Frau vom Möhrle Frieder. Die stammt doch auch aus dem Badischen.«

Kaum merklich zuckte Lisbeth Wein zusammen. Lindt registrierte es dennoch und meinte: »Für uns zwei«, dabei zeigte er auf Wellmann und auf sich, »ist es fast nicht machbar, unverfänglich mit ihr ins Gespräch zu kommen. Vielleicht könnten Sie …? Wir möchten halt möglichst wenig Staub aufwirbeln.«

Lisbeth zögerte: »Das ist natürlich ganz in meinem Sinne. Auf gar keinen Fall soll über die Marianne ein blödes Geschwätz in Gang kommen. Aber ich …«, sie machte eine Pause, »… ich hab da ein Problem.«

35

Aus! Ganz aus! Kein Lebenszeichen mehr in ihm. Am Hals hab ich seinen Puls gefühlt. Nichts mehr! Gar nichts.

Viel zu lang hab ich gewartet. Warum bin ich nicht gleich zu ihm hin?

Ich weiß net. Keine Ahnung, wie lang ich in der Küche gestanden bin. An der Spüle, wie angewachsen. Meine Finger sind nicht aufgegangen, so arg hab ich mich am Rand festgekrallt. Vor mir im Spülbecken meine eigene Kotze, der Küchenboden genauso voll. Sogar Spritzer am Herd.

In der Stube noch schlimmer: Blut und Gekotztes. Eine Riesenlache. Mittendrin der Vater. Furchtbar.

Irgendwann hab ich an mir runtergeschaut. Weil ich's gespürt hab auf der Haut. Feucht, eklig. Durchgeschlagen hat's durch mein Hemd. Das, was er mir entgegengespuckt hat. Fast wär's mir nochmal hochgekommen. Panisch hab ich mir das Hemd vom Leib gerissen. Alle Knöpfe sind abgesprungen. Egal, nur weg damit. Die Hose auch. Vom Bund bis an die Knie, alles versaut. Schnell runter. Ins hinterste Eck hab ich die Kleider gepfeffert. Bloß weg. Nur in Unterhose und Socken bin ich dagestanden und gefroren hat's mich, obwohl es nicht kalt war.

Dann bin ich wieder in die Stube. Aber nur zwei Schritte, sofort waren meine Socken durch. Ekelhaft. Auch die hab ich runtergerissen. Barfuss in Blut und Kotze – zwischen meinen Zehen hat sich's hochgedrückt. Uuuh, mich hat's geschüttelt. Trotzdem bin ich auf die Knie neben den Vater. Mittenrein.

Kein Puls mehr, kein Schnaufer, ganz schwarzblau sein Gesicht. Vorbei. Nichts mehr zu machen. Aus das Lebenslicht!

Erstickt ist er. Erstickt an seinem eigenen Erbrochenen. Und ich hab zugeschaut. Warum nur, warum hab ich ihm net geholfen? Ich hätt doch bloß …

Hab ich aber net. Hab's net können. Ist einfach nicht gegangen.

Aufgesprungen bin ich. Zurück in die Küche. Mein Hemd geschnappt und damit die Knie und Füß' abgewischt. Bloß notdürftig. Dann ins Bad. Unter die Dusche. So heiß wie möglich. Keine Ahnung wie lang. Das ganze Bad war voller Dampf.

Alles hab ich abgespült. Alles runter in den Abfluss. Ganz viel Seife hab ich genommen. Bis ich ganz sauber war.

Danach bin ich als Erstes in den Keller. Meine Regenhose angezogen, die gelbe Regenjacke auch und Gummistiefel. Auch die Gummihandschuhe hab ich mit übergestreift. Dann wieder hoch. Küche, Stube. Fenster auf, damit der Gestank endlich verschwindet.

Unter seinen Armen hab ich ihn gepackt und rückwärts fortgezogen. Durch die Küche, über den Gang bis ins Bad. Hab ihn kaum in die Wanne gebracht, so schlaff war er.

Abgebraust hab ich ihn. Ganz lang. Ganz heiß. Am Kopf hat's immer noch geblutet. Einfach Wasser drüber laufen lassen. Irgendwann ist nichts mehr gekommen. Seine Haare, die Ohren, Nase, Mund – überall Erbrochenes. Hab ich alles sauber gemacht, besonders lang in seinen Mund gespritzt, bis das Wasser sauber wieder rausgekommen ist.

Dann ihm die Kleider ausgezogen. Auch die Unterwäsche. Gleich in einen blauen Müllsack rein. In seinen Taschen war nichts. Hab überall geschaut. Zum Schluss die Prothese abgeschnallt. Auch in den Sack.

Nackt ist er jetzt dagelegen in der Wanne. Noch nie hab ich ihn ohne Kleider gesehen. Weiß die Haut und ein paar komische Flecken. Der Kopf ist immer noch blau gewesen, nein, jetzt eigentlich vollkommen schwarz. Besonders die Lippen. Auch seine Finger und die Zehen.

Zum Schluss ist er ganz sauber gewesen. Und ich nassgeschwitzt in meinem Gummianzug. Da hab ich den Stöpsel runtergedrückt, den Überlauf verstopft und die Wanne bis zum Rand volllaufen lassen, sodass er ganz unter Wasser war.

Fast ganz, weil, für die Wanne war er zu lang, der Alte. Sein einer Fuß hat noch rausgeschaut. Jetzt weiß ich, warum manche von ihm als dem langen Elend gesprochen haben.

Aber den Kopf hab ich runtergedrückt, ganz tief, so lange, bis keine Luftblasen mehr aufgestiegen sind.

Danach bin ich zum Putzen. Zuerst die Küche. Auch meine eigenen Kleider hab ich in den Sack gestopft. Fort damit. Die könnt' ich sowieso nie mehr anziehen. Täten mich nur anekeln, weil ich immer dran denken müsst.

Dann die Spüle saubergemacht, den Boden und die Schränke. Immer wieder frisches Wasser und Spülmittel in den Putzeimer. Bestimmt zehn Mal über alle Stellen. Als Nächstes die Stube. Ist schon alles angetrocknet gewesen. Ohne Schrubber wär's gar nicht gegangen. Hoffentlich ist nichts zwischen den Bodendielen in den Fugen zurückgeblieben, sonst muss ich halt noch mal ran, vielleicht mit einer alten Zahnbürste.

Die Regenkleider hab ich wieder in den Keller gebracht und auch noch abgespritzt. Geschuftet bis um sieben Uhr abends. Draußen schon ganz dunkel.

Das Schlimmste aber, das ist erst danach gekommen.

Mich selbst hab ich auch nochmal duschen müssen. Hab kaum hinsehen können. Ich in der Dusche und der Vater daneben in der Badewanne. Hochgetrieben. Aufgequollen. Nur noch halb im Wasser. Furchtbar der Anblick. Ich hab ganz heiß geduscht und weggeschaut.

Vierter Advent.

36

Oskar kapierte schnell: »Das Problem kommt aus der Vergangenheit?«

Die Wirtin sagte nichts.

»… und heißt Frieder? Frieder Möhrle? Oder wie man hier sagt, der Möhrle Frieder?«

Jetzt errötete Lisbeth leicht. Sie warf einen kurzen Blick zu Otto, schaute aber schnell wieder weg.

»Weiß diese Brigitte Bescheid?«

»Keine Ahnung, Herr Lindt. Aber ist ja auch egal. Der Frieder und ich, das war lange, bevor er sie kennengelernt hat.«

»Sturm und Drang, wie man so schön sagt«, beruhigte sie der Kommissar. »Die Zeit, in der sich junge Leute umschauen. Ist doch völlig normal.«

Die Wirtin wurde verlegen. »Es war damals halt so, dass ich dem Frieder den Laufpass gegeben hab. Hat ihn ziemlich mitgenommen.«

Lindt rieb sich die Stirn. »Bestimmt sind Sie sich in den vielen Jahren trotzdem hin und wieder begegnet.«

»Viel gesprochen hab ich nicht mit ihm. Wir sind einander schon eher aus dem Weg gegangen. Deshalb weiß ich nicht, wie er reagiert, wenn ich jetzt einfach bei ihm zu Hause …«

»Wäre eine gute Gelegenheit, das rauszufinden«, meinte Oskar und schaute Lisbeth herausfordernd an. »Die Antwort auf die Frage, was den Valentin mit seiner früheren Heimat verbindet, könnte uns entscheidend weiterbringen. Wer weiß, vielleicht liegt da der Schlüssel für den Konflikt?«

Die Wirtin antwortete nicht sofort. Sie senkte ihren Blick und betrachtete intensiv die Holzmaserung der Tischplatte. Schließlich entschied sie sich: »Gut, ich sprech' mit denen. Auch wenn es mir nicht grad leicht fällt. Aber ich tu's. Für den Hansjörg und für die Marianne.«

Umgehend stand sie auf und verließ den Raum.

Erstaunt sahen ihr die drei Männer nach.

Otto hob die Augenbrauen: »Entweder gleich oder gar nicht. So war die Lisbeth auch früher schon. Wenn sie etwas angepackt hat, dann sofort.«

»Jetzt würde ich doch zu gern Mäuschen spielen und hören, was sie am Telefon sagt«, lächelte Lindt.

»Oskar, Oskar«, wunderte sich Paul Wellmann. »So neugierig kenn ich dich ja gar nicht.«

»Na ja, etwas Wunderfitz steckt doch in jedem von uns. Und ich möchte eigentlich nur wissen, wie sie's anstellt. Manche Menschen haben eben eine sehr überzeugende Art. Erinnerst du dich an ihren Auftritt im Präsidium? Der war ja auch sehr erfolgreich, sonst säßen wir heute nicht hier.« Unvermittelt stand Lindt auf. »Muss mal raus. Der Most drückt.« Unter den erstaunten Blicken von Paul und Otto verließ er die Gaststube.

Wellmanns Kommentar hörte er nicht mehr: »Wenn sich der Oskar was in den Kopf gesetzt hat …«

Lindt ging auf Zehenspitzen den Flur entlang. So leise wie möglich schlich er vorwärts, erreichte die Bürotür, blieb stehen und lauschte. Zuerst hörte er nichts, dann einige Gesprächsfetzen.

»… ja ich, die Lisbeth …«

»… wirst dich wundern, dass ich …«

Oskar presste sein Ohr an die Holztür. Jetzt verstand er mehr.

»… freut mich, dass es dir gut geht …«

»… über 40 Jahre jetzt schon …«

»… echt? Du bist mir nicht mehr …«

Plötzlich kitzelte etwas in Lindts Nase. Schnell presste der Kommissar seinen Zeigefinger auf den Punkt zwischen Oberlippe und Nase. Glück gehabt! Der Niesreiz ließ sich unterdrücken.

Er lauschte weiter.

»… unbedingt was wissen, wegen dem Hansjörg …«

»… ja … auch schon gehört, dass man drüber schwätzt in Obertal …«

»… geht um früher und um den Valentin …«

»… hat deine Frau noch Verbindung …?«

Jetzt konnte Lindt einige Sätze nicht verstehen, bis auf: »… rufst wieder an …«

Schnell huschte der Kommissar den Flur entlang und verschwand in der Toilette. Keine Sekunde zu früh, denn schon ging die Bürotür auf.

Lindt ließ sich Zeit. Absichtlich wartete er einige Minuten, bevor er die Spülung drückte, sich gründlich die Hände wusch und gemächlich in den Gastraum zurückging.

Die Wirtin saß bereits wieder am Tisch bei Otto und Paul. Auffällig ihre deutlich geröteten Wangen verbunden mit einem leicht nervösen Blick. Ein tragbares Telefon lag neben Lisbeth, die gerade von einem Stück trockenem Brot abbiss.

»Jetzt bin ich gespannt«, sagte Lindt. »Wie war die Reaktion?«

»Er meldet sich wieder. Muss erst bei seiner Frau vorfühlen.«

Lindt zeigte auf den Apparat. »Sie erwarten einen schnellen Rückruf?«

Lisbeth sah ihn an: »Kann sein. Je nachdem.«

Weiter kam sie nicht, denn schon klingelte das Telefon.

Die Wirtin meldete sich, und während sie zuhörte, entspannten sich ihre Gesichtzüge. »Persönlich ist immer gut … von mir aus auch noch heute Abend …

bring einen Bekannten mit, der mich unterstützt … schon mal vielen Dank … also bis nachher.«

Lindt legte den Kopf schief: »Hab ich das richtig verstanden?«

Lisbeth lächelte ihn an: »Was dachten Sie denn? Soll ich da vielleicht alleine hingehen?«

»Halten Sie mich denn für fit genug?«

»Nicht fürs Autofahren, aber um mir beizustehen, wird's schon reichen.«

37

Hab fast nicht schlafen können. Die ganze Nacht ist es mit mir umgegangen. Warum hab ich denn nicht angerufen? Krankenwagen, Notarzt, so wie damals, als ich die Mutter im Stall gefunden hab?

Furchtbar dunkel ist es gewesen, und der Wind hat so geheult rund ums Haus. Immer wieder hab ich mich im Bett aufgesetzt und das Licht angemacht. Gefroren hat es mich, obwohl die Heizung an war. Manchmal hab ich gezittert.

Was hab ich bloß gemacht?

Ich hätt' doch …

Hab ich aber nicht.

Wieso nicht?

Das weiß doch jeder, was man tun muss, wenn …

Ich weiß es ja auch … eigentlich …

Die wären sicher gleich gekommen, die vom Roten Kreuz.

Hätten ihn bestimmt wiederbelebt.

Mitgenommen ins Krankenhaus.

Oder nicht?

Jetzt liegt er drunten in der Badewanne. Im Wasser.

Sicher schon eiskalt. Das Wasser und er.

Aufgequollen ist er.

Steif wird er sein. Totenstarre.

Warum hab ich bloß nicht …?

Zwischendurch hab ich auch mal einschlafen können, aber nicht arg lang. Ein paar Minuten, manchmal eine halbe Stunde. Immer wieder bin ich hochgeschreckt. Meistens vom Wind, und wenn ich angefangen hab, was zu träumen.

Von ihm, vom Vater, vom Alten, vom langen Elend, wie sie über ihn gesagt haben.

Es ist einfach nicht gegangen. Ist einfach nicht möglich gewesen.

Ich hab's nicht können. Die Kotze und das Blut. Das hab ich doch wegmachen müssen.

Aber was passiert jetzt?

Kann ich noch einen Arzt holen?

Den Hausarzt vom Vater vielleicht?

Was wird der sagen?
Ich weiß nicht.
Ich hab keine Ahnung, wie das hier weitergehen soll.

Um vier Uhr bin ich aufgewacht, weil's in meinem Bauch so gerumpelt hat. Hab's grad noch bis aufs Klo geschafft. Durchfall, Dünnpfiff. Au Mann, hat es mich ausgeputzt!

Zum Glück haben wir die Toilette extra und nicht im Bad. Sonst hätt ich ja neben ihm …

Danach bin ich runter in den Keller und hab im Kessel Holz nachgelegt. Barfuss, nur in der Unterhose. Obwohl es dort ganz warm war, hab ich Gänsehaut bekommen. Richtig geschüttelt hat's mich. Vor allem, wenn ich dran gedacht hab, dass ich jetzt alleine bin.

Alleine in dem großen, alten dunklen Haus.

Alleine mit ihm.

Tot ist er.

Im Bad liegt er.

In der Wanne, im Wasser, im eiskalten Wasser.

Und der Wind hat immer noch geheult. Ein Fensterladen hat geklappert.

Einen dicken Kloß hab ich im Hals gespürt und kaum noch Luft bekommen. Wie er, den ich hab ersticken lassen.

Ganz laut ist die Tür vom Heizraum hinter mir zugefallen, wie ich die Treppe hochgerannt bin, zurück in mein Zimmer. Abgeschlossen hab ich. Warum? Aus lauter Angst? Ja richtig gefürchtet hab ich mich. Geschlottert am ganzen Leib. Die Heizung voll aufgedreht und wieder ins Bett. Decke über den Kopf. Trotzdem war's mir kalt. Eiskalt.

Wieder raus. Angezogen hab ich mich. Dicke Socken, Hose, Unterhemd, Wollpullover. Zipfelmütze auf den Kopf. Dann wieder unter die Decke.

Hat nichts genutzt. Von innen her hat's mich gefroren. Kalt im Bauch, kalt in der Brust, kalt im Kopf. Fürchterlich kalt. Schüttelfrost. Zusammengekrümmt hab ich mich. Die Arme um die Knie geschlungen. Ganz fest. Wie wenn ich mich selbst umarmen tät. Und an die Mutter hab ich dabei gedacht. Früher, als Kind, da hat sie mich auch immer in den Arm genommen. Wenn ich Angst gehabt hab. Wenn ein Gewitter war und der Donner so gekracht hat.

Schlimm damals. Heut' aber noch schlimmer. Die Bilder sind durch meinen Kopf gezuckt. Wie er so schlaff war. Wie er dagelegen ist in der Stube. Wie ich nicht zu ihm können hab. Wie er geröchelt hat. Und wie er dann ganz ruhig geworden ist. Mitten in der ganzen Sauerei.

Mit einem Satz bin ich wieder raus aus dem Bett. Ans Fenster, zum Heizkörper. An den hab ich mich gedrückt und rausgeschaut. Nur die Straßenlampe hab ich gesehen. Der Wind hat Schneeflocken durch ihr Licht gejagt.

Was soll ich bloß machen? Mit ihm drüben im Bad?

38

Draußen war es bereits stockdunkel, als Lindt mit gemischten Gefühlen zu Lisbeth Wein ins Auto stieg. Er ließ sich nicht gerne fahren. Schon gar nicht von Fremden. Paul war da eine Ausnahme, Carla natürlich auch, und bei Otto Züfle hatte er keine Wahl gehabt, doch vor ein paar Jahren … Er schauderte – eine Einsatzfahrt mit einem jungen Kollegen am Steuer – furchtbar, wenn er daran zurückdachte. Im Tiefflug durch Karlsruhe, über rote Ampeln und immer wieder auf der Gegenfahrbahn! Lindt hatte sich mit beiden Händen am Türgriff festgeklammert und war kalkweiß am Tatort aus dem Wagen gestiegen.

Lisbeth fuhr einen älteren E-Klasse Kombi. Lindt entspannte sich leicht. Wenigstens Mercedes, solide, schwer und etwas träge. Trotzdem tastete Oskars rechte Hand zum Griff. So schnell konnte es ihm beim Fahren niemand recht machen.

Leider bewahrheitete sich des Kommissars Vorahnung. Bereits nach einigen Kurven und mehreren ruckartigen Schaltvorgängen verkrampfte sich seine Hand und die Knöchel wurden weiß. Die Pensionswirtin hatte offensichtlich noch nichts vom Temperament ihrer Jugend eingebüßt. Die schmalen Ortsstraßen nahm sie nach der Devise ›wer bremst, verliert!‹ und bog zackig um die Ecken. Erst auf der Landstraße in Richtung Obertal fühlte sich Lindt etwas sicherer. Allerdings schien die 70er-Geschwindigkeitsbegrenzung zwischen Baiersbronn und Mitteltal für Lisbeth mehr den Charakter einer unverbindlichen Empfehlung zu haben. Die weißen Straßenmarkierungen missachtete sie grundsätzlich und versuchte auch in unübersichtlichen Kurven, die Ideallinie zu erreichen.

Mit Schrecken dachte der Kommissar zurück an die Fahrt auf dem gurtlosen Schleudersitz von Hansjörgs Willys-Jeep. Lag der Fahrstil in der Familie, oder fuhren alle Einheimischen hier so sportlich? Vielleicht war es auch Lisbeths innere Anspannung, einem ihrer vielen Verflossenen nach langen Jahren wieder näherzukommen?

In Obertal bog Lisbeth links ab in Richtung Buhlbach, trieb den Mercedes mit stark überhöhter Geschwindigkeit durch die Dreißigerzone und stoppte kurz danach in einem sauber gepflasterten, penibel von Schnee befreiten Hof. Gepflegt wirkte es, das Anwesen. Drei Garagen, darauf eine Dachterrasse, weißer Rauputz, breiter Dachüberstand als Schutz für mehrere Balkone und ein Schild mit grünem Punkt: ›Ferienwohnung frei‹. Auch hier waren Gäste eindeutig willkommen.

Lindt ließ sich nichts anmerken, doch seine Knie zitterten ein wenig, als er sich nach der rasanten Fahrt vom Beifahrersitz wuchtete und wieder festen Boden unter den Füßen spürte.

Der Bewegungsmelder an der Hausfront hatte bereits reagiert, und mehrere Lampen tauchten den Hofraum in ein angenehmes blendfreies Licht. Er ging an zwei

Wagen mit Kölner Kennzeichen und Dachskiträgern vorbei und folgte seiner Wirtin zum Eingang.

Noch bevor sie klingeln konnte, öffnete sich die massive Haustür. Ein großer schlanker Mann, glattrasiert mit sportlichem Kurzhaarschnitt, in Jeans, kariertem Hemd, Walkweste mit Hirschhornknöpfen und Trachtenhalbschuhen kam auf die beiden zu und streckte breit lächelnd seine Hand aus. »Lisbeth«, sagte er nur. Mehr nicht.

»Der Oskar aus Karlsruhe«, stellte sie ihren Begleiter vor. »Ein langjähriger Gast bei uns im Tannengrund. Er weiß immer einen guten Rat.«

»Freut mich. Ich bin der Frieder.« Mit einem eindrucksvoll kräftigen Händedruck hieß er auch Lindt willkommen. »Rein in die gute Stube. Drinnen ist es schön warm«, sagte er und ging vor.

Unter der Haustür raunte Lisbeth Oskar Lindt noch ins Ohr: »Ich hoffe, es macht Ihnen nichts aus, wenn wir zum Du übergehen.«

»Ganz und gar nicht. Das vereinfacht die Sache enorm«, antwortete der Kommissar und folgte hinein. Lisbeth und Frieder. Es war einmal … In ihrer Jugend garantiert ein schönes Paar … Doch auch jetzt, mit über 60, hatten sich die beiden noch eine ansehnliche Figur erhalten.

Im Wohnzimmer wurden sie bereits von Frieders Frau erwartet und ebenfalls mit der Herzlichkeit einer Schwarzwälder Gastgeberin begrüßt.

»Der Oskar ist ein langjähriger Gast bei der Lisbeth«, stellte Frieder den Besuch vor. »Auch ein Badener, grad wie du.«

»Bin die Brigitte«, lächelte die zierliche Frau. Schwarze Kurzhaarfrisur, modisch gerandete Brille in Rot und Weiß. »Kommt doch an den Kachelofen. Da ist es schön warm.«

Ein Teller mit Käsegebäck und eine Flasche ›Hex vom Dasenstein‹ mit vier Gläsern standen bereits parat. »Aus Kappelrodeck, genau wie ich«, meinte die Hausherrin und goss, ohne zu fragen, den Rotwein ein.

»Hmm«, leckte sich Lindt die Lippen. »Den kennt man auch bei uns in Karlsruhe.« Er fühlte sich auf Anhieb wohl in der freundlichen, entspannten Atmosphäre und fragte sich instinktiv, ob er es schaffen würde, nicht mehr als dieses eine Glas zu trinken?

Lisbeth Wein kam zur Sache, ohne irgendein Wort über die lange zurückliegende Jugendzeit zu verlieren. Offenbar wusste Brigitte Möhrle darüber Bescheid und hatte keinerlei Berührungsängste.

»Es geht um den Hansjörg, meinen Neffen, den kennt ihr ja. Um ihn mach ich mir Sorgen. Ernste Sorgen. Ich bin doch schließlich seine Dote.« Auf Lindts erstaunten Blick erklärte sie: »So heißt Patentante auf Schwäbisch.«

»Ach so«, antwortete Oskar schnell. »Ich verstehe. Patenkinder hat man sein ganzes Leben lang. Auch wenn sie bereits erwachsen sind.«

»Genau, und deswegen bin ich beunruhigt. Wegen ihm und seinem Vater, dem Valentin. Da soll's in letzter Zeit ja einige Male ziemlich gekracht haben.«

»Hat sich rumgesprochen in Obertal«, nickte Frieder Möhrle. »Am Stammtisch hab ich gehört, dass einmal sogar ein Kochtopf durchs geschlossene Fenster rausgeflogen sein soll.«

»Wundert mich nicht«, meinte seine Frau. »Der Valentin war schon früher kein einfacher Mensch. Wenn ich dran denk, was der sich alles erlaubt hat.«

»Meine Schwester, die Marianne, die hat's ganz bestimmt nicht leicht gehabt mit ihm«, stimmte Lisbeth zu. »Einerseits den steifen Buchhalter markieren. Immer korrekt im Anzug mit geschlossenen Kragen und andererseits …«

»… der wilde Motorradfahrer«, komplettierte Frieder den Satz. »Die Quittung hat er ja bekommen.«

»Der Unfall hoch zum Ruhestein?«, fragte Lindt. »Hab schon davon gehört. Sein Bein …«

»… nicht mehr zu retten«, bestätigte Frieder. »Da war es schlagartig aus mit den Eskapaden.« Er wandte sich an seine Frau: »Aber das weißt du ja besser.«

»Ich hab lieber meinen Mund gehalten, weil mir die Marianne echt leidgetan hat«, antwortete Brigitte. »Bin nicht dafür, alles groß rumzuerzählen, aber wenn es für euch wichtig ist …«

»Grad deswegen sind wir gekommen«, sagte Lisbeth. »Gerüchte hat es damals ja genug gegeben.«

»Es ist lange her, und eigentlich hat jeder gedacht, es sei Gras über die Sache gewachsen, aber seit der Achertaler Hof geschlossen ist, wird drüben in meiner Heimat wieder viel davon gesprochen.«

Lisbeth schaute Brigitte Möhrle ungläubig an: »Der Achertaler Hof? Das Traditionshotel? Erstes Haus am Platz in Kappelrodeck?«

»Da war er Stammgast. Jahrelang. Und der Wirt hat nichts gemerkt.«

»Nichts gemerkt? Der Wirt?«, wollte Lindt wissen.

»Der Alwin, eine Seele von Mensch und ein super Koch. Der hat das Haus vorwärts gebracht. Seine Küche war im weiten Umkreis bekannt. Stammt aus Oberkirch, ist in der halben Welt rumgekommen und hat dann in den Achertaler Hof eingeheiratet. Tag und Nacht in der Küche. Deshalb ist der Laden auch so gut gelaufen.«

»Oje«, meinte Lindt. »Darf ich raten? Seine Frau …«

Brigitte nickte: »Die Barbara. Das Bärbele, so haben wir in der Schule zu ihr gesagt. Später, als alles rausgekommen ist, hat man sie nur noch die Heilige Barbara genannt.«

»Und die war alles andere als heilig?«, vermutete Lindt.

»Aus dem Bärbele ist ein richtiges Luder geworden.« Brigitte bekam einen ganz roten Kopf. »Und dieser Valentin war hauptsächlich schuld daran. Stammgast in der Wirtschaft, aber nicht bloß dort.« Sie machte eine bedeutungsvolle Pause. »Geschwätz hat's immer gegeben, aber als das Mädle mal zehn oder zwölf geworden ist und so gar nicht aufgehört hat, zu wachsen, da hat auch der gutmütige Alwin gespannt, dass er nicht der Vater seiner dritten Tochter sein konnte.«

Lisbeth Wein wurde blass. »Ich hab's ja immer vermutet. Das lange Elend! Wär der doch bloß dort geblieben, anstatt hier in Obertal meine Schwester zu …«

»Der Valentin, der hat zwei Gesichter«, sagte Frieder und legte seine Hand auf die von Lisbeth, zog sie aber nach einem schnellen missbilligenden Blick Brigittes schleunigst wieder zurück.

»Hat dieser Alwin dann Konsequenzen gezogen?«, fragte Lindt schnell.

Brigitte nickte. »Seine Sachen gepackt und das Weite gesucht. Sich am Bodensee eine neue Existenz aufgebaut. Die zwei älteren Töchter sind ihm später gefolgt und heute auch dort bei ihm im Betrieb, bloß die Jüngste, die ist bei der Mutter geblieben.«

»Und mit dem Achertaler Hof ging' s bergab?«, wollte Oskar wissen.

»Erst nach und nach«, antwortete Brigitte. »Vom guten Ruf kann so ein Haus eine ganze Zeitlang leben. Mit ihrem nächsten Küchenchef hatte die Heilige Barbara noch einen richtigen Glücksgriff getan. Der war wirklich nicht schlecht, wenn auch längst nicht so genial wie der Alwin. Aber als Landgasthof und Lokal für Busreisen haben die sich viele Jahre ganz gut gestellt.«

»Irgendwann kam trotzdem der Einbruch«, vermutete Lindt.

Brigitte Möhrle nickte: »Eines Tages hat es der Koch wahrscheinlich sattgehabt, mit seiner Arbeit das Lotterleben von zwei wilden Weibern zu finanzieren. Ich will lieber nicht alles wiedergeben, was man sich von denen so erzählt hat. Auf jeden Fall hat die Barbara das Geld mit vollen Händen ausgegeben, und ihre Tochter war nicht viel besser.«

»Insolvenz?«, fragte der Kommissar.

»Unausweichlich. Meine Verwandten in Kappelrodeck haben es mir haarklein erzählt, wie alles den Bach runter gegangen ist. Zwischendrin, so vor sechs oder acht Jahren, hat man zwar gemeint, die hätten sich nochmal gefangen, aber im letzten Juni war endgültig Schluss. Seither ist die Bude dicht.«

»Bude?«, fragte Lisbeth, die immer noch ganz bleich war.

»Ist doch klar«, antwortete Frieder. »Wenn man eine Kuh immer nur melkt, ohne sie anständig zu füttern, gibt sie eines Tages keine Milch mehr.«

»Versteh ich gut«, meinte Lindt. »Viele Jahre ohne Investition, da kommt das Ende unausweichlich.«

»Genauso war es«, nickte Brigitte. »Der ganze große Gasthof hätte eine Modernisierung dringend notwendig gehabt, aber die haben nie auch nur eine müde Mark in das Gebäude gesteckt. Wie ich gehört habe, regnet es schon seit Langem an mehreren Stellen zum Dach rein.«

»Dann kann man den Schuppen nicht mal mehr verkaufen«, sagte Lindt. »Eine Bauruine bindet sich kein Investor ans Bein.«

»Die Heilige Barbara ist fort samt ihrer schönen langen Tochter. Irgendwo in Spanien sollen sie sich rumtreiben, so hört man zumindest.«

»Tja«, rieb sich Lindt die Stirn. »Aber wo ist der aktuelle Zusammenhang zu diesem Valentin?«

»Versteh' ich auch nicht«, nickte Lisbeth Wein. »Der hockt doch seit seinem Unfall fast nur zu Hause.«

39

Ich hab mich gar nicht reingetraut. Ziemlich lang bin ich vor der Badtür rumgestanden. Aber so ein süßlicher Geruch ist mir in die Nase gestiegen. Da hab ich sie doch einen Spaltbreit aufgemacht. Und gleich wieder zugeknallt. Uuuh, furchtbar. Der Gestank hat mich voll erwischt.

Nase zuhalten, Tür wieder auf. An der Wanne vorbei. Bloß nicht hinzusehen. Dann das Fenster auf! Kopf raus in die frische Luft. Langsam hab ich mich wieder umgedreht. Bin fast in die Knie gegangen, so schauerlich ist der Anblick gewesen.

Alles Wasser war abgeflossen, und der Alte ist ganz verdreht unten in der Badewanne gelegen. Zusammengekrümmt und weiß. Ein langer Arm hinter dem Rücken, der andere quer über der Brust. Der Beinstumpf hat in die Höhe geragt, das andere Bein komisch abgewinkelt. Und erst der Geruch! Den kann ich gar nicht beschreiben.

Bin schnell nochmal ans Fenster, um Luft zu kriegen, dann wieder raus dem Bad.

Hab nicht gewusst, wohin, deshalb bin ich runter in den Stall. Gummistiefel an, Viecher füttern. Und ausmisten. Mit beiden Händen hab ich in den frischen warmen Mist reingelangt. Hat mir richtig gut getan. Obwohl es stinkt, aber das ist ein anderer Geruch, ein guter. Halt so nach meinen Rindern und Schafen.

Die wissen nichts davon, was ich jetzt grad für ein

Problem hab dort oben im Bad. Da, wo das Fenster offen steht, obwohl es draußen saukalt ist.

Was mach ich bloß mit ihm?

Der muss doch beerdigt werden.

Und was muss ich dafür tun? Bei der Mutter hat er alles organisiert. Ich hab da gar keine Ahnung.

Aber nein, Beerdigung, das geht doch nicht. Es müsst ja ein Doktor ins Haus kommen wegen dem Totenschein. Und dann käm alles raus. Der Doktor müsst die Polizei holen. Bestimmt müsst er das. Immer, wenn was unklar ist. Das weiß ich.

Hab nicht mehr ein noch aus gewusst. Nicht gewusst, was ich tun soll, und deswegen hab ich mich einfach auf den Boden gesetzt. Drin bei meinen Schafen aufs Heu. Und hab geweint. Ganz stark, den Kopf auf meinen Knien. Richtig dicke Tränen sind mir über die Backen gelaufen. Ganz lang.

Irgendwann hat's aufgehört, aber ich hab trotzdem keine Idee gehabt, was ich machen könnt.

Wenn ich ihn fortschaff? Einfach weg? Aber wohin? In den Wald? Ganz tief rein? Da, wo garantiert nie einer hinkommt? Jetzt ja sowieso nicht mehr. Im Nationalpark müssen alle auf den Wegen bleiben. Da darf keiner mehr quer durchs Gelände. Außer wir natürlich. Wir, die Waldarbeiter … und mein Chef, der Förster … und die vom Ruhestein, vom Nationalparkzentrum … und die anderen Wissenschaftler … und …

Nein, das geht nicht. Der wird gefunden. Garantiert findet den einer. Und was sag ich dann? Dass er fortgelaufen sei? Dass er sich beim Spaziergang verirrt hätt?

Er mit seinem Holzfuß? Nein, das tät mir niemand glauben. Und vermisst melden müsst ich ihn ja auch. Dann täten sie nach ihm suchen. Überall. Mit Bergwacht, Feuerwehr und Hundestaffel. Und wenn sie ihn finden?

Ganz schwindlig ist's mir geworden bei all den Gedanken. Ich sitz im Stall, meine Schafe drücken sich an mich ran, damit es mich nicht friert, und droben im Bad, da liegt der Vater.

Da hab ich mir vorgestellt, wie die eiskalte Luft zum Fenster reinkommt und ihn abkühlt. Abkühlt? Ja, ich könnt ihn doch ... Dann wär er zumindest erst mal verschwunden. Und stinken tät er auch nicht mehr. Aber halt, die Gefriertruhe im Keller ist noch halb voll mit Rindfleisch. Das kann ich ja nicht einfach grad raustun. Oder doch? Jetzt bei dem Frost ... und wenn ich 's in eine Kiste pack und unter dem offenen Dach beim Brennholz deponier, dann taut es vielleicht gar nicht auf. Und dafür dann den Alten in die Truhe?

Der Gedanke hat mich nicht losgelassen. Aber wie bring ich ihn aus dem Bad in den Keller? Auf einer Plane vielleicht? Eine von den grünen, die ich zum Holzabdecken hab? Ich müsst ihn aus der Wanne rausziehen und direkt auf die Plane legen. Dann gut zusammenschnüren und die Treppe runterschleifen. Ich glaub, das könnt' ich schaffen.

Hin und her hab ich überlegt, und irgendwann bin ich ruhiger geworden. Ja, die Gefriertruhe, das wäre eine Möglichkeit. Fürs Erste wäre er versorgt. Aber nur fürs Erste. Was käme später? Oder was wäre, wenn ihn jemand besuchen wollte? Zum Beispiel die Tante Lisbeth wie jedes Jahr an Weihnachten?

Vielleicht wäre die Lisbeth aber gar nicht das Problem. Die kommt sowieso nur wegen mir. Ist ja schließlich meine Dote. Ich sag ihr halt, der Vater wollte niemanden sehen. Das wird sie mir schon abnehmen. Ich glaub, das könnt funktionieren.

Aber passt der überhaupt in die Gefriertruhe rein? Er muss halt, hab ich zu mir gesagt und bin aufgestanden. Rüber in die Werkstatt. Meterstab holen. Zuerst die Truhe ausmessen.

Im Keller hab ich den Deckel hochgehoben und Maß genommen. Länge, Breite, Tiefe. Alle Fleischpakete raus, dann müsste es gehen. Wahrscheinlich müsste ich sein verbliebenes Bein irgendwie abwinkeln, umbiegen oder so. Dann würde es funktionieren. Erst mal Kälteschlaf. Später könnte ich ihn ja immer wieder auftauen, ins Bett legen und dann den Doktor holen. Oder ich lass ihn dann die Treppe runterstürzen. Morgens, bevor ich in den Wald geh. Anziehen müsst ich ihn halt vorher und sein Holzbein wieder anschnallen. Und abends, wenn ich von der Arbeit heimkomm', tät ich ihn finden. Dann glaubt der Doktor, er wär gestolpert und hätt sich auf der Treppe beim Runterfallen das Genick gebrochen.

Ich bin ganz erleichtert gewesen über meine gute Idee, hab eine Plane geholt und ein paar Kälberstricke, meine Regenkleider und die Gummistiefel angezogen. Dann die Treppe hoch.

Doch schon vor der geschlossenen Badtüre ist mir der Geruch aufs Neue in die Nase gestiegen. Wenn ich ihn auftauen lass, dann stinkt er doch auch wieder. Grad wie jetzt. Das wird dem Doktor natürlich komisch vorkommen. Nein, so geht's auch nicht.

Aber wie dann? Hab Plane und Stricke fallen lassen und bin wieder runter in den Keller zum Heizkessel. Erst mal Holz nachlegen, damit das Feuer nicht ausgeht. Ein Scheit nach dem anderen hab ich ins Loch geschoben und da ist es mir plötzlich wie Schuppen von den Augen gefallen.

Natürlich! Genau wie bei Hänsel und Gretel. Ab ins Feuer. Eine rechte Glut müsst ich haben. Drin im Ofen. Eine Höllenglut! Da tät nichts von ihm übrigbleiben. Gar nichts. Nur ein Häufchen Asche!

40

Oskar Lindt schlief ziemlich schnell ein. Heidelbeermost plus Rotwein gab ihm die nötige Bettschwere. Blitzartig sank er in einen tiefen Schlummer und kam erst gegen Morgen wieder zu sich. Das Erwachen war allerdings fürchterlich! Ein gewaltiger Brummschädel plagte ihn. Er versuchte, sich aufzusetzen, doch die Hex vom Dasenstein drückte den Kommissar gnadenlos wieder in die Horizontale. Lindt konnte keinen klaren Gedanken fassen. In seinem Kopf pochte es, als wenn in einer Tour von innen gegen die Schädeldecke gehämmert würde. Stöhnend presste er sich die Handflächen gegen die Schläfen. Er konnte sich überhaupt nicht erinnern, wann er das letzte Mal derartig malträtiert worden war.

Irgendwann schaffte er es trotzdem, sich an die Bettkante zu setzen. Alles um ihn herum drehte sich. Keine Chance. Er ließ sich wieder zurücksinken, schloss die Augen und zog das weiche Kissen über den Kopf. In seiner Reisetasche könnten noch Aspirin sein. Aber wie hinkommen? Auf allen Vieren vielleicht? Nein, nichts zu machen. Er musste noch etwas warten.

Lindt versuchte, bewusst zu atmen. Ein … aus … ein … aus … tiefe Atemzüge … Irgendwann dämmerte er wieder ein, doch ein grausamer Traum entführte ihn. Plötzlich war er oben in der Heuhütte. Auf dem Dachboden. Ganz alleine. Auf den Knien, mitten in Spinnweben, altem fahlgelbem Heu und einer dicken Schicht von grauem Staub. Tief steckte er darin, konnte sich kaum rühren. Verzweifelt versuchte er, durch den Schmutz nach vorne zu rutschen. Dort zur Giebelwand. Dort, wo durch die beiden Eulenlöcher etwas Licht ins Dunkel drang. Doch er kam nicht vorwärts. Keinen Zentimeter, so sehr er sich auch abmühte. Stattdessen stiegen dichte Staubwolken neben ihm auf. Graue schmutzige Schleier, die ihn ganz einhüllten, sich wie schweres Blei auf ihn legten und ihn niederdrückten. Der Staub drang in Nase,

Mund und Ohren, verklebte seine Augen, nahm ihm fast die ganze Sicht. Plötzlich ein Zug, ein Windstoß, ein Wirbel und gleichzeitig ein Schlag auf seinen Kopf. Was war denn das? Irgendetwas flog um ihn herum. Patsch! Der nächste Klatscher, jetzt auf die Stirn, direkt von vorne. Was zum Donnerwetter …? Zack! Schon wieder hatte es Lindt erwischt. Er versuchte, nach dem Ding zu greifen, doch seine Hand fasste ins Leere. Stattdessen ein schrilles, höhnisches Lachen. Hui, Huiuiuiuiiii. Da riss der schmutzige Schleier auf, und Oskar erkannte, was da wie eine zornige Hornisse in abartiger Geschwindigkeit um seinen Kopf kreiste. Ein Besen, ein Reisigbesen, patsch, der nächste Treffer! Au, hau ab, du Biest. Wild fuchtelte er umher und versuchte, den Besen zu schnappen. Vergeblich. Lauter wurde das Kreischen und wieder traf ihn ein Schlag. »Lass mich!«, schrie Lindt, da sah er plötzlich klarer. Auf dem Besen saß sie …

Ein Poltern, ein Rufen: »Oskar!« Lindt schoss in die Höhe, warf das Kopfkissen weg und war schlagartig hellwach. »Oskar!« Wieder das Klopfen. »Ist was mit dir?« Eine vertraute Stimme, Pauls Stimme.

Lindt wankte zur Tür und schloss auf. »Die Hex war's«, sagte er in Wellmanns entgeistertes Gesicht. »Die Hex vom Dasenstein. Hatte mich voll am Wickel.«

»Du brauchst eine kalte Dusche!«, grinste Paul und betrachtete seinen Kollegen. »Muss eine grausige Hexe gewesen sein. Die hat dir sogar den Schlafanzug falsch rum angezogen.«

Wellmann saß bereits vergnügt beim Frühstück, als Lindt eine Dreiviertelstunde später zu ihm stieß.

»Gib mir Wasser«, brummte Oskar und hielt seinem Kollegen ein leeres Glas und eine Brausetablette hin. »Eine hab ich schon im Zimmer genommen. Hilft aber bisher noch gar nicht.« Er ließ sich auf den Stuhl fallen. »Uuuh, ich kann dir sagen, diese Hex hat es in sich.«

»Jaja, die Hex vom Dasenstein. Die hat den Oskar am Schlafittchen gepackt«, hört er eine fröhliche Stimme von hinten. Er drehte sich um und sah in Lisbeth Weins frisches Gesicht. »Ich hoffe, das Du gilt immer noch.«

»Selbstverst…, natürl… für alle Zeiten.« Lindt hatte richtig Mühe, deutlich zu sprechen.

Paul hob die Augenbrauen. »War anscheinend ein sehr vergnüglicher Abend.«

Lisbeth zwinkerte: »Nicht ganz einfach, ihn die Treppe hoch bis in sein Zimmer zu bringen.«

Oskar hob abwehrend die Hände: »Ich weiß nichts mehr. Bin völlig unschuldig.«

»Die Brigitte hat dich wohl recht sympathisch gefunden, sonst hätte sie nicht so oft nachgeschenkt.«

Lindt massierte sich die Schläfen. »Ich glaube, das letzte Glas war …«

»Jaja, immer das letzte Glas«, lächelte Lisbeth und schob ihm Brotkorb und Wurstplatte hin.

»Oh nein, bloß nichts Fettes«, würgte Oskar und hielt sich die Hand vor den Mund. »Ich glaub, außer frischer Luft brauch ich jetzt gar nichts.«

»Sehr bedenklich, wenn er keinen Appetit hat«, meinte Paul und erhob sich. »Aber an mir soll's nicht liegen. Ich bin bereits satt.«

Die Kälte traf Lindt unter der Haustür mit voller Härte, obwohl er warm angezogen war. Er schwankte leicht, sodass Paul ihm einen Skistock reichte, der in der Ecke stand. »Besser, du hast ein drittes Bein. Stellenweise ist es recht glatt.«

»Hoppla, wie kommt denn mein Auto da her?«, wunderte sich Oskar.

»Aha, die Erinnerung an gestern kehrt langsam wieder«, amüsierte sich Paul. »Dein Wagen? Den hat der Otto gebracht. Weißt du noch, wie er dir den Schlüssel abgenommen hat?«

»Au, au, der Hintere Otto und sein Most. Ich glaube, jetzt dämmert's mir.«

»Also los, eine Runde zu Fuß durch die Wintersonne, und du bist wieder fit.«

Tatsächlich verflogen die Nachwirkungen von Kappelrodecker Rotwein und vergorenen Heidelbeeren während des ausgiebigen Spazierganges recht schnell. Nach und nach sah Lindt wieder klar und berichtete, was er am Vorabend über das Doppelleben des langen Valentin erfahren hatte.

Trotzdem blieb er ratlos: »Ich kann mir nicht vorstellen, dass seine früheren Eskapaden etwas mit dem heutigen Bauernhofdrama zu tun haben.«

Paul Wellmann wiegte seinen Kopf: »Trotzdem sollten wir dem nachgehen. Du kennst doch den alten Leitspruch: Folge den Spuren. Der Spur des Spermas und der Spur des Geldes.«

»Ja, du hast recht«, meinte Lindt. »Die erste Spur kennen wir jetzt. Fehlt noch die Fährte des Geldes. Beides hat uns schon oft zum Ziel geführt.«

»Allerdings wird das nicht ganz einfach werden, solange wir als Urlauber hier rumschnüffeln.«

Oskar nickte: »Ich weiß, worauf du hinaus willst. Wir brauchen unsere Freudenstädter Kollegen.« Spontan nahm er sein Smartphone aus der Tasche und suchte im Kontaktverzeichnis nach Franz-Otto Kühn. »Keine Ahnung, ob der noch da ist, oder ob die Polizeireform auch ihn fortgespült hat.«

Lindt ließ die Handynummer des Kripochefs wählen und freute sich, umgehend seine bekannte Stimme zu hören.

»Oskar, schön! Was verschafft mir die Ehre?«

»Ja schau an, der Franz! Immer noch in der Höhenstadt mit Heilklima?«

»Natürlich. So schnell bringt mich hier keiner weg. In Rottweil brauchen die eher unsere jungen aufstrebenden Kollegen. Mir altem Kerl geben sie noch zwei Jahre das Gnadenbrot in Freudenstadt.«

»Dann wäre es doch ganz nett, wenn Paul und ich dich treffen könnten. Wir machen gerade Urlaub in Baiersbronn.«

»Was? Urlaub?«, antwortete Kühn mit leicht misstrauischem Unterton. »Jede Wette, ihr ermittelt mal wieder in meinem Kommissariatsbezirk.«

»Ach wo«, tat Lindt ganz unschuldig. »Aber auf eine

Gulaschsuppe laden wir dich gerne ein. Im Café mitten auf dem Marktplatz? Halb eins?«

»Auf jeden Fall! Genau meine Mittagspausenzeit.«

Paul Wellmann rückte den Schlüssel von Lindts Mercedes nicht heraus. »Du hast keine Wahl, Oskar. Heute fahre ich. Wollte schon lange mal sehen, was dein Dicker so hergibt.«

»Untersteh dich!«, drohte Oskar mit dem Zeigefinger. »Nur ganz piano. Mir reicht noch die Höllenfahrt in Lisbeths Kombi gestern Abend.«

»Ruhestein-Bergrennen?«

»Fast so schlimm. Zum Glück habe ich von der Rückfahrt nicht mehr viel mitgekriegt.«

Kurz vor Mittag erreichten die beiden Karlsruher Kommissare die Stadt mit Deutschlands größtem Marktplatz und stellten die weiße M-Klasse hinter dem Schickhardtbau ab. Sie vermieden es aber, das Polizeigebäude zu betreten, sondern schlenderten in bester Urlaubermanier ein Stück unter den Arkaden entlang, gingen dann quer über den weiten Platz und suchten sich im Café Pause einen Tisch, an dem sie ungestört reden konnten.

Franz-Otto Kühn war pünktlich. »Wollen die beiden Karlsruher mal wieder den Nationalpark aufmischen?«, fragte er augenzwinkernd.

»Ach woher denn«, beschwichtigte Lindt. »Winterurlaub in Baiersbronn. Zwei alte Kollegen, die gemeinsam etwas für das Wir-Gefühl tun.«

»Also seid Ihr immer noch als Team in Karlsruhe?«

»Klar doch. Mord und Totschlag in der Fächerstadt – das geht nun mal nicht ohne uns.«

Lindt bestellt drei Mal Gulaschsuppe, Franz-Otto und Paul wählten dazu ein Alpirsbacher, alkoholfrei natürlich, wohingegen Oskar Lindt einen Schwarzwälder Sprudel orderte.

»Brauchst gar nicht so zu schauen«, sagte Lindt auf den fragenden Blick des Freudenstädter Kripochefs. »Um alles, was auch nur entfernt nach Alkohol riecht, mache ich in der nächsten Zeit einen weiten Bogen – aber das ist eine andere Geschichte.«

»Trotzdem zum Wohl«, hob Kühn schmunzelnd das hohe schlanke Bierglas. »Doch jetzt mal raus mit der Sprache. Ihr seid ja garantiert nicht zufällig hier.«

Lindt nahm einen Schluck Peterstaler Mineralwasser: »Prävention, Franz. Ausnahmsweise sind wir mal in Sachen Vorbeugung unterwegs. Und ehrlich, ganz privat. Aber es gibt da eine Sache.«

»Aha«, unterbrach ihn Kühn. »Hab's mir doch gedacht, dass ihr meine Hilfe braucht.«

Die Suppe wurde serviert, und abwechselnd berichteten Oskar und Paul von den Befürchtungen, die Lisbeth Wein umtrieben, sowie von ihren neuesten Erkenntnissen hinsichtlich des bankrotten Achertaler Hofes.

»Wenn ich also recht verstanden habe, soll ich die finanziellen Verhältnisse der Bewohner dieses Bauernhofes unter die Lupe nehmen.«

»Natürlich nur, wenn es dir nichts ausmacht«, meinte Lindt. »Und vielleicht auch die Insolvenz dieses Traditionsgasthofes in Kappelrodeck.«

»Liegt aber im Ortenaukreis. So weit reichen meine Arme nicht.« Er machte eine kurze Pause. »Normalerweise.«

»Normalerweise wären wir ja auch gar nicht hier«, antwortete Lindt.

Kühn nahm die Serviette, wischte sich den Mund ab und schob den Suppentopf zur Tischmitte. »Ich hab da jemanden, der mir noch einen Gefallen schuldet.«

»Na bitte, geht doch!«, freute sich Oskar und hob sein Glas: »Auf die gut nachbarschaftlichen Beziehungen. Du weißt ja, wie es bei uns im Badischen heißt: Hand wird nur von Hand gewaschen, und wenn du nehmen willst, dann gib.«

Kühn grinste: »Die berühmten *mittelbadischen Kompensationsgeschäfte östlicher Prägung*. So was kennen wir hier im altwürttembergischen Landesteil natürlich überhaupt nicht.«

Lindt lachte: »Überhaupt nicht, jaja. Das sollen wir glauben? Wenn ich mir deinen Gesichtsausdruck so ansehe, dann …«

41

Nur etwas Asche tät übrigbleiben. Sonst nichts. Wie im Krematorium. So ist es heute ja immer öfter. Verbrennen lassen sich die Leute, nicht mehr in der Erde begraben, wo die Würmer erst den Sarg und dann den Leichnam zerfressen.

Und die Asche könnt' ich mit dem Kuhmist zusammen auf den Wiesen verstreuen. Das wär genauso gut wie eine Beerdigung. Und nützlich wär er auch noch nach seinem Tod. Zu Lebzeiten hat er mir ja nichts geholfen, gar nichts. Aber wenigstens als Dünger würd' er noch taugen. So wie die Holzasche, die ich immer zum Mist geb.

Der Gedanke hat mir richtig Mut gemacht. Wenn ich mich ran halt und immer feste einheize, dann könnte ich es sogar noch vor Weihnachten schaffen. Bevor die Tante Lisbeth kommt, wie jedes Jahr.

Wie ich so vor dem offenen Ofenloch gestanden bin und die Flammen betrachtet hab, ist mir allerdings klar geworden, dass ich ihn nicht auf einmal da reinbringen könnt'. Das wär der Unterschied zu Hänsel und Gretel.

Meine Holzscheite dürfen nicht viel länger sein als einen halben Meter. So tief ist der Feuerraum. Und allzu viel aufs Mal dürfte ich auch nicht reinschieben. Wegen dem Geruch oben aus dem Schornstein.

Ich hab schnell kapiert, dass ich nicht drumrum käm', ihn in kurze Stücke …

Au, au. Wie könnt' ich das zuwege bringen? Einfach wär das net. In der Werkstatt hängen ja meine Metzgermesser, aber … Oder, ob ich sogar die Kettensäge nehmen müsste?

Am besten, gar nicht zu viel darüber nachdenken! Erst noch einige Hartholzscheite in den Heizkessel, dass es eine satte Glut gibt, und dann los. Je schneller ich es hinter mir hätt', umso besser.

Zu meinen Regenkleidern hab ich mir wieder die Gummihandschuhe angezogen und dann die Messer geholt, auch den Wetzstahl und einen meiner großen schwarzen Mörteleimer. Damit bin ich wieder die Treppe hochgestiegen. Zuerst die Hände abtrennen, den einen Fuß, dann die Unterarme und Waden, anschließend die Oberarme und Schenkel. So hab ich es mir vorgestellt, wie ich Stufe für Stufe nach oben gegangen bin. Schafe hab ich schließlich schon oft zerlegt und neulich erst das Reh, also müsste ich das ja wohl können.

Hab ich gedacht, die Tür zum Bad aufgemacht und gleich das größte Messer fest gepackt. Kalt war's wegen dem offenen Fenster, aber der Geruch … es hat mich geschüttelt. Bin an der Wanne vorbei, ohne ihn anzusehen, hab den Fuß genommen und die Klinge am Gelenk angesetzt. Tief schneiden, einmal rund rum, dann abdrehen.

Das Messer ist mir aus der Hand gerutscht und klirrend auf die Fliesen gefallen. Hab's wieder aufgehoben und von Neuem angesetzt, aber ich hab nicht schneiden können. Keine Kraft, nein, unmöglich. Kann ich nicht!

Langsam hab ich mich umgedreht und ihn doch im Ganzen angeschaut, wie er da so in der Badewanne gelegen ist, verdreht, steif, weiß, nackt und kalt. Eiskalt!

Da ist mir bewusst geworden, dass ich ihn ja auch ausweiden müsste. Das Herz rausschneiden, den Magen und die Därme. Und erst den Kopf. Auch den müsste ich abtrennen. Ihm mit dem Messer den Hals durchschneiden? In seine toten dicken Augen hab ich geschaut. Er hat *mich* angeschaut … Schnell hab ich mich weggedreht und die Hand vor den Mund gehalten. Fast hätt ich mich wieder übergeben müssen.

Nein, ausgeschlossen. Auf gar keinen Fall. Voller Panik bin ich wieder raus aus dem Bad. Die Tür ist hinter mir zugeknallt.

42

Lindt und Wellmann entschieden sich, den sonnigen Februarnachmittag in Freudenstadt zu verbringen. Gemächlich setzten sie die Marktplatzumrundung fort und stöberten in den beiden Buchhandlungen, um sich zwischendurch aufzuwärmen.

»Hier, Oskar«, sagte Paul Wellmann aufs Mal, zog ein Taschenbuch aus dem Krimiregal und hielt es seinem Kollegen hin. »Das wäre was für einen Blasmusikfan wie dich.«

»Igitt!«, stieß Lindt aus und betrachtete angeekelt das Cover. »Was diesen Krimischreibern auch alles einfällt. Eine totenbleiche Hand, die ein blutverschmiertes Messer hält. Und das Ganze auch noch vor dem goldglänzenden Trichter einer Tuba. Nein, furchtbar.«

»Wieso regst du dich denn so auf? Blutige Messer kennen wir doch mittlerweile zur Genüge.«

Lindt beugte sich vor und las den Titel: »Kriminalpolka.« Er schüttelte den Kopf. »Muss doch Tango heißen.«

»Was hat denn Tango mit Blechbläsern zu tun? Gar nichts«, sagte Wellmann und begann darin zu blättern. »Graf heißt der Autor. Edi Graf. Schreibt der nicht sonst diese Afrikakrimis?«

Die freundliche Buchhändlerin hatte mitgehört. »Ist

aber voll skurril«, meinte sie. »Hab mich schiefgelacht beim Lesen.«

»Also dann«, entschied Wellmann und legte das Buch auf den Tresen an der Kasse. »Gekauft. Damit wir auch mal wieder was zu lachen haben.«

»Lass uns noch den Kienberg hochgehen«, schlug Lindt vor, als sie den Buchladen wieder verlassen hatten. »Vor Jahren waren Carla und ich mal dort. Herrlicher Blick über ganz Freudenstadt.«

Paul stimmte zu und legte eine forsche Gangart vor. Hohe Schneeberge säumten den Weg, und ein schneidender Wind pfiff aus Nordost. Der beleibte Lindt hatte Mühe, seinem gut trainierten Kollegen bergauf zu folgen. Trotz der Kälte kam er ins Schwitzen, doch er ließ sich nichts anmerken und hielt mit, so gut er konnte.

Eine gute halbe Stunde später hatten sie ihr Ziel beim Friedrichsturm erreicht. Oskar nahm die Wintermütze ab und trocknete sich mit dem Taschentuch Stirn und Nacken. Stoßweise ging sein Atem und kleine Dampfwölkchen drangen ihm aus dem Mund.

Paul konnte sich einen Seitenhieb nicht verkneifen und wies auf das Haltestellenschild: »Jede Wette, ihr seid damals mit diesem Kurbähnle hier hochgefahren.«

Lindt verzog das Gesicht, nickte nur kurz und zeigte dann in die Runde: »Sieh dir lieber … das Panorama an, anstatt mich blöd … von der Seite anzumachen.«

Das Klingeln seines Mobiltelefons drang aus der Hosentasche des Kommissars.

»Franz …«, sagte Oskar. »Ich schalte auf laut.«

»Wo seid ihr denn?«, wollte Kühn wissen.

»Kienberg«, rief Paul Wellmann von hinten. »Gerade haben wir den Anstieg geschafft.«

»Und wer keucht da?«

»Frag nicht … so blöd«, knurrte Lindt immer noch schwer atmend. »Der Paul … der rennt, als wollte er … einen Marathon … gewinnen.«

»Friedrichsturm«, kam aus dem Smartphone. »Meine tägliche Runde mit dem Hund.«

»Wir kommen aus … dem Flachland. Vergiss das … nicht!«

»Schon gut«, meinte Kühn. »Kommt ihr auf dem Rückweg bei mir vorbei? Ich hab was.«

»Klar doch«, antwortete Wellmann. »Oskars Auto steht bei euch auf dem Parkplatz. Kannst schon mal Kaffee kochen.«

Lindt sagte nichts mehr, steckte das Gerät wieder in die Tasche und setzte sich unverzüglich bergab in Bewegung. Wenigstens eine kleine Strecke wollte er Paul vorausgehen.

Eine große Tasse Milchkaffee brachte ihn wieder ins Gleichgewicht. Sein Rücken fühlte sich zwar immer noch leicht feucht an, aber in der Wärme von Franz-Otto Kühns Büro kehrte die gute Laune zurück.

Der Leiter des Freudenstädter Kriminalkommissariats nahm ein weißes Blatt und einen Bleistift zur Hand. Er zeichnete mit wenigen Strichen ein ausladendes Schwarzwaldhaus und die Umrisse einer dicken dunklen Wolke über dessen Dach. Darin schrieb er eine Zahl: 350.000 EURO.

»Eine satte Hypothek lastet auf diesem alten Hof. Mehrere Banken haben die Hände drauf.« Drei kleinere Kreise mit verschiedenen Beträgen ordnete Kühn rings um die dunkle Wolke an. »Kreissparkasse Freudenstadt, Volksbank Kreis Freudenstadt und Volksbank Murgtal. Von allen diesen Instituten ist Geld geflossen. Offenbar bis zur absoluten Beleihungsgrenze.«

Lindt und Wellmann schauten zuerst sich und dann den örtlichen Kripochef an. »So schnell hast du das rausgefunden?«, wunderte sich Oskar.

»Man kennt sich eben hier auf dem Land«, schmunzelte Kühn. »Am besten, ihr fragt gar nicht weiter nach. Aber ich weiß noch mehr.«

»Raus mit der Sprache!«, ermunterte ihn Paul Wellmann.

»Was glaubt ihr denn, wer die Raten bisher bezahlt hat?«

Lindt legte seinen Kopf schief: »Nicht der Valentin?«

»Richtig. Alle Zahlungen kamen von einem Hotel aus Kappelrodeck.«

»Achertaler Hof!«, stieß Oskar aus.

»Exakt. Da schließt sich der Kreis.«

»Und da dieses Hotel seit Monaten zahlungsunfähig ist …«

»… strecken die Banken ihre gierigen Hände nun nach dem Hof aus.«

»Die wollen ihr Geld wiedersehen. Die Heilige Barbara und ihre lange Tochter sind verduftet, also halten sie sich an den Valentin.«

»Jetzt nochmal zum Verständnis«, sagte Paul Wellmann. »Der Vater belastet das eigene Anwesen mit einer saftigen Hypothek, gibt das Geld seiner unehelichen Tochter und ihrer Mutter, um denen aus einer finanziellen Klemme zu helfen …«

»… und diese beiden können die Darlehen jetzt nicht mehr bedienen«, fasste Lindt zusammen. »Eigentlich logisch, was dann passiert.« Er griff nach Kühns Bleistift und zeichnete einen Blitz, der aus der Gewitterwolke direkt im Dach des Bauernhauses einschlug. »Feuer unterm Dach!«

Wellmann nickte: »Der Alte will, nein, er muss verkaufen, und der Junge weiß von nichts. Kein Wunder, dass es da fürchterlich kracht.«

»Zwangsversteigerung?«, wollte Lindt wissen.

»Steht kurz bevor«, bestätigte Kühn. »Die Gnadenfrist der Banken ist abgelaufen.«

Oskar stand auf und schaute seinen Freudenstädter Kollegen an: »Wir müssen hin. Sofort. Heute noch. Es ist dein Bezirk. Kommst du mit, oder sollen wir wieder Amtshilfe leisten?«

Kühn lehnte sich zurück. »Macht ihr das mal. Ich bleibe als Reserve im Hintergrund.«

43

In Hansjörg Schmiders Kopf drehte sich alles. Die Gedanken rasten wie wild durch seine Hirnwindungen. Er musste sich am Treppengeländer festhalten und ließ sich langsam auf die oberste Stufe sinken.

Ich kann nicht.

Es geht nicht.

Ich schaff das nicht!

Mehr konnte er im Moment nicht denken.

22. Dezember, in zwei Tagen war Heiligabend. Bis dahin musste das Problem erledigt sein. An Weihnachten durfte der tote Vater auf gar keinen Fall mehr da drin in der Wanne liegen. Der Gestank würde sich sonst erbarmungslos im ganzen Haus ausbreiten, und wenn dann jemand käme? Nicht auszudenken!

Verbrennen im Heizofen – unmöglich. Er konnte seinen Vater nicht in Stücke schneiden. Ausgeschlossen! Auch wenn der ihn in den letzten Monaten maßlos geärgert hatte – keine Kraft, das Messer anzusetzen.

Hansjörg stützte seinen Kopf in die Hände und spürte nass auf den Wangen. Bittere Tränen wieder einmal.

Das Geld!, kam ihm aufs Mal in den Sinn. Das viele Geld, und er hat es meiner Schwester gegeben. Wer soll das sein? Wo ist die denn? Was ist mit ihr?

Ein Weinkrampf schüttelte seinen ganzen Körper. Ob er das jemals rausfinden würde?

Aber jetzt war dafür keine Zeit. Es gab nur eines zu tun: Der Vater musste weg. Fort aus diesem Haus.

Und langsam wurde ihm klar:

Es blieb nur der Wald.

Da, wo er sich auskannte.

Da, wo er seit vielen Jahren arbeitete.

Da, wo er eine Chance hatte, ihn verschwinden zu lassen.

Hansjörg saß mehr als eine Stunde auf der Treppenstufe unweit der Tür zum Bad. Unfähig, aufzustehen, und unfähig, einen konkreten Gedanken zu fassen.

Doch aufs Mal erinnerte er sich …

Ein Vorfall, der sich dort im Wald ereignet hatte.

Vor vielen Jahren, ziemlich lange zurück.

Zu einer Zeit, als er gerade begonnen hatte, seinen Beruf zu lernen.

Der damalige Förster hatte es entdeckt, im Frühjahr, nach der Schneeschmelze. Ein grauenvolles Bild.

Er schoss in die Höhe. Genau so würde er es machen.

Genau so, nur besser.

Nur an einem anderen Ort.

An einem Ort, wo man es – vielleicht – nie entdecken würde.

Hansjörg griff hinter sich nach dem schwarzen Eimer mit den ganzen Messern drin. Schnell trug er alles hinunter in seine kleine Werkstatt und eilte wieder die Treppe hinauf.

Die grüne Plane und die Kälberstricke lagen noch im Bad auf dem Boden neben der Wanne. Er breitete sie aus und packte entschlossen zu. Unter den Armen griff er den Leichnam seines Vaters. Er zog ihn hoch zur eigenen Brust, zerrte und wuchtete so lange, bis der tote Körper das Übergewicht bekam, über den Wannenrand rutschte und dort zu Boden plumpste. Genau auf die Plane. Hansjörg rückte die dicke Unterlage noch etwas zurecht, dann rollte er das lange Elend fest darin ein. Drei volle Umdrehungen schaffte er, so breit war die Plane. Was oben und unten überstand, schlug er um und begann nun, das Paket eng mit den sieben Kälberstricken zu verschnüren.

Schnell warf er noch einen Blick in die Badewanne. Deren Boden war ganz mit einer gräulichen Schicht bedeckt, schleimig – schmierig, genauso wie – er schaute an sich hinunter – seine Regenjacke. Igitt! Da eben, wo er mit dem aufgeweichten und sich schon in seifiger Zersetzung befindlichen Rücken des Alten in Kontakt gekommen war. Pfui Teufel! Das musste weg, bevor er weitermachte.

Schnell drehte er die Brause auf – ganz heiß – und spülte mit dem harten Massagestrahl den Wannenboden sauber. Ziemlich klebrig. Es dauerte einige Minuten. Als Nächstes stieg er selbst in die Badewanne, stülpte die Hosenbeine der Nässeschutzhose über die Gummistiefel, damit nichts hineinlaufen konnte, und bearbeitete dann seine eigene Front mit dem heißen Strahl. Er spürte die Hitze durch die Gummijacke und musste die Reinigung deswegen immer wieder unterbrechen.

Nach längerem Abbrausen war er einigermaßen zufrieden und stellte das Wasser ab. Dicke Dampfschwaden zogen zum geöffneten Fenster in die Winterkälte hinaus. Ob das jemand bemerkt hatte? Egal! Niemand konnte draufkommen, was gerade in diesem Badezimmer geschehen war.

Hansjörg verschnaufte ein wenig, ließ den Dampf abziehen und schloss dann das Fenster.

Jetzt musste er zeigen, wie viel Kraft in ihm steckte. Er trat vor das gut verschnürte grüne Paket, fasste mit beiden Händen unter den vordersten Strick und zog. Leichter, als gedacht, ließ sich das Bündel auf den Fliesen bewegen. Rückwärts gehend zerrte er es hinaus in den Hausflur und über den Dielenboden die wenigen Meter bis zum Treppenabgang. Dort stellte er sich hinter den Packen, drückte und schob. Plötzlich kam die Last in Fahrt, glitt Hansjörg aus den Händen, wurde schneller und schneller, schoss wie ein Bob im Eiskanal die steilen Treppenstufen hinunter, schrammte an den Staketen entlang, weiter auf den Sandsteinplatten des Untergeschosses und krachte mit einem dumpfen Schlag gegen die Haustür.

Fassungslos und ohnmächtig schaute Hansjörg der Höllenfahrt zu, dann hastete er hinterher. Glück gehabt. Das Paket war so gut verschnürt, dass sich nichts gelöst hatte. Auch an der Haustür kein sichtbarer Schaden. Echt Glück gehabt.

Jetzt ließ er den eingewickelten Valentin erst mal liegen und zog sich um. Waldarbeiterkleidung, gepolsterte Sicherheitshose und die dicken Bergstiefel. Danach richtete er im Schuppen seinen Traktor her. Drei Kanister mit Motorsägensprit packte er in die Kabine, das restliche Werkzeug war eh immer an Bord. Er fuhr über den

Hof, öffnete die zwei Flügel der Stalltür unten im Haus und fuhr den Schlepper so dicht heran, dass der Frontlader ein Stück weit in die Futtergasse hineinragte. Er ließ die Schaufel ganz herab, stieg vom Fahrzeug und sah sich um. Jetzt durfte niemand vorbeikommen, sonst …

In großer Eile lief er durch die innere Stalltür in den Hausgang, packte das Planenbündel und zerrte es hinter sich her bis vor die Traktorschaufel. Drei Mal umwälzen und der Leichnam lag darin. Die Innenbreite reichte gerade aus, nichts lugte über den Rand hinaus.

Schnell erklomm Hansjörg wieder den Fahrersitz, warf den Rückwärtsgang ein, fuhr drei Meter retour und hob den Frontlader um einen guten Meter an. Flugs hinüber zum Schuppen, wo noch einige Bund Reisig deponiert waren. Er nahm die Zweige, verteilte sie auf dem grünen zusammengeschnürten Paket und ließ die Schaufel ganz nach oben. Sie stand nun so hoch, dass er von der Kabine aus darunter durchsehen konnte, und dass niemand erkennen konnte, ob sich außer dem Reisig noch irgendwas in ihr befand. Geschafft! Fürs Erste zumindest.

Falls ihn irgendeiner fragen sollte, war klar, was er da transportierte: übriges Adventsreisig, das nicht mehr gebraucht wurde, zurück in den Wald. Keiner konnte Verdacht schöpfen.

Hansjörg schloss alle Türen am Haus, stieg wieder auf und gab Gas. Runter bis zur Hauptstraße, dann nach rechts Richtung Ruhestein und einige Hundert Meter nach dem Ortsende von Obertal links ab auf den Waldweg im Tal der Roten Murg. Er fuhr über die Brücke, bog mehrfach wieder ab, gewann zunehmend an Höhe und erreichte schließlich auf einem schmalen Holzabfuhrweg die Abzweigung zu den Felsen. Jetzt kam es ganz auf sein fahrerisches Können an. Ein Rückeweg, teilweise von schweren Forstmaschinen tief ausgefahren und voll großer Steinbrocken, zog sich am steilen Hang entlang. Extrem vorsichtig, im kleinsten Gang und mit zugeschaltetem Allradantrieb tastete sich Hansjörg Meter für Meter durch das schwierige Terrain. Er blieb immer ganz dicht auf der Bergseite, denn nichts wäre jetzt schlimmer, als talwärts vom Weg abzukommen. In solchen Situationen hatte es schon furchtbare Unfälle gegeben. Ein sich mehrfach überschlagender Schlepper, der den hinausgeschleuderten Fahrer platt walzte … Nur nicht dran denken.

Aber Hansjörg fuhr vorsichtig. Nicht flott und zackig wie mit seinem Jeep, sonders langsam und achtsam, so wie er immer arbeitete. Das war die beste Lebensversicherung. Für die Wegstrecke, die große Forstschlepper in zehn Minuten zurücklegten, benötigte er eine halbe Stunde. Egal – er konnte sowieso erst loslegen, wenn es begann, dunkel zu werden.

Schadlos erreichte er sein Ziel, hielt kurz vor dem Abgrund an und ließ die Traktorschaufel zu Boden.

Jetzt kam der kritische Part. Er legte das Reisig zur Seite, zog das Bündel hervor und schleifte es einige Meter auf einen Felsvorsprung hinaus. Danach löste er die Stricke und wickelte die Plane auf. Da lag er also wieder vor ihm, der Vater, der einfach so vor seinen Augen erstickt war.

Sein Vater, dem er nicht hatte helfen können.

Sein Vater, der ihm die Heimat hatte verkaufen wollen.

Da lag er. Nackt, weiß und kalt. Leichenkalt.

Aufs Mal empfand er keinerlei Mitleid mehr mit diesem Mann, der ihn so ins Unglück gestürzt und dem Hof wahnsinnige Schulden aufgebürdet hatte. Nun gab es kein zurück mehr. Einen Meter vor ihm gähnte eine enge und tiefe Spalte zwischen den Sandsteinfelsen. Bestimmt sieben Meter ging es abwärts. Dort unten würde er sein Grab finden. Das Grab in der Wildnis, das Grab im Nationalpark.

Bevor er ihn aber hinunterstürzen konnte, musste der Leichnam noch präpariert werden. Nichts, aber auch gar nichts sollte von ihm übrig bleiben. Höchstens ein Aschehäufchen!

Hansjörg wartete eine halbe Stunde. Eindeutig noch zu hell. Erst bei sehr fortgeschrittener Dämmerung holte er die Benzinkanister aus der Kabine. Zunächst setzte er den Einfüllstutzen am Mund des Toten an, zog die Backen nach außen, hebelte die Zähne einen Spaltbreit auseinander und ließ Sprit hineinlaufen. Langsam, sodass sich Mund- und Rachenraum gut füllen konnten.

Dann kam das scharf geschliffene Taschenmesser zum Einsatz. Er setzte die Spitze an und drückte von hinten auf den Messergriff. Dreimal drang die Klinge tief ein, in Brust, Oberbauch und unterhalb des Nabels. Nur so breit, dass die Schnauze des Benzinkanisters gerade hineinpasste. Liter für Liter ließ er vorsichtig einlaufen, bis der Torso nichts mehr aufnehmen konnte. Einen vollen

Spritbehälter stellte er zur Seite und ging zurück zum Schlepper. Den musste er zuerst in Sicherheit bringen. Zum Glück hatte man beim Bau des Weges hier oberhalb der Felsen eine Wendeplatte angelegt. 50 Meter fuhr er seinen Traktor weg, kehrte zurück und übergoss den Leichnam auch von außen reichlich mit Motorsägentreibstoff.

Vorsichtig schob er ihn dann den letzten Meter weiter, gab ihm einen kräftigen Stoß und … Er traute sich fast nicht, hinterher zu schauen, wagte es aber schließlich doch. Da unten im Halbdunkel steckte er, nur noch undeutlich als helle Masse zu erkennen, aufrecht eingeklemmt zwischen senkrechten steinernen Wänden.

Jetzt durfte er keine Zeit mehr verlieren. Eilig tauchte Hansjörg einen trockenen Prügel in den Spritbehälter, tränkte danach auch die Reisigbündel satt mit Benzin und ließ sie ebenfalls in die Felsspalte rutschen. Ein schneller Blick – ja, es war kaum noch etwas Helles zu sehen. Das Reisig bedeckte den Leichnam nahezu vollständig.

Hansjörg fasste den trockenen Teil des Stocks mit der linken Hand, angelte mit der anderen sein Feuerzeug aus der Hosentasche, riss es an und setzte die benzinbenetzte Spitze des Prügels in Brand. Hell loderte die Flamme auf.

Er stellte sich an den äußersten Rand des Felsvorsprunges, hielt die brennende Fackel in die Höhe, atmete noch einmal tief durch, schleuderte das Feuer hinunter in die Tiefe und rannte zurück, so schnell er konnte.

Keine Sekunde zu früh, denn eine riesige Stichflamme schoss wie in einem Kamin zwischen den Felsen empor und tauchte die ganze Umgebung in ein teuflisch gelbrotes Licht. Hansjörg hörte Verpuffungen, sah Funken knisternd in die Höhe fliegen und im Abstand von einigen Sekunden noch mehrere Flammenzungen aus der Spalte schlagen. Schwarzer beißender Qualm stieg auf und verbreitete sich zwischen den Bäumen. Ob jemand von der Ruhesteinstraße aus den Feuerschein am gegenüberliegenden Hang bemerkt hatte? Kaum denkbar. Die Felsen boten optimalen Schutz. Auch der Rauch dürfte nicht auffallen, denn mittlerweile war es schon richtig dunkel geworden.

Hansjörg faltete die Plane zusammen, sammelte die Kälberstricke ein und brachte alles zum Traktor. Dann wartete er so lange, bis das Feuer ganz aus war, leuchtete zur Vorsicht noch mit seiner starken Handlampe in die Tiefe, sah dort nur schwarz und machte sich mit dem Steyr-Traktor im Zeitlupentempo auf den Rückweg. Erst bei tiefer Dunkelheit traf er zu Hause ein. Im Wald war er keiner Menschenseele begegnet.

Die Nachrichten brachten Schnee. Kräftig sollte es schneien, kurz nach Weihachten. So lange würde dort an den Felsen … in der Tiefe der dunklen Wälder … niemand vorbeikommen … hoffentlich …

Hansjörg legte nur noch schnell im Heizkessel Holz nach, dann ging er zu Bett und schlief schon nach wenigen Sekunden ein. Erschöpft, tief und traumlos.

Als er am nächsten Morgen erwachte, war es bereits ziemlich hell. Er drehte sich noch einmal zur Wand und versuchte, wieder einzuschlafen, doch das immer lauter werdende Muhen aus dem Untergeschoss des Bauernhofes trieb ihn aus dem Bett. Die Tiere verlangten nach ihm.

Routiniert fütterte er Schafe, Kühe und Kälber, lud deren Hinterlassenschaften in die Schubkarre und kippte sie draußen auf dem Misthaufen aus. Tägliche Arbeit eben. Das, was getan werden musste. Jeden Tag, heute zwei Stunden später als sonst. Sein Vieh hatte es gemerkt und ihn lautstark an seine Pflichten erinnert.

Nach der Stallarbeit betrat er den Heizraum. Eine satte Restglut leuchtete ihm dunkelrot aus der Tiefe des Ofenlochs entgegen. Bestens! Schnell einige trockene Buchenscheite darauf. Hartholz, hoher Brennwert, im Nu eine Granatenhitze! Ideal für das, was er noch entsorgen musste.

In der Ecke stand er, der blaue Müllsack mit den verkotzten Kleidern. Kurzerhand stopfte er ihn ebenfalls in den Kessel und legte weitere schwere Holzstücke darüber. So, erledigt. Nichts würde vom Inhalt übrig bleiben. Das Plastik wäre ruckzuck verschmolzen, die Kleider samt der Beinprothese verbrannt, und die wenigen Metallteile konnte er später aus der Asche sammeln.

Danach machte sich Hansjörg das Frühstück. Mehrere Brote mit Marmelade, dazu selbst gemolkene kuhwarme Milch. Die trank er jeden Tag, allerdings nur ein bis zwei Liter. Das meiste ließ er den Kälbern.

Am Küchentisch kam er nach und nach zur Besinnung. War das alles tatsächlich geschehen? In Wirklichkeit? Hatte er das getan? Seinen eigenen toten Vater in den Wald gefahren, eingewickelt vorne in der Traktorschaufel? Und ihn dann zwischen den Felsen verbrannt?

Die letzten zwei Tage – alles nur geträumt? Es drängte ihn, aufzuspringen, sich in seinen Jeep zu setzten und hinzufahren, aber nein, er tat es nicht. Gestern hatte er Glück gehabt, niemandem begegnet zu sein. Doch wenn er heute noch einmal dort auftauchte, wo schwarz verkohlte Felswände von dem Feuer des Vortages zeugten … Nein, besser nicht. Stillhalten, keinen Verdacht erregen.

Unschlüssig ging er hinüber in die Stube. Die beiden Aktenordner lagen noch immer offen auf dem Tisch. Er setzte sich nicht, blätterte nur kurz darin herum, schlug dann aber hastig die Deckel zu, stellte alles in den Stahlschrank und schloss ab. Nein, nicht jetzt. Später. Über die Weihnachtstage bliebe genug Zeit dafür, den Geheimnissen seines Vaters nachzuspüren.

Wichtiger war es im Moment, alle Spuren zu beseitigen. Gründlich, restlos, ohne den geringsten Rückstand. Putzeimer, Lappen, Schmierseife und Schrubber. Hansjörg holte alles herbei, ließ heißes Wasser in den Eimer laufen und machte sich ans Werk.

Zuerst die Stube. Bei offenen Fenstern und voll aufgedrehter Heizung nahm er sich Tisch und Stühle vor, wischte mehrmals über das matt schimmernde Holz des Stubenbuffets und bürstete den Lehnsessel mit Seifenlauge ab. Danach schrubbte er die Bodendielen und bearbeitete dabei auch jede noch so kleine Ritze mit einer schmalen Bürste. Genau dort konnten sich noch Partikel festgesetzt haben, die ihn verraten würden, als Geruch nach Erbrochenem und nach Totem. Daher nahm er sich Zeit und putzte mit maximaler Gründlichkeit. Rückwärts arbeitend verließ er die Stube und zog dasselbe Programm auch in der Küche durch. Herd, Tisch, Stühle und Schränke – nichts ließ er aus. Alles glänzte wieder wie neu. Selbst die alten Bodenfliesen und die Fugen waren deutlich heller geworden, so wie früher, als seine Mutter hier noch geputzt hatte. Was sie wohl zu alledem sagen würde?

Über zwei Stunden verbrachte Hansjörg im Bad. Die Schicht in der Wanne war in Fragmenten immer noch vorhanden. Festgetrocknet schienen diese sich richtiggehend mit der Oberfläche verbunden zu haben. Nur scharfes Putzmittel, massiver Bürsteneinsatz und viel heißes Wasser brachten schließlich den gewünschten Erfolg.

Ziemlich erschöpft verstaute Hansjörg die Reinigungsutensilien wieder. Es war bereits später Nachmittag. Mehr als sieben Stunden hatte er damit zugebracht, Schmutz und Gestank zu vertreiben. Zufrieden mit seiner Arbeit heizte er den Küchenherd ein und wärmte sich die Reste des sonntäglichen Mittagessens auf. Tatsächlich – gestern hatte er den ganzen Tag nichts gegessen, und es war ihm nicht einmal richtig bewusst geworden. Mit leidlichem Appetit verzehrte er Lammrücken, Bohnen und die übrigen Kroketten. Ein Festessen hatte er zubereitet, und in einem Desaster hatte alles geendet.

Merkwürdig die Stimmung, die er jetzt empfand. Völlige Stille, nur ab und zu ein Kettenklirren aus dem Stall oder ein Blöken der Schafe. Er musste sich erst daran gewöhnen, dass nebenan in der Stube niemand mehr saß. Er war fort, der lange Mann mit dem bitterem Gesicht, der sich das Essen schöpfen ließ und der für seinen Sohn schon lange kein freundliches Wort mehr übrig gehabt hatte.

Hansjörg dachte an die letzten Wochen zurück.

Fürchterlich, wie sie sich gestritten hatten.

Grässlich, wie sie sich das Leben zur Hölle gemacht hatten.

Aber jetzt? Fehlte er ihm doch?

Und wie sollte er es erklären, falls jemand fragte?

Welche Antwort sollte er geben, wenn jemand den Alten sprechen wollte?

Hansjörg wusste es nicht.

Er überlegte: Wie groß war das Risiko, dass alles aufflog?

Nein, nicht besonders hoch. Da war er sich ziemlich sicher.

Außer Tante Lisbeth gab es gar niemanden, der regelmäßig ins Haus kam, und diese eine Stunde am ersten oder zweiten Weihnachtstag würde er auch irgendwie überstehen.

Am Telefon, da müsste er vorsichtig sein, spontan reagieren und die Anrufer irgendwie vertrösten oder abwimmeln. Auch das traute er sich zu.

Doch was, wenn der Winter vorüber wäre und den Nachbarn auffallen würde, dass der lange Valentin niemals auf der Bank vor dem Haus in der Sonne saß? Das könnte ein ernstes Problem geben, aber – Hansjörg tröstete sich – er hatte Zeit. Vor April würde das nicht auftreten.

Oder wäre es besser, vorzusorgen? Hansjörg begann zu grübeln. Er dachte nach. Wie wäre es denn, wenn das lange Elend auch jetzt noch ab und zu erscheinen würde? Seine Gestalt war ja unverkennbar und wenn man ihn …

Ja, die Idee gefiel ihm. In seinem Kopf entwickelte sie sich weiter und weiter. Die kleinen grauen Zellen arbeiteten auf Hochtouren.

Im Sessel hinter der Gardine, da war er doch immer gesessen, um nichts zu verpassen, was sich unten auf der Straße abspielte. Genau dort würde er ihn wieder platzieren. Ab und zu. Nur als Schatten, als Umriss hinter dem halb durchscheinenden Vorhang.

Hansjörg sprang auf. Hinüber ins Schlafzimmer des Alten. Er öffnete den Kleiderschrank und griff nach dem erstbesten Anzug. Ein brauner, mit Dreiknopfsakko. Dann suchte er in der Kommode das Nähzeug der Mutter und trug alles in die Stube.

Auf dem langen Tisch breitete er Hose und Jackett aus. Jetzt ans Werk: Mit groben Stichen und einem dicken, stabilen Faden nähte Hansjörg die Hosenbeine und Jackenärmel unten zu. Gut so! Er schnappte die Teile, ging die Treppe hinunter, zur Haustür hinaus und über den Hof in den Schuppen. Dorthin, wo er das Heu gelagert hatte. Mit großer Sorgfalt stopfte er Hand um Hand davon in Hose und Jacke. Er drückte alles fest hinein, nähte zwischendurch das Sakko an die Hose und füllte die Kleider weiter. Halt, nicht zu viel. Schließlich musste die Gestalt noch etwas beweglich bleiben. Auch in einen kleinen Jutesack presste er Heu hinein, formte eine Rundung und heftete dieses Teil als Kopf oben am hochgeschlagenen Kragen des Jacketts an. Hansjörg war begeistert. Das lange Elend, täuschend echt, ausgestopft mit bestem Wiesenheu.

Er trat aus dem Schuppen, schaute sich vorsichtig um und huschte mit der Valentin-Puppe unter dem Arm über den Hof zurück ins Haus. Wie würde die sich wohl im Sessel machen?

Hervorragend! Etwas Drücken hier, ein wenig Biegen da, und der ausgestopfte Anzug samt prallem Jutekopf hockte im Ohrensessel. Zwei Kissen hinter den Rücken, sodass er leicht nach vorne kam – fertig. Hansjörg schob ihn ans Fenster hinter die Gardine, schaltete im Hintergrund die schwache Glühbirne der alten Stehlampe ein und eilte nach unten auf die Straße.

Täuschend echt, wirklich! Wer vorbeifuhr und einen flüchtigen Blick auf das matt erleuchtete Fenster warf, der könnte den langen Kerl an seinem üblichen Platz erkennen. Ohne Zweifel – das war er, der Valentin.

Hansjörg war in Hochstimmung. Ab und zu würde er ihn wegschieben, bei Tageslicht ziemlich dicht am Vorhang platzieren, gelegentlich auch zur anderen Seite des Fensters bugsieren und fertig wäre die komplette Täuschung.

Der Vater sitzt in der Stube.

Er will niemanden sehen.

Es geht ihm nicht gut.

Seine Verletzung macht ihm zu schaffen.

Das redete sich Hansjörg vor. Zig Mal, hundert Mal.

Für den Fall, dass jemand käme. Dann mussten diese Sätze perfekt sitzen. Sie mussten aus ihm heraussprudeln, nicht zu schnell, aber doch ohne Zögern und ohne sich zu verraten. So, als seien sie das Normalste der Welt.

Genau mit diesen Worten führte Hansjörg an Weihnachten seine eigene Tante hinters Licht. Lisbeth schöpfte offenbar keinerlei Verdacht und war ohnehin nicht sonderlich erpicht darauf, mit ihrem ungeliebten Schwager zu sprechen. Seine Umrisse hatte sie ja durchs Fenster gesehen.

Auch der Hintere Otto und die anderen Nachbarn, die öfter vorbeifuhren und neugierig, auf weiteren Streit lauernd in den Hof und aufs Haus starrten, bekamen den Alten gelegentlich zu Gesicht. Perfekt!

Richtig erleichtert verbrachte Hansjörg die Festtage in völliger Ruhe, friedlich und ohne Gezänk. Seinen Tieren gab er eine Extraportion Kraftfutter und am Abend freute er sich über den Glanz der elektrischen Kerzen am Christbaum draußen auf dem Balkon. Er fühlte sich absolut entspannt!

Und auch der ersehnte Schneefall kam. Besonders der 28. Dezember war von der winterlichen Pracht gesegnet. Hansjörg atmete durch. Eine dicke weiße Decke verbarg das dunkle Geheimnis. Droben im Nationalpark zwischen den Felsen. Jetzt konnte wirklich nichts mehr passieren.

44

An Neujahr schloss er auf. Dieser Tag schien ihm passend, den Geheimnissen seines Vaters nachzuspüren. Gleich nach dem Tod des langen Valentin hatte Hansjörg den Schlüssel zum Stahlschrank an seinem eigenen Bund befestigt. Er wollte ihn immer bei sich tragen.

Am ersten Tag des neuen Jahres fühlte er sich bereit. Er steckte den markanten Doppelbartschlüssel ins Schloss, drehte um, betätigte dann den Hebel und ließ die schwere Tür aufschwenken.

Neben den zwei dicken Ordnern, die er bereits kannte, stand noch ein weiterer, allerdings mit schmalerem Rücken. Hansjörg nahm alle drei heraus und legte sie nebeneinander vor sich auf den Stubentisch. Weiter unten im Schrank stand eine Pappschachtel, die allerlei bereits geöffnete Briefumschläge enthielt.

Auch diese Schachtel nahm er heraus und schüttete den Inhalt auf den Tisch.

Auf den ersten Blick schienen die Briefe allesamt von ähnlichen Absendern zu kommen. Geschäftspost von Banken, das zeigten bereits die Außenseiten der Kuverts.

Hansjörg machte drei Häufchen und sortierte: Kreissparkasse Freudenstadt, Volksbank Kreis Freudenstadt und Volksbank Murgtal.

Ein Umschlag blieb übrig. Der passte nicht dazu: auch ein langformatiges Kuvert, aber von einem Hotel.

Beiges Papier, brauner Aufdruck: Achertaler Hof, Kappelrodeck. Danach griff Hansjörg zuerst.

Ein Blatt Papier mit derselben Farbe und dem Hotel-Aufdruck sowie ein Zeitungsausschnitt kamen zum Vorschein.

›Tradition endet nach 350 Jahren‹, lautete dessen Überschrift. Und etwas kleiner die nächste Zeile: ›Aus für den Achertaler Hof.‹ Darunter ein Bild des Hotels. Hansjörg betrachtete das Foto der Fachwerkfront. Das Schwarz der Balken wirkte scheckig, stellenweise war abbröckelnder Putz zu erkennen. Ohne Zweifel früher ein prächtiges Gebäude. Dann ging er den Text durch. Einmal, zweimal, ehe er kapierte, was drin stand. Wirtschaftliche Schwierigkeiten, Banken geben keine weiteren Kredite, Schließung unausweichlich. Doch was hatte ein Hotel drüben im Badischen mit seinem Vater zu tun?

Er nahm das beige Blatt in die Hand. Eine klare, deutlich lesbare Schrift, dieselbe wie außen auf dem Kuvert.

»Lieber Valentin«, stand da zu lesen, »es ist vorbei. Wir sind am Ende. Die Banken geben uns nichts mehr. Wir schließen zum 31. August und ziehen fort. Danke für Deine Hilfe.«

Darunter nur: »Barbara und Tina«

Hansjörg konnte seinen Blick kaum abwenden. Barbara und Tina. Wer sollte das sein? Noch nie waren ihm diese Namen begegnet. Und der Achertaler Hof? Welche Verbindungen hatte sein Vater nach Kappelrodeck? Klar, er stammte von dort, das wusste Hansjörg. Aber niemals waren sie gemeinsam da gewesen.

Jetzt erinnerte er sich daran, dass er vor vielen Jahren die Mutter gefragt hatte, ob es drüben über dem Ruhestein, im Badischen, vielleicht noch Verwandte vom Vater geben würde. Sie hatte nicht geantwortet, nur den Kopf geschüttelt. Also hatte er auch nicht mehr danach gefragt. Erledigt! Es gab ihn, seine Eltern und dann noch die Tante Lisbeth mit ihrer Familie in Baiersbronn, mehr nicht. Das hatte ihm immer ausgereicht.

Vielleicht hätte er den Vater doch auch einmal direkt fragen sollen? Jetzt ging es nicht mehr. Zu spät.

Aber wer war die Schwester? Die Halbschwester, von der sein Vater gesprochen hatte, bevor er starb? Die Schwester, der er das ganze viele Geld gegeben hatte?

Hansjörg schlug verwirrt den schmalen Aktenordner auf. Obenauf ein weißes Blatt, bereits etwas vergilbt, aber dieselbe Schrift wie eben. Nach und nach verstand er.

45

»Paul, wie stellen wir das an?«, überlegte Oskar Lindt auf der Fahrt von Freudenstadt nach Obertal.

»Nur grad klingeln und Ausweis zeigen, das wäre

doch etwas plump. Zumal uns der Hansjörg ja bereits kennt. Zwei blöde Karlsruher, die im zugeschneiten Graben gelandet sind. Wenn wir jetzt plötzlich als Polizei bei ihm auftauchen, weiß er gleich, was es geschlagen hat«, gab Wellmann zur Antwort.

Lindt schwieg ein paar Sekunden, dann meinte er: »Du hast recht. Mit der Tür ins Haus fallen, damit erreichen wir gar nichts. Ich denke, wir sollten diesen Valentin alleine erwischen.«

»Also auf die Lauer legen und warten. Wenn der Junge wegfährt, knöpfen wir uns den Alten vor.«

»Wäre eine Möglichkeit«, antwortete Oskar. »Kann aber sein, wir müssen lange ausharren. Außerdem wird das heute nichts mehr werden. In einer guten Stunde ist es dunkel.«

»Vielleicht hilft uns ja der Zufall. Los, wir fahren einfach unauffällig dort vorbei.«

Lindt tat, wie von Paul vorgeschlagen, und lenkte seinen schweren Geländewagen in gemächlichem Tempo die Straße entlang. Die Kriminalisten bemühten sich, möglichst viel zu erfassen. Sie registrierten den alten Jeep, der wie üblich unter dem Vordach parkte, und beide erkannten auch die Silhouette des langen Valentin hinter dem Fenster. »Da sitzt er wieder. Also ist er daheim. Aber der Hansjörg auch«, meinte Oskar und hielt an, als sie außer Sichtweite waren. »Der Zufall hilft uns nicht. Was also nun? Vorpreschen oder abwarten?«

»Gib uns Zeit bis zur Dämmerung, und zwar dort drin.« Wellmann zeigte über die Wiesen zum bereits hinlänglich bekannten Heuschober.

»Auf gar keinen Fall!«, entrüstete sich Lindt. »Wenn ich an den ganzen Dreck denke und außerdem …« Er fasste sich an die Stirn. »Der Besen …«

»… und die Hex, die dir eine Klatsche verpasst hat«, lachte Paul. »Heute kommt sie nicht – versprochen. Ich bin ja dabei und fange sie ein, wenn sie dich wieder umkreist.«

»Trotzdem«, widersprach Lindt. »Auf diesen Dachboden kriegt mich niemand mehr.«

»Dann machen wir es eben so wie beim ersten Mal, als uns die Lisbeth die Hütte gezeigt hat. Unten bleiben und den Fensterladen einen Spaltbreit öffnen. So sehen wir genug.«

Lindt gab nach, parkte seinen Wagen im Sichtschutz der Hütte und blickte auf die Uhr. »Okay. Diese Stunde geben wir ihm.«

Abwechselnd spähten die Kommissare mit Lindts Fernglas zu dem schmalen Schlitz hinaus. Nach und nach schwand der Tag, und zunehmende Dämmerung machte sich breit.

»Jetzt brennt Licht«, sagte Paul Wellmann, der das Glas gerade vor seinen Augen hatte.

»Welches Zimmer?«, wollte Oskar wissen. »Da, wo der Alte sitzt?«

Paul schüttelte den Kopf. »Nein, muss ein anderer Raum sein. Vielleicht die Küche.« Er zögerte kurz. »Halt, jetzt wird es auch in der Stube hell. Aber eher ein schwächeres Licht.«

Wellmann reichte seinem Kollegen das Fernglas. »Ich kann diesen Valentin sehen. Schau du auch mal.«

Lindt nahm die Position am Fensterladen ein. »Stimmt, er hockt im Sessel so wie immer.«

»Läuft der Fernseher?«

»Bläuliches Licht, flimmernd? Nein, sieht nicht so aus.«

Im selben Moment war ein Motorengeräusch zu hören. Es kam zügig näher und verstummte hinter der Hütte. Eine Autotür fiel ins Schloss. Wenige Sekunden später trat eine den Kommissaren wohlbekannte bärtige Gestalt in die Hütte.

»Aha, wieder auf Beobachtungsposten«, sagte Otto Züfle und hob seinen scheckig-grauen Hut zum Gruß. »Hab das Auto gesehen.«

Lindt überlegte schnell, wie weit er den Bewohner des Nachtlochs informieren durfte, dann meinte er: »War ein guter Tipp. Diese Brigitte Möhrle hat uns entscheidend weitergeholfen. Der Valentin hat in seiner alten Heimat durchaus Spuren hinterlassen.«

»Spuren?« Otto hielt den Kopf schief und begann zu grinsen. »Ist es das, was ich denke? Zweibeinige Spuren?«

Oskar nickte: »Ein Töchterlein, aber das muss auf jeden Fall unter uns bleiben. Ich kann mich doch auf Ihre Verschwiegenheit verlassen?«

»Selbstverständlich. Aus Tratschereien mach ich mir nichts.«

»Aber jetzt haben wir ein Problem«, fuhr der Kommissar fort, dem im selben Moment eine Idee gekommen war. »Wie könnten wir es denn anstellen, diesen Valentin alleine zu sprechen?«

»Ohne dass der Hansjörg dabei ist?«

»Ohne dass der es überhaupt mitbekommt.«

Otto rieb sich den Bart. »Sobald der Schnee weg ist, muss er wieder in den Wald zur Arbeit. Aber jetzt …«, er machte eine Pause, »… jetzt ist er die ganze Zeit daheim und schafft irgendwas in Haus und Hof. Was ein Bauer halt so macht, bevor die Wiesen grün werden. Maschinen reparieren, die Gebäude auf Vordermann bringen. Da fällt immer genug an.«

»Dann können wir hier wohl noch lange darauf warten, dass er mal fort ist?«

»Das kann dauern. Mehr als einmal in der Woche fährt er bestimmt nicht weg, um was zu essen einzukaufen. Schon eher, wenn er Material braucht, Nägel, Schrauben oder Farbe. Aber auch davon hat er garantiert einen satten Vorrat.«

Lindt schaute den Hinteren Otto an. »Er ist ja sehr hilfsbereit, der Hansjörg. Ohne ihn hätte ich den Abschleppdienst rufen müssen, als mein Auto im Graben gesteckt ist.«

»Auf ihn kann man sich immer verlassen.«

»Genau«, antwortete Lindt. »Gibt es vielleicht etwas, das Sie bei sich zu Hause nicht selbst bewerkstelligen können? Etwas, wozu Sie Unterstützung benötigen?«

Ottos Augen verengten sich: »Weglocken? Meinen Sie das? Ich soll ihn vom Hof weglocken, damit Sie in aller Ruhe seinem Vater auf den Zahn fühlen können?«

»Wenn Ihnen was dran liegt, dass dort drüben wieder Frieden einkehrt?«

»Also, ich weiß nicht recht«, überlegte Otto. »Schließlich sind die beiden ja meine Nachbarn. Und seit Weihnachten hab ich eigentlich keine Streitereien mehr mitbekommen. Vielleicht haben sie sich schon von selbst wieder zusammengerauft?«

»Ach so«, antwortete Lindt. »Sie haben Angst, da in etwas hineingezogen zu werden, was Ihnen der Hansjörg verübeln könnte.«

»Dabei wäre mir wirklich nicht wohl«, nickte der Graubärtige.

»Keine Sorge. Wir stellen das schon so an, dass er weder Verdacht schöpfen noch einen Zusammenhang mit Ihnen herstellen kann. Er bekommt uns nicht zu Gesicht. Eine halbe Stunde würde genügen.«

Aus Ottos Blick war immer noch ein ordentliches Maß an Zweifel zu lesen. Unschlüssig bewegte er seinen Kopf hin und her. »Es gibt da tatsächlich etwas, wozu ich ihn ab und zu brauche.«

Gespannt schauten ihn Lindt und Wellmann an. »Und das wäre?«

»Wenn die Schneeberge bei mir im Hof zu hoch werden«, antwortete Otto. »Dann frag ich ihn, ob er mit dem Traktor kommt und Platz schafft.«

»In die Schaufel an seinem Frontlader passt ordentlich was rein«, stellte Wellmann fest.

»Genau. Und bevor ich mich plage und dem Schnee mit Hacke, Schaufel und Schubkarre zu Leibe rücke, geb' ich ihm lieber ein paar Euro, damit er das erledigt.«

Lindt streckte seine Hand aus: »Abgemacht?«

Otto schlug ein. »Heute ist es schon zu dunkel, aber wenn ich morgen Vormittag bei ihm vorbeifahre, kommt er bestimmt gleich mit. Der Hansjörg schiebt nichts auf die lange Bank.«

»Gegen zehn?«, fragte Lindt. »Wir bleiben auf Abstand, damit er nichts merkt.«

Otto war einverstanden. »Wenn es hilft, dass bei den beiden wieder alles ins Lot kommt, mache ich mit.«

»Falls er zu schnell arbeitet, können Sie ihn ja noch ein wenig hinhalten. Eine halbe Stunde müsste uns reichen, eine ganze wäre besser.«

Jetzt lachte Otto: »Ein Vesper nimmt er immer gern. Meinen Most und den Speck kennen Sie ja.«

Schon lange vor der vereinbarten Zeit waren Lindt und Wellmann am darauffolgenden Tag vor Ort. Sie stellten den Wagen ganz oben am Waldrand auf einem Wanderparkplatz ab, von dem aus sie die schneebedeckte Landschaft im Blick hatten.

Kur vor zehn Uhr beobachteten sie, wie Otto Züfles alter Subaru-Kombi in den Hof des Schmider-Anwesens einbog. Nach wenigen Minuten fuhr er wieder weg, direkt gefolgt vom rot-weißen Traktor.

»Paul, es geht los«, sagte Lindt und startete den Motor. »Die Zeit läuft.«

Er wartete noch, bis die beiden Fahrzeuge in Richtung Nachtloch außer Sichtweite waren, dann gab er Gas. Nur wenig später erreichten die Kommissare ihr Ziel, stiegen aus und gingen zur Haustür.

Lindt drückte den Klingelknopf. Deutlich war das schrille Schellen aus dem Hausflur zu hören. Eine halbe Minute verging, ohne, dass etwas geschah. Lindt presste seine Stirn gegen das bräunliche Glas in der oberen Hälfte der Türfüllung und versuchte, hindurchzusehen. Viel war nicht zu erkennen. Der Flur und im Hintergrund eine Treppe, die nach oben führte, jedoch keine Person und keine Bewegung. Er klingelte nochmals. Null Reaktion. Auch kein Geräusch drang aus dem Haus.

»Schläft der etwa am hellen Vormittag? Das gibt's ja wohl nicht«, wunderte sich Wellmann und ging ein paar Schritte zurück, um das Fenster der Wohnstube besser sehen zu können.

»Oskar, da sitzt er immer noch und macht keine Anstalten, aufzustehen«, rief er seinem Kollegen zu, der gerade ein drittes Mal läutete.

Lindt runzelte die Stirn: »Aber bewegt hat er sich schon?«

»Äh, also, wenn du mich so fragst …«

»Nichts? Keine Zuckung?«

Wellmann schüttelte den Kopf.

»Dann gibt's nur eines«, entschied Lindt und begann, an der Haustür zu rütteln. »Gefahr im Verzug. Wir müssen rein.«

»Lässt sich der Knauf drehen?«, wollte Paul wissen.

»Fest verschlossen.«

»Die Scheibe?«

»Einschlagen?« Lindt schaute sich um. »Nein, vielleicht können wir durch den Stall …«

Die zwei versuchten, die doppelflügelige Türe zu öffnen. »Nichts zu machen. Der hat alles versperrt. Los, einmal rund rum.«

Direkt an der Hanswand war der Schnee bereits weggeschaufelt worden. Sie hasteten an der Rückseite entlang und bemerkten tatsächlich einen aufgeklappten Fensterladen. Wellmann lugte hinein. »Jede Menge Schafe da drin. Das Fenster ist auf, aber vergittert. Keine Chance.«

»Mann, der sitzt doch da«, ärgerte sich Lindt, als sie wieder vorne angelangt waren und zur Stube hochsahen. »Könnt ja wenigstens rausschauen.« Dann rief er, so laut er konnte: »Hallo, haaaalloooo! Herr Schmider!«

Die Gestalt hinter der Gardine bewegte sich nicht im Geringsten.

Wellmann handelte schnell. Er bückte sich, fasste in den Schnee, formte eine Kugel und warf. Klirrend zerplatzte der Schneeball an der Fensterscheibe.

Drin in der Stube – keinerlei Reaktion. »Das gibt's ja gar nicht«, entrüstete er sich.

Oskar Lindt sah ihn an und schüttelte den Kopf. »Paul, jetzt hat uns die Wirklichkeit wieder eingeholt. Wir sind zu spät, wie immer.«

Im Nu waren die Kommissare erneut an der Haustür. Lindt holte sein Schweizer Taschenmesser aus der Hosentasche, packte es zusammengeklappt fest mit der Faust und donnerte damit gegen das Glas. Klirrend zerbrach die dünne alte Scheibe. Er entfernte mithilfe seines Taschentuchs einige scharfkantige Scherben, griff vorsichtig durch die Öffnung, bekam den Türgriff zu fassen und drückte nieder. Mühelos ließ sich die Tür öffnen.

Im Laufschritt eilten Lindt und Wellmann zur Treppe, stürmten hoch in den ersten Stock, fanden auf Anhieb die richtige Tür und stießen sie auf. Ein leichter Geruch nach frischem Heu lag in der Luft.

Was sie jedoch im Ohrensessel an der Gardine vorfanden, hatten sie nicht erwartet. »Eine solche Leiche hat die Gerichtsmedizin noch nie gesehen«, kommentierte Lindt kopfschüttelnd und griff zum Smartphone.

46

Oskar gab dem Freudenstädter Kripochef nur ganz knappe Anweisungen. »Franz, wir brauchen dich. Die Spurensicherung kannst du auch gleich in Marsch setzen. Und mindestens zwei Streifen, so schnell es geht. Sollen aber ohne Signal anfahren. Treffpunkt am Hof. Wir warten dort.«

Gute zehn Minuten später trafen die beiden Wagen des Baiersbronner Polizeipostens ein. Lindt und Wellmann erwarteten sie ungeduldig. »Kennt ihr das Nachtloch?«, fragte Oskar.

Ein älterer uniformierter Kollege nickte und zeigte in die Richtung. »Klar doch, der Hintere Otto. Was ist mit dem?«

»Der Hansjörg ist bei ihm. Schiebt mit seinem Schlepper dort den Schnee weg. Wir müssen ihn festnehmen.

Möglichst schnell den Achter anlegen, bevor er noch kapieren kann, was los ist. Wir fahren bei euch mit. Ach ja, und einer bleibt hier vor der Haustür, um zu sichern.« Dann zeigte Lindt nach oben zum Stubenfenster des Bauernhofes. »Seht ihr die Gestalt dort hinter dem Fenster?«

»Der Valentin, das lange Elend? Ist der …?«

Lindt nickte bloß. »Da muss zuerst die Spusi rein. Einfach unfassbar!« Dann zwängte er sich in den vorderen Streifenwagen, kommandierte knapp: »Abfahrt!«, und als das Anwesen von Otto Züfle in Sicht kam: »Straße blockieren. Direkt vor den Traktor fahren. Los geht 's.«

Drei Uniformierte umstellten im Nu den Schlepper, aus dessen Schaufel gerade eine große Menge Schnee kippte. Lindt gab dem völlig konsternierten Hinteren Otto ein Zeichen mit der Hand, schleunigst ins Haus zu verschwinden. Ein junger Schutzpolizist sprang auf das Trittbrett des Schleppers, riss die Tür auf und befahl: »Ausmachen, rauskommen!«

Hansjörg Schmider kapierte sofort. Anstatt der Aufforderung Folge zu leisten, riss er das Lenkrad herum und drückte aufs Gas. Der Traktor schoss nach vorne, direkt auf die Beamten zu, die im Hechtsprung zur Seite spritzten und im Schnee landeten. Der junge Kollege auf dem Schlepper behielt die Nerven. Er packte mit seiner linken Hand den Jackenkragen des Fahrers, riss mit der Rechten die Dienstpistole aus dem Halfter und drückte sie Hansjörg ins Genick. Der hob die Hände. Wenige Zentimeter vor dem ersten Streifenwagen kam der Traktor zum Stehen.

»Und jetzt raus, ganz langsam!«

Der kräftige Waldarbeiter leistete keinen Widerstand mehr. In Zeitlupe erhob er sich von seinem Sitz und stieg aus der Kabine. Zwei Polizisten drehten ihm die Arme auf den Rücken und legten Handschellen an.

Oskar Lindt blickte ihm direkt in die Augen. »Herr Schmider, Sie sind festgenommen. Wo ist Ihr Vater?«

Doch Hansjörg schwieg. Kein Ton kam aus seinem Mund.

Lindt sah dem abfahrenden Polizeiwagen nach, dann schaute er Otto Züfle an. »Tut mir leid. Damit hatten wir nicht gerechnet.«

Otto war kalkweiß im Gesicht. Sein verfilzter Bart zitterte, dann nahm er den Hut ab. »Der Valentin? Ist er …? Hat er ihn …?«

Oskar Lindt drückte ihm die Hand. »Wir wissen noch nichts. Noch gar nichts. Die Gestalt am Fenster, das war er jedenfalls nicht.«

Otto riss die Augen auf: »Sondern?«

Lindt zögerte und schüttelte den Kopf. »Wir kommen wieder vorbei. Dann erfahren Sie alles. Jetzt müssen wir zurück.«

Im Hof neben dem Bauernhaus parkte mittlerweile eine ganze Reihe von Dienstwagen. Franz-Otto Kühn kam seinen Karlsruher Kollegen entgegen. »Bisher sahen Leichen anders aus.«

»Ganz anders«, bestätigte Lindt.

»Wir werden alles unter die Lupe nehmen, haarklein«, nickte Kühn. »Die Spurensicherung muss auch demnächst eintreffen. Dann stellen wir das Ganze hier auf den Kopf. Irgendwo werden wir ihn schon finden.«

»Oder das, was noch von ihm übrig ist«, sagte Lindt und deutete auf den Misthaufen. »Viel Spaß beim Umgraben.«

Zwei Tage lang arbeiteten die Techniker der Kriminalpolizei auf dem Bauernhof. Sie untersuchten in mühsamer Kleinarbeit die Räume im gesamten Anwesen. Winzige Blut- und Gewebeteilchen fanden sich in Wohnstube, Küche, Flur und Badezimmer, ebenso im Ablauf der Wanne, in zwei Putzlappen, mehreren Bürsten und einem Schrubber. Sie entdeckten im Schuppen beim Brennholz eine zusammengefaltete grüne Plane und konnten auch darin reichlich DNA-Material sicherstellen.

Die Analyse der Aktenordner aus dem Stahlschrank war ebenfalls sehr ergiebig und brachte die desaströse finanzielle Situation des Hofes überdeutlich ans Licht.

Die Ermittler entdeckten eine Fülle von Hinweisen – nach dem langen Valentin oder seinen Überresten suchten sie jedoch vergeblich.

Hansjörg Schmider hatte die ganze Zeit geschwiegen. Er war stumm geblieben, als man ihn auf den Rücksitz eines der Streifenwagen bugsierte. Er hatte nichts gesagt, als man ihn nach Freudenstadt fuhr. Er war weiter schweigsam geblieben, als man ihm dort Gürtel, Schnürsenkel sowie den Inhalt seiner Taschen abnahm und ihn in die Arrestzelle sperrte. Hansjörg hatte alles willenlos mit sich geschehen lassen, aber keinen Ton von sich gegeben.

»Wo haben Sie Ihren Vater hingebracht?« Das war die zentrale Frage, auf deren Antwort Oskar Lindt wartete. Täglich verhörte er abwechselnd mit Paul Wellmann und Franz-Otto Kühn den Festgenommenen im Freudenstädter Kriminalkommissariat. Im Stundentakt wechselten sich die Beamten ab – ohne Erfolg. Hansjörg Schmider schwieg eisern. Völlig teilnahmslos saß er dem jeweiligen Ermittler gegenüber und blickte durch ihn hindurch. Er starrte Löcher in die Luft, doch er sagte nichts.

Ein Ortstermin mit der Staatsanwaltschaft wurde am zweiten Tag durchgeführt. Man legte ihm von neuem Handschellen an und führte Hansjörg zurück auf seinen Hof. Ohne jeglichen Effekt. Schmider blieb vor dem Haus stehen, sah zu Boden, völlig stumm.

Man breitete die grüne Plane vor ihm aus: »Darin haben Sie Ihren Vater eingewickelt und weggeschafft! Sagen Sie uns, wohin.« Keinerlei Reaktion.

Man ließ Suchhunde kommen. Auch zwei Leichspürhunde waren dabei, die das Haus und die Nebengebäude von oben bis unten durchschnüffelten. Danach suchten sie das gesamte Gelände ab. Ohne Erfolg.

Man setzte die Brennholzstapel um, räumte den kompletten Heuboden leer, baggerte den Misthaufen weg und pumpte die Güllegrube aus. Erfolg gleich null.

Man befragte Nachbarn, Arbeitskollegen und die Mitarbeiter des Nationalparks. Man ging an die Öffentlichkeit, rief in den Zeitungen, im Radio und sogar im Fernsehen die Bevölkerung auf, Hinweise zum Verbleib des Vermissten zu geben. Nichts!

Man war sich ziemlich sicher, dass in den Wäldern der Umgebung jetzt, mitten im Winter, kaum etwas zu finden sein würde. Trotzdem ließ man den Polizeihubschrauber stundenlang kreisen und schickte die Bergwacht mit Pistenbullys und Raupenschlitten durch den hüfthohen Schnee. Es wurde nicht die kleinste Spur gefunden.

Dann riss Lindt der Geduldsfaden. Gemeinsam mit Wellmann und Kühn entschied er sich für eine drastische Methode. »Wir müssen ihn da packen, wo es wehtut.«

Wieder wurde Hansjörg Schmider für eine sorgfältig vorbereitete Aktion zum Hof gebracht. Dieses Mal warteten dort keine Streifenwagen, sondern zwei große blaue Viehtransporter, Lastwagen mit Anhängern. Aus dem einen war das Blöken von Schafen zu hören. In den anderen führten zwei kräftige Kerle gerade Kälber mit weit aufgerissenen Mäulern und verzweifelt muhende Mutterkühe, genau abgestimmt auf den Zeitpunkt, als der VW-Bus der Polizei ankam.

Mit einem Aufschrei quittierte Hansjörg Schmider diesen Anblick, als Lindt die Schiebetür des Kleinbusses aufzog. »Meine Viecher! Was macht ihr mit ihnen? Wo bringt ihr sie hin?« Die ersten Worte, die er seit Tagen von sich gegeben hatte.

Oskar Lindt packte ihn fest an den Schultern und sah ihm geradewegs in die Augen: »Zum Metzger! Wohin sonst?«, schleuderte er ihm entgegen.

Das war zu viel. Der baumstarke Waldarbeiter bäumte sich auf, dann sackte er in sich zusammen. Mit schreckgeweiteten Augen starrte er auf die Tiere, die vor seinen Augen vorbeigeführt wurden. »Nein! Nicht zum Metzger! Nein!«, schrie er auf.

Lindt gab den beiden Viehhändlern das vereinbarte Handzeichen. Jeder kam mit einem Kalb am Strick näher. Wenige Meter vor dem Polizeibus blieben sie stehen.

»Haben Sie Ihren Vater getötet?«

Ein heftiger Krampf schüttelte Hansjörg durch und durch.

»Nein, ich hab ihn nicht umgebracht«, sagte er, jetzt ganz leise. »Gestorben ist er vor meinen Augen, und ich hab ihm nicht helfen können.«

»Und dann?« Lindt legte ihm die Hand auf die Schulter. »Was haben Sie mit ihm gemacht?«

Ein herzzerreißender Schluchzer drang aus Hansjörgs Kehle: »Verbrannt hab ich ihn. Dort droben.« Er richtete seine Augen auf die hohen verschneiten Waldberge des Nationalparks. »Zwischen den Felsen. Kurz vor Weihnachten.«

»Alle zurück in den Stall«, gebot der Kommissar, und die Viehhändler traten mit den Kälbern den Rückweg an.

Oskar Lindt breitete auf dem Sitz neben Hansjörg Schmider eine Landkarte aus. »Wo?«

Sein Zeigefinger fand die Stelle sofort.

Ein Pistenbully des Loipendienstes der Nationalparkverwaltung startete bereits eine Stunde später mit mehreren Polizeibeamten an Bord zur mühsamen Fahrt durch den Tiefschnee. In der Höhe erreichten sie oberhalb einer eindrucksvollen Felsformation den angegebenen Ort. Die Bergwacht wurde angefordert, um eine Abseilstation aufzubauen und die Techniker der Kripo in die enge Felsspalte abzulassen.

Auch Lindt, Wellmann und Kühn ließen es sich nicht nehmen, auf einem Motorschlitten mitzufahren, um sich höchstpersönlich vor Ort ein Bild zu machen.

Es dauerte einen vollen Tag, bis die Brandstelle vom hohen Schnee befreit und dokumentiert werden konnte.

Von Valentin Schmider war nicht viel übrig. Lediglich Teile der größeren Knochen und einige Zähne waren auf den ersten Blick in der schwarzen Masse zu erkennen. Die Gerichtsmediziner brauchten mehr als 14 Tage, um ihre Untersuchungen fertigzustellen. Sie sortierten und analysierten auch die kleinsten Fragmente des Aschehaufens und fanden Spuren von Motorsägentreibstoff als Brandbeschleuniger.

All das bestätigte schließlich die Schilderungen von Hansjörg Schmider, die ihm die Ermittler in weiteren stundenlangen Verhören entlockt hatten. Der Nachweis auf einen gewaltsamen Tod seines Vaters konnte nicht erbracht werden.

»Wir glauben Ihnen«, sagte Oskar Lindt, der zusammen mit Paul Wellmann extra nochmals aus Karlsruhe angereist war, um Hansjörg bei seiner Entlassung aus der Untersuchungshaft zu sehen. Er gab ihm die Hand. »Sie können weiterhin auf dem Hof bleiben. Wir haben in den letzten Tagen intensiv verhandelt. Ihre Tante Lisbeth löst einen großen Teil der Schulden ab, und für den Rest bekommen Sie von den Banken einen sehr langfristigen Kredit. Ich bin sicher, wenn Sie weiterhin so fleißig und sparsam wirtschaften, dann schaffen Sie die Raten.« Tränen standen in Hansjörgs Augen, aber er fand keine Worte.

Lindt verabschiedete ihn: »Ihre Tiere brauchen Sie jetzt wieder. Der Otto hat sie in der Zwischenzeit gut versorgt.« Unter der Tür drehte sich der Kommissar noch einmal um. »Und falls Sie Ihre Schwester kennenlernen möchten ... Sie heißt Tina ... Valentina.«

ENDE

Das Neueste aus der Gmeiner-Bibliothek

Unser Lesermagazin

Bestellen Sie das kostenlose Krimi-Journal in Ihrer Buchhandlung oder unter www.gmeiner-verlag.de

Informieren Sie sich …

www … auf unserer Homepage:
www.gmeiner-verlag.de

@ … über unseren Newsletter:
Melden Sie sich für unseren Newsletter an unter www.gmeiner-verlag.de/newsletter

f … werden Sie Fan auf Facebook:
www.facebook.com/gmeiner.verlag

Mitmachen und gewinnen!

Schicken Sie uns Ihre Meinung zu unseren Büchern per Mail an gewinnspiel@gmeiner-verlag.de und nehmen Sie automatisch an unserem Jahresgewinnspiel mit »mörderisch guten« Preisen teil!